盗墓笔记

【一部五十年前发现的千年古卷】【相当好看的盗墓小说】

四川文艺出版社

南派三叔 著

大结局·下

⑧

图书在版编目（CIP）数据

盗墓笔记 . 8. 下 / 南派三叔著 . — 成都：四川文
艺出版社，2022.4（2025.5 重印）

ISBN 978-7-5411-6191-9

Ⅰ . ①盗⋯ Ⅱ . ①南⋯ Ⅲ . ①长篇小说—中国—当代
Ⅳ . ① I247.5

中国版本图书馆 CIP 数据核字 (2021) 第 214938 号

DAO MU BIJI .8. XIA

盗墓笔记 . 8. 下

南派三叔　著

出 品 人　冯　静
特约监制　孟　祎　舒　以　王传先　谢梓麒
责任编辑　邓　敏
责任校对　段　敏

出版发行　四川文艺出版社（成都市锦江区三色路 238 号）
网　　址　www.scwys.com
电　　话　010-82068999（市场部）　028-86361781（编辑部）

印　　刷　河北鹏润印刷有限公司
成品尺寸　166mm×235mm　　　开　　本　16 开
印　　张　17　　　　　　　　　字　　数　300 千
版　　次　2022 年 4 月第一版　　印　　次　2025 年 5 月第二十次印刷
书　　号　ISBN 978-7-5411-6191-9
定　　价　49.80 元

盗墓笔记 捌

盗墓笔记 捌

盗墓笔记 捌

盗墓笔记

捌

盗墓笔记

大结局（下）

第一章 · 张起灵这个名字的意义

才看了几行，我就知道是怎么回事了。因为我看到了其中有两个很关键的字：选为。

这个人，是在十九岁的时候被选为"张起灵"的。我愣了一下，意识到：原来张起灵并不是一个单纯的名字，而是一个称号。

但是，这个称号显然就变成了这个人的名字，就像成吉思汗一样——本来叫铁木真。

"我靠！"胖子说道，"那这张起灵还是个官衔啊！"

"起灵，如果单独看，确实是一个有着其他意义的词语。起灵嘛，撤除亡者灵位，运送灵柩入土的意思。张家为倒斗世家，这张起灵，也许是某个相当重要的职位的代称。"我道。

"如果是运送灵柩入土，那不应该是盗墓贼的工作，而应该是入殓送葬队伍的工作。那张起灵这个职位，可能就是族内专司入殓张家楼的人吧？"

我点头。这是一个很大的发现，而且从这个墓室的大小来看，这个张起灵确实是一个相当重要的职位。所以这里才会这么豪华，这么巨大。

我们把目光投向棺材里面。里面的骸骨因为暴露在棺材外面，很多部分已经成了粉末。棺材里还有些棉絮一样的东西。胖子拨开那些东西，想看看棺材里的殉葬品。

殉葬品在尸体的下面。尸体下面的棉被看上去非常整齐，只有一个角被翻动过。我们把尸体的碎骨拨到一边，将腐烂的棉被掀开，就看到了十几件殉葬品整齐地排列在那里。有各种玉佩，两件已经烂得无法辨认的皮革制品等。另外有三个位置，我们看到了放置过东西的痕迹。但是东西已经被人拿走了。

"真的是盗墓行为。"我说道，一边拿起一串蜜蜡的手链。这是一串金丝老蜜蜡，年代久远，已经发黑了。我一看便知这是来自西藏的东西，价值连城。"但是，为什么只摸了这几样？这串老蜜蜡最起码值一辆最先进的越野车！"我疑惑道。

胖子接过来，看了看，直接戴到自己手上："不识货呗！"说着亲了一口，"乖啊，别伤心了！那些人不识货，胖爷我来疼你。"

"你还能再恶心点吗？"我说道。

我又从整齐的殉葬品中挑出了一串玛瑙项链。项链每三颗玛瑙隔着一颗老珊瑚，这也是西藏那边的东西。看样子这个张起灵以前应该和西藏某些人有礼物往来——这些在当时都是相当名贵的礼物。

胖子照常收下了。我道："这串珠子，看上面玛瑙的数量和成色，价值也相当高。而且你看，这些珊瑚上都有藏文的铭刻，说明这串珠子很可能是有来历的，那实际价值可能就更高了！这些东西都没有拿走，他们拿走的是什么？"

"我说了，像咱哥们儿这么识货的人肯定不多吧。或者，他们拿走的那三个东西，价值比这些东西要高多了，拿了就能吃几辈子。"

胖子道。

我看那三个被拿走的殉葬品在棉被上留下的印记。其中两个，我一看就知道——那是两个环。

那是一大一小的两个环。大的有碟子那么大，小的好比一只烟灰缸。胖子比画了一下："是玉吗？"

我摇头："不知道，但是玉环除非是成色极其好的，否则绝对不会太贵。在鬼影那批人进来的那个时代更是如此。因为古玉这个东西水太深，那个年代玉石的价格可能只是现在的万分之一。所以，如果单纯从金钱上来推断，我觉得不应该是古玉，而应该是在当时那个年代非常贵重的东西。"

"除了玉环，还有什么东西是这个样子的？"胖子道，"难道是瓷器？"

我叹了口气，只得看向那条长条形的印记。胖子和我一样，看着看着，他忽然道："天真，你觉得这条长印子是不是有点眼熟？"

我摸着下巴，好像有点他说的那种眼熟的感觉。但是，我实在想不出来那到底是什么。

"你觉得像什么？"看了半天，我问他。

他似乎有了眉目，但是抓不住细节，在那里"嗯嗯嗯嗯嗯嗯……""嗯"了很长时间。忽然他打了一个响指。我抬头。他比画了一下，说道："刀，刀，黑金古刀！"

我也比画了一下，不停地脑补那把倒霉神兵的形象。慢慢地，我就开始冒冷汗了。

"确实是黑金古刀，长短和宽度都相当接近。"我道，"我靠！难道这东西是量产的？张家人人手一把？"

我脑子里出现了一大排闷油瓶带着黑金古刀列队出操的景象——这真是可怕，不过也够气势逼人。

"黑金古刀绝对不会有那么多。古时候如果有这样的锻造技术，咱中国早就征服世界了。"胖子道，"小哥那把黑金古刀是一把做工相当精细的，锻造得非常完美的刀。我提过，双手都很难提起来。这种刀肯定是古代最厉害的刀匠打出来的。不说材料难弄，刀刃要锻造得完美，还要把重量做得那么重，肯定不是传统工艺，打几百次才有可能成功一次。所以这把黑金古刀，市面上很可能不会超过三把。"

我定了定神，忽然想到了一种可能性，就对胖子道："假设，当时鬼影他们的队伍进入了张家古楼——我们几乎可以排除小盗墓贼或者说其他高手进入的可能性，因为进入这里需要太多信息了，不是大组织根本不可能做到。那么，这个墓室被窃，基本上就是鬼影他们队伍中的人所为了。"

也就是说，带走这两个环状物体和这把黑金古刀的，就是这一批人。

最后鬼影队伍中的很多人，因为古楼的"熏蒸"机关启动，死在了里面。但是东西肯定是被带出去了。

那么，当时三叔铺子里出现的那把黑金古刀（后来卖给了闷油瓶），是否就是这里被盗窃的这一把呢？

我有一种强烈的直觉：肯定是，否则事情讲不通！

那么，当时考古送葬队的人从古楼中带出的黑金古刀，为何会落到三叔的手里呢？同时，为什么进入古楼的考古送葬队要开启这个棺木，而开启之后却只拿走了黑金古刀和那两个神秘的圆环呢？那两个神秘的圆环又是什么东西呢？

看来，从我接到三叔"鸡眼黄沙"的短信之前，很多事情就已经启动了，只是我不知道而已。博弈早已经进入白热化。

"看看这个。"我正在思考，胖子又叫我。我走过去。他蹲在翻开的棺盖上，指了指棺盖内侧刻的族谱。

在这个族谱的中心，是棺材主人的名字，刻的是：张瑞桐。

瑞字辈的吗？我心说，前面有个人叫张瑞山。

边上的"张起灵"三个字要小一号。如果看得不仔细，还以为张瑞桐和张起灵是夫妻关系。

这个张瑞桐有六个子女，其中两个也有了后代。胖子指了指其中一个道："你看这个名字。"

我看到这个张瑞桐的两个孙子中，有一个的名字叫作：张启山。

张大佛爷。

我挠了挠头，饶有兴趣地呵呵一笑。终于找到切实的证据了。

第二章 ● 张启山其人

　　张大佛爷是老九门中三门之首，也是九门中最大的。传说家中院子里埋了一尊不知道从哪儿盗来的大佛，所以被人称为张大佛爷。他的本名叫张启山，前期盗墓，中期从军，后期从政。张大佛爷是老九门中少有的能干大事之人，心怀天下。所以听老一辈聊天时，张大佛爷的传说总是让人感慨。

　　之前，我一直怀疑张大佛爷和张家古楼有关系。因为当时二叔和我说的时候，说过非常隐晦的内容。张大佛爷从北方迁往长沙，似乎本身就是张家一支外迁的族群，当时被日本人打散了。

　　如果不是同名同姓，那这个张启山，应该就是张大佛爷。

　　那这个"张起灵"张瑞桐，就是张大佛爷的爷爷。老九门第一族果然是张家人。

　　"如此说来，你二叔说的那些都是真的。"胖子道。

　　我道："我二叔非常聪明。如果他要瞒一件事情，他会把无关紧要但都真实的信息告诉你。你听完之后以为自己知道了，一查也全是真的，但是背后是否还有隐情就谁也不知道了。所以，他能告诉我的东西，一定是不怕我去求证的。"

胖子叹气。我继续道："张大佛爷一直在主管整件事情。他的队伍进入这里送葬，他们打开这个房间的门一定不会是偶然。不可能这么巧——一找就找到了张大佛爷爷爷的墓室。所以，我相信打开这里的人一定是有张大佛爷的指示。"

张大佛爷手上可能有一些线索，他让一批人寻找到了自己爷爷的墓室，然后盗取了其中的三件殉葬品。

可是，其中的黑金古刀为何最后会到三叔的手上呢？

"如果张起灵是一个称号，那小哥的真名叫什么？会不会是'张二狗'之类的名字？"胖子问道。

我道："从墓志铭来看，只要被选为张起灵之后，这个人的名字就被张起灵取代了。小哥叫作张起灵，应该也是被选中的。这一任张起灵的黑金古刀，最后到了新的张起灵手里。总觉得事情有一些蹊跷。"

胖子重新去看墓志铭："等等，我刚才忽然有个想法。你看看，这位张起灵，他是怎么死的？"

我静下来，在墙壁上的蝇头小楷中寻找这条信息，很快就在他的生平中找到了。

和之前的两位不同，这个张起灵是病死的。在他的生平记载中，他是在一次倒斗的时候"失魂症"发作了。

"'失魂症'是什么？"胖子问我。

我吸了一口气："就是失忆。"

那一瞬间我有了一丝错觉：难道这个张起灵，就是我们的那个张起灵？

因为同样有着黑金古刀，同样有着失忆症。难道他们是同一个人？

但是这具棺材里有骸骨，而且，这个"张起灵"算起来是张大佛爷的爷爷，那不是得有两百多岁了？如果是同一个人，那我们的小哥不就变成老妖精了？

我们又在那个房间里探索了很久才走出来。我有点魂不守舍，虽然现在还不敢妄下断言，但是，我之前预感的"找到张家古楼就能获得很多的秘密"，似乎是应验了。

我正在琢磨是继续往前，再找几个房间看看是否还能获得更多的信息，还是立即寻找通往下一层的口子，就在这个时候，我闻到了一股烟味。

"你肺都烂了还抽那么多烟。"我对胖子吼道。却见胖子脸色惨白，嘴巴上什么都没有。

"不是我，这不是香烟的味道，这是木头烧起来的味道。"胖子道。我和他对视一眼，立刻就想到之前我们把地板烧了起来，但是随后火就被我们压灭了——难道，其实并没有完全压灭，在我们走了之后，又死灰复燃了？

我们立即往回赶。转过几个弯，我一下就看到了火光，闻到了浓烈的烟味。似乎转弯口后面的走廊已经熊熊燃烧起来了。我们绕了过去，一股热浪扑面而来，我们都惊呆了。

我们之前探索过的一个房间，竟然已经全部烧起来了，并且已经蔓延了十几间。整个走廊上火舌乱窜。

"妈妈咪呀！"胖子挠了挠丹田，"老子没那么多尿了！"

我们捂住口鼻跑过去，发现燃烧得最猛烈的就是窗户纸。胖子脱下衣服当作扫把扑打火苗，把离我们最近的几间房间刚刚烧起来的火苗扑灭。然后冲到已经着火的核心区域。

我紧随其后。我们在那里狠命地扑打，也不知道过了多久，才把所有的火苗都扑灭了。

我完全蒙了，也不知道是被呛蒙的，还是热蒙的。我头晕目眩地看着四周一大片焦炭似的区域，无比惊讶，心说这么大的火，竟然也能这样被扑灭。

火势蔓延到的十几个房间，带窗格子的外门全部被烧毁了，离着火中心点越远的，烧毁的程度越低，着火点附近的几间则完全被烧毁，连墓志铭都被烧成了黑炭。

胖子剧烈地咳嗽，鼻孔里都喷出血来了。我去扶他，他摆手说没事："好多了好多了，是好事，血咳出来了，呼吸舒服些了。"

我们的脸上全是黑的，头发也全部被烧得卷曲了起来，身上很多地方隐隐刺痛——肯定是被烧伤了。

环视一圈，我无语凝噎，心说什么倒霉事都让我们摊上了。胖子把血唾沫吐在一边，在还相当烫手的木头上坐了下来，有点虚脱了，对我道："毛主席说，星星之火，可以燎原。真是太对了。天真，我走不动了，休息一下。你得再看一遍，把火星全灭了。"

我点头："你小心自己的屁股，别也燎起来了。"说着我就去踩熄那些火星。

"说起屁股，咱们一屁股压在那火苗上，当时都压灭了，怎么会这么快烧成这样？"胖子道，"这楼里也没有过堂风。"

我道："当时我们是压在门上，门上面有窗户纸，很可能是火星先慢慢引燃了窗户纸。"

"你说，样式雷也不在这里放几个灭火器！这么大型的木结构建筑，最怕着火了。"胖子道。

"没人住，也没有雷能劈到这里。"我道，"这儿又那么潮湿，着火的概率太小了。你内脏受伤了就别说那么多话，能少说几句就少说几句，好好休息。"

"要胖爷我不说话，还不如直接杀了胖爷我。"胖子道，"人生无常，说一句就少一句。我说得多了，你以后能记得的胖爷我的风采也就多一点——不对，天真，你有没有闻到什么奇怪的味道。"

我的鼻子被烟灰堵了，什么也闻不到，就道："什么味道？"

"好像是叉烧肉的味道。"

"叉烧肉？你快起来！"我道，"该不是你的屁股熟了吧？你坐在火炭上了？"

"放屁！以胖爷我屁股的油度，肯定不会是叉烧的味道，最起码也应该是北京烤鸭的味道！味道是从那儿来的。"

胖子指向了墓室里的棺材。棺材已经被烧得塌陷了，棺材盖子完全被烧没了。早知道如此，刚才就不顶回去了。

"难道是尸体烧焦了？但是刚才我们都看到，尸体是一堆骸骨，不可能烧出焚烧蛋白质的香味，更不可能烧出叉烧的味道来。"

地板也被烧毁得很严重。我小心翼翼地踩着走过去，用手电筒往棺材里照去。

瞬间一个激灵，我竟然看到了一具陌生的焦尸躺在棺材里面。而且，棺材里面全是木炭片。

这不是我们刚才在棺材里看到的骸骨，这尸体是从哪儿来的？

同时我还发现，这不是一具古尸，是一具现代人的尸体。从装备来看，这应该是小哥队伍中的一个人。不过面目已经完全被烧焦了。

胖子晃晃悠悠地跟了过来，端详了片刻，就把手电筒指向头顶："是从上头掉下来的，砸到了棺材上。"我抬头，果然看到棺材的正上方有一个裂口，往上是古楼的上一层。

"火把天花板烧穿了，尸体掉了下来，摔进棺材里？"我自言自语。

胖子道："然后就被烧死了？"

"不是烧死的。"我道，"我们没有听到任何惨叫声。你看这人的鼻子里一点烟灰也没有。他摔下来之前，就已经是一具尸体了。他应该是躺在楼上——位于这具棺材的正上方，大火烧穿了天花板，他从上面掉了下来，掉进了棺材里。"

"还有这种巧合？"

"未必是巧合。"

说着我就让胖子托我一把。胖子摇头道："不行了，胖爷我老了，这一次换你在下面。"

我看了看胖子的情况，心说也对。于是胖子蹬上我的肩膀，脑袋一伸，正好能探入裂口，于是举着手电往里照去。

胖子极重，他全身的重量往我身上一压，我就觉得肚子里有一股气差点就要挤出来了，赶紧用力缩紧全身肌肉顶住胖子。

我看不到胖子在上面干吗，只听到他叫了一声："我靠！"

我咬牙问有什么。他道："找到他们了，老太婆和小哥都在，不过……"

"不过什么？"

胖子啧了一声："你先别上来，你上来了可能接受不了。情况不妙，我先看看。"

第三章 · 所有人都死了

胖子上去之后，我听到了各种声音——他的咳嗽声、各种东西的拖动声，这些声音一共持续了十几分钟。

我在下面终于等得不耐烦了，不安地问："怎么了？到底是什么情况？他们怎么样了？"

我心中特别忐忑。我听到老太婆和小哥都在的时候，心里已经紧张起来。然后胖子又告诉我，我上去可能接受不了。

我真的接受不了吗？未必，我真的觉得未必。在我进入古楼的时候，就已经在心里非常明确地告诉过自己，我很可能会面对一些死亡——我是有这样的预判的。在更大的层面上，我从一开始就在做他们已经死亡的心理建设了。所以，死亡我是可以面对的，只是过程并不舒服而已。

我问了好几遍，胖子才探出头来，对我道："你上来吧。"

我心说你就随口说一句都死了，有什么问题吗？非得我自己上去看。

我伸手抓住胖子，蹬住已经烧焦的棺材边缘，勉力爬了上去。

上面是一个非常非常小的夹层，一米二三的层高。我看到里面挤满了人，全是霍老太婆队伍里的人。

整个夹层里，有一股难以形容的臭味。屎尿的味道，腐烂的味道，几乎已经混合得无法分辨了。

我捂住口鼻，看到地上有好多液体干涸后的痕迹。液体应该是从这些人躺的地方流出来的，在木地板上已经干了，留下深红色的印记。

胖子不停地咳嗽，对我说道："基本上都死了。"

我环视四周，在黑暗中很难辨认这些人。我首先辨认出来的是霍老太婆，因为她的特征非常明显。我爬过去，来到她的身边。我发现她已经死了相当长时间，连眼珠都已经混浊了，变成了琥珀一样的颜色，嘴巴张得很大，面部表情看起来特别不安详。

她一定死得相当不甘心，我心说。我叹了一口气，说实话，我对霍老太没什么感情，但是她毕竟是一个长辈，看到认识的人变成了一具尸体，我还是无法抑制心中的悲切。

继续往边上看，我看到好几个我认识的面孔，可如今他们都已经僵硬。死亡之后，屎尿横流。这些平日里叱咤风云的好手现在都变成了这副模样，有点不堪入目。

"小哥呢？"我的心已经完全沉下去了，知道一切都完了。虽然和那个鬼影说的不同，他们似乎找到了一个可以躲避碱性雾气的地方，但结果还是一样。

我出奇地没有觉得悲伤，但是我能感觉到一股非常强烈的情绪，随时会喷涌出来，这种情绪超越了所有的感觉，它的名字叫作"崩溃"。但是我硬生生地将它抑制住了，不知道是我逃避现实的功力到了一定的境界，还是我的思维无法接受这样的信息，选择了自我绕过。

胖子用手电照了照旁边的角落，那里有一堆衣服，对我道："你先别去看。咱们先看这里有没有什么有价值的东西，这里太臭了。"

我心中暗骂：你还能再无情点吗？小哥都死了，你还嫌臭。想着我就走了过去，扯开那边的衣服。我一下就看到小哥缩在那堆衣服里的脸。

我愣了一下，顿时僵住了，那一瞬间，我的脑子变得一片空白。

我无法描绘我心中的那种空白，忽然不知道自己应该做什么了。

死了？

开玩笑吧。

真的死了？喂，这是哪门子国际玩笑。

"醒醒，回家了。"我拍了拍他的脸。忽然我就觉得很好笑。我转头对胖子笑了起来："你看看小哥。"

"我知道。"胖子在一边说道，声音很低沉。

接着，我的手开始不受我自己控制地发起抖来，我看着我的手，发现心中没有任何的悲伤，我的意识并没有反应过来，但是我的身体已经本能地感受到绝望了。

我心说：坐实了，真的死了，闷油瓶真的死了！

这个世界上竟然还有这种事情，闷油瓶竟然也会死。

这个张家古楼真的太厉害了。我一直觉得鬼影是在危言耸听，如今只觉得天旋地转。

闷油瓶就是一个奇迹，他的死亡，忽然让人觉得整个世界变得无比的真实和残酷。这个世界上，所有的奇迹难道都不能是永恒的吗？还是说，原本就没有奇迹这个东西，一切都是巧合，现在巧合终于不再了？

过了很久，我才开始感觉到一股淡淡的悲伤。我能感觉到，我的本能正在强压崩溃的情绪，但是情绪的"高压锅"里还是有各种不舒服的感觉漏出来。我觉得，我不能放任自己的情绪，一旦悲伤，我可能也会在这里死去。

我心中的感觉特别奇怪，不仅仅是伤心，不知道别人是不是能理解我这种复杂的心情。

首先是绝望，然后更多的是一种对于我眼前所见的东西的不信任。我的脑子空白了很长时间，心中的各种情绪才翻了出来。

我之前一直想，如果闷油瓶死了，我会是什么样的感觉。我想过也许是无比悲伤，也许会因为想得太多了，做了太多次心理建设而变得有些麻木，觉得自己完全可以承受。如今真的碰到了，反而变成了我自己都无法处理的怪心情。

在这之后，我一直在一种纠结之中，不知道该伤心，还是假装镇定，忍住痛苦，最后还是前者慢慢占了上风。我在他的尸体边上什么都没有做，只是呆呆地看着。

可就在我刚觉得眼泪准备要流下来的时候，忽然我看到闷油瓶的手动了一下，在地板上划了一下！

胖子在一边叫道："你干什么呢？别看了，快点来帮忙！"

我的眼泪还是因为惯性掉了下来，但是心中的感觉无比复杂，转头就对胖子结巴道："他……他……他好像诈尸了！"

"我靠，小哥能诈尸，那该是多牛逼的粽子，粽子之王。"胖子说道，"你别胡扯了，快点！"

"他……他……他真的诈尸了！"我道，顿时心中有了无数的联想。我想到小哥要是真的变成僵尸了，我该怎么办啊。难道我们要和一具僵尸一起去盗墓吗？那就不是盗墓了啊，那就属于外交活动了。

胖子看我的表情奇怪，就问我道："到底是什么情况？"说着走了过来。才走了几步，忽然，边上另一具尸体也动了一下。

胖子竟然不害怕，径直走到了我的边上。我指着刚才他经过的那具尸体，结巴道："那人也动了，这里是养尸地？他们都诈尸了。"

"什么养尸地，这些人都还活着。"胖子道。

"活着？"我无法理解。胖子道："我没说这儿都死了啊！好多人都活着，不过情况不太好。你快点看看，四周有没有什么有用的东西——水、药品什么的，给活着的人都喂点水。"

我才意识到他刚刚说的话是这个意思，就骂道："你不早说，我被你吓得半死！"

"我和你可不一样，你丫就惦记着生死，可我惦记的是能救几个人。"胖子道，"小哥的脉搏还稳定，我刚才摸了，不过这里有几个肯定不行了。你快点临终关怀顺便抢救一下。"

我看了一眼小哥，他的脸色非常苍白，看上去和周围的尸体无异。我上去摸了摸他的脖子，真的有脉搏。

但是，脉搏跳得并不强劲，显然他的身体状况已经非常糟糕了。

刹那间我所有的情绪都像退潮一样退了下去，整个人软了下来。我几乎眼前一黑就要晕过去了，心说吓死我的小心肝了。胖子又拍了拍他的手，吸引我的注意力："快救人，小哥没事，别光顾着小哥，这些人都是爹妈养的。"

胖子说得对，在这种情况下，如果不救其他人而只救小哥，也是违反了我做人的原则。

我深吸了一口气，让心中那种因情绪剧烈变化而引起的疲惫感散去，定了下神。

我走到那些人身边，从他们身上翻出了水壶——里面的水放得太久都有点变味了。我们把消毒药品放在里面，然后一个一个地找那些还有脉搏和体温的人，一口一口地喂他们喝水。那些人几乎都没有知觉，身体已经衰弱到了极限。有些简直和尸体一模一样。

"到底是什么原因？是中毒吗？"我问胖子道。

胖子扯开这些人的头发、衣领。我看到他们身上已经溃烂的

所有人都死了

17

皮肤。

"你看这里很多的缝隙中塞满了布条和油蜡，基本把这里密封了。虽然这里雾气的含量非常少，但是那种雾气还是有剧毒的。在这里待的时间长了，也会慢慢地吸入很多，还是会中毒。"胖子说道，"你摔进氰化钾里是一秒死，你吸一口氰化钾也是一秒死——这是一个道理。"

"你这没文化的竟然还知道氰化钾。"我说道。

"当然，看过侦探小说的人都知道。"胖子说道，"氰化钾和霍元甲都是我的偶像。"

我道："那这些人怎么办？你看他们带的药品里有可以使用的东西吗？"

"如果有可以使用的他们早使用了。但是你发现没有，他们都没有戴防毒面具。看样子防毒面具对于这种毒气没有什么用。"

我心中觉得奇怪———一般在这种情况下，能戴上防毒面具的人一定会戴，就算没有用，求个心理安慰也好。我看到好几个防毒面具都散落在四周，不知道是什么情况。

"你上来的时候就是这样的？"我问道。胖子点头。

我想想觉得不对，道："你错了，他们之前肯定是戴着防毒面具的。不过显然有人发现过这个地方，有人检查过他们的脸，想看看哪些人死了，所以把防毒面具拿下来了。"

胖子听了就点头："有道理，是谁？"

我想了想，觉得最有可能的是他们的意见产生了分歧，队伍分成了两部分———一部分可能是由闷油瓶带领的，另一部分是由霍老太婆带领的。然后霍老太婆遇到了什么危险，闷油瓶过来救他们。来了之后发现霍老太婆已经不行了，同时闷油瓶也被困住了。

因此，这里的人才有两种不同的状态，一种已经死亡了，一种还有最后一口气。闷油瓶进来之后肯定也中了毒。但是毒雾应该是已经散去了，所以他撤掉了这些人的防毒面具，想看看这些人到底是谁。

我觉得照现在这种情况来看，这是最可能发生的。不过，想着想着我就意识到不对——也有可能是裘德考的人，进来之后发现了这里。

我想起了小哥的那把刀在裘德考手里，说是其中一个伙计带出来的，看来那个伙计应该是到过这里。即使他没有到过，肯定也有人把刀从这里带了出去，交给了他。

我想起了那个伙计可怖的样子和他看我的眼神，心中还是觉得奇怪，那种眼神到底意味着什么，谁也不知道，现在也无法去求证了。

我们在这个密室的四周寻找，找到了一个可以出去的暗门。这里应该是堆放某些正规的殉葬品的隔间。我打开门之后，就发现门口堆满了东西——各种各样的，奇怪的青花瓷瓶。但是，最值钱的不是瓷瓶本身，而是瓷瓶里面卷着的那些字画。这些东西全部被胡乱地堆在密室外头。

我一眼就看明白了，为什么会有这样的密室以及霍老太婆为什么会进入这个地方。因为这是一个字画室，这里面可能堆满了各种名贵的字画。这些字画如果泡在强碱雾气之中，是绝对无法保存的。当时设计张家古楼的样式雷，一定是为了保护这些字画特地设计了这间密封的小屋子。

霍老太婆肯定是看了样式雷的设计图才发现了这个房间。

果然是高手。如果不是这一招，他们现在很可能已经完全融化，我只能看到很多满是干肉的骸骨了。那时候我只能依据骸骨手指的长短，去判断哪个是闷油瓶。

所有人都死了

19

我们把所有还活着的人全都抬出了这间屋子。出去之后就是一条很长的走廊，结构竟然和下面一样，全都是一间一间的屋子。我们也懒得去看里面到底是什么情况。在走廊上把所有人都一字排开，然后开始一个一个地抢救。

这种强碱雾气的毒性作用于人的呼吸道，一定是呼吸道溃烂导致了呼吸困难。可能是因为我们的搬动，搬出去的几个人中最衰弱的几乎刚被放下，立马就断气了。

那种感觉很不好受，好像是我们谋杀了他们。一路想尽了所有办法，终于轮到闷油瓶了。

从闷油瓶被发现的状况来看，他用身上所有的东西把自己紧紧地包裹了起来。他身上的文身已经能看到了，说明他的体温现在已经相当高了。

胖子道："小哥这情况，难不成是把自己的呼吸调整到了最微弱的状态？"

"这难道是传说中的龟息法？"我道。

"你在说这种词语的时候，能别用那种港台武侠电影里的口气吗？"胖子道，"什么龟息！老子还吸鬼呢。他就是先把自己的身体弄得非常虚弱，进入到一种深度昏迷的状态。心脏的跳动也比较微弱，这样血压就非常低。用衣服裹紧自己，尽量减小自己的皮肤与空气接触的面积，这样能减轻中毒的程度。所有人中，只有他中毒的程度最低，应该就是这个原因。"

"他怎么把自己的身体弄虚弱啊？"我道，"和自己说，我很弱我很弱吗？你不觉得听了都想抽自己吗？你能把自己也搞成这样吗？"

"这你就不懂了。"胖子指了指小哥的手，把闷油瓶的手翻过来给我看。我看到闷油瓶的两个手腕上都有伤口。胖子说："要虚弱，放血就可以了，小哥对于怎么放血，肯定比我们精通得多啊。"

地上的那些红色的印记，看来除了其他人的屎尿，还有小哥的血。

"我们现在该怎么办？"我看着这些人有些害怕起来——如果再来一次，我们很可能也会变成这个样子，"我们两个人，这里这么多人，带不出去啊。"

胖子挠了挠头，就道："我说了你别生气啊。我觉得，咱们把小哥一人带出去就很好了。继续留在这里，谁也没戏，我们也得倒霉。"

"你刚才不是说要什么雨露均沾吗？"我道。

"救人归救人，但是当你发现已经救不了，你也就不要强求了。胖爷我是一个特别功利的人，以胖爷的身体，再扛一个人出去肯定是不行了。我和他们也不熟悉，他们可都是在这一行中比我混得好的，大家都应该有觉悟。你背上小哥，然后我搭一把手，我们赶快走是真的。"

我想了想，看了看地上那几个没有知觉的人，心道，如果是我躺在这里，会希望在自己昏迷的时候，别人进行这样的对话吗？

"那我们出去之后还进来吗？再进来一趟，把这些人还有霍老太的尸体也带出去？"

"我靠，你还嫌不过瘾？"胖子说道，"这鬼地方真邪门儿！胖爷我从来没怕过斗，但是这古楼，我进来就觉得浑身不自在。天真，我和你说，这些人等你再进来的时候早都挂了。你来了也是白来，千万别在这个节骨眼上纠结这些。"

我知道胖子是在骗人。胖子的思路其实很简单——我先尽力救，这是第一原则，但是救不起来，我也不强求，也不会背负任何道德约束。胖子是活得相当明白的人，很多时候他这种傻逼呵呵的活法还真是让我佩服。

我们没有再讨论这个问题。我走回去，看着霍老太的尸体，就想着回去该如何对小花说。

当然，其实霍老太真的已经活得相当够本了——这辈子精彩绝伦，牵扯的几个男人也都是一方枭雄，是平常女子连见识都见识不到的。只是霍老太死了，小花回去该如何交代？霍家现在一团混乱，生要见人，死要见尸。霍老太的尸体虽然形如枯槁，但是要带出去也是相当困难的。

我可能不能把霍老太的尸体全都带出去。但是，我带哪个部分出去，才能达到死要见尸的目的呢？

答案非常明显。但是我实在想不出来，我该怎么去把霍老太的头割下来。

我在想要是霍家的人看到霍老太的脑袋，该是什么表情。这"死要见尸"，真见了尸体，该不会直接发飙吧？

不过盗墓贼家族对于很多事情的看法和寻常人家是不同的，小花肯定也需要这件东西。即使它不会被陈列出来给霍家所有的人看，应该也会陈列在霍家一些能做主的长辈面前，然后告诉他们事情的经过。

　　但是我怎么想都觉得这行为实在不是我可以承受的。我在霍老太的尸体面前磕了好几个头，然后对她道："婆婆，您知道我想干吗吧？您也很疼小花。我真的是迫不得已。您要是没意见，您就别动。"

　　说完之后，我看了看尸体，发现尸体确实没动，就道："谢谢婆婆，我偷偷告诉您，我爷爷最喜欢的还是您。您要是也喜欢他就托梦给我，我把您埋到我爷爷边上去，不让我奶奶知道。"

　　"你个卖奶奶求生的厕货。"胖子在边上骂道，"你爷爷在下面说不定已经三妻四妾了，你把老太婆弄下去，又是一场腥风血雨。"

　　"管不了那么多了。"我道，"人在江湖漂，怎能不挨刀。"

　　说完我就觉得自己简直浑蛋到极限了。我抽出尸体身上的刀，在霍老太的脖子上比画了一下，闭上眼睛，咬牙，然后转头对胖子说："胖子，我有一活儿，你要帮我办了，我给你六十万！"

　　胖子在那边把所有的东西全部整理出来，转头问我："干吗呢？咱俩你还这么客气？说，什么活儿，要是简单的活儿我给你打折。"

　　我道："你帮我把婆婆的头给切下来。"

　　胖子看着我，就呆住了："你疯了！那秀秀不杀了你？"

　　我把我的想法和胖子一说。胖子想了想，道："这事情我真没干过。虽然我是盗墓的，但是亵渎尸体，还是熟悉的人的尸体，我还真没干过。我真干不出来。"

　　我叹了口气，就问胖子道："那怎么办？你给我想个辙儿。"

　　胖子想了想，就道："八十万，八十万我就干。"

第五章 ● 切掉了头颅

接下来的过程我不忍赘述。只知道，从霍老太伤口处流出的血都是黑色的。我们弄了几个背包，把该带走的东西全部装进了其中的一个包里。在小哥的背包里，我们发现了两个奇怪的圆环，一看就知道是刚才在棺材里看到的那两个印子的始作俑者。这东西在小哥的背包里，想必非常重要，所以我们全给塞进了包里。

闷油瓶依旧没有醒。我把他背起来，死死地绑在了身上。小哥的体重其实适中，他身体的肌肉含量特别大，所以虽然他的身材看上去很消瘦匀称，但是他实际的体重比我上次扶他要重得多。

胖子背着其他所有的东西和霍老太的头颅。我们计划是原路返回。在临走之前，我们把还有一口气的人全部送回到了密室之中。虽然知道他们肯定不可能等到我们下一次进来了，但是我们还是留下了一些水和食物。如果他们和那个鬼影一样，最后能幸存下来，那我们留下的就是一线希望。

说真的，做这种选择很难，我心中也很难受。但是我告诉自己——我只是一个普通人，我只能做这么多了。

还是从烧出来的那个洞口下去，来到了之前走过的那一层。

我问胖子，还要不要继续往上走。胖子说："我们的目的就是进来救小哥，现在小哥救了，还不快溜？上面就算有无数个俄罗斯大妹子跳着钢管舞，我也绝对不上去了！"

张家古楼上面还有很多层，每一层应该还有各种各样的奇怪情况。但是此时我少有的恐惧感压下了我所有的好奇心。

我们一路小心翼翼地往回走，很快我们就到达了底楼。

我已经满头大汗了，双脚都在不自觉地抖动。平时这种粗活儿都是胖子来，现在我感觉自己简直快要猝死了，没想到背一个人竟然这么累。

胖子背着其他东西也是累得够呛。他停下点烟，道："先等等，咱们不能从原路回去，那东西肯定在那里等着我们呢。就算不等着我们，那流沙层也太难走了。那么多奇怪的虫子，我们下去肯定会倒霉的。咱们得找到小哥进来的路线！"

之前那个铜门是封闭着的，小哥他们一定不是从我们来时的路进来的。

我心说怎么找啊，这家伙现在深度昏迷着呢！

胖子突然说道："看地上！"

我低头一看，发现地上全是凌乱的脚印。我用迷惑的眼神投向他。他道："和我在一起，我觉得你慢慢就变笨了，你看门口到这里。"

我按胖子说的看去，就意识到他在说什么了。门口进来，只有两道清晰的脚印，一看就知道是我和他的。

"小哥他们好像不是从门口进来的。"胖子道，"你看，这里的脚印非常凌乱，现在我们可以根据小哥鞋底的花纹，找出他们是从哪儿进来的。"

我低头看我们脚下无数的脚印，就明白胖子的方法是可行的。

我们一路按照他的方法倒退着寻找，很快就来到了几根柱子的中间。我们发现，闷油瓶的脚印，竟然是来自一根柱子。

"难道是从柱子里走出来的柱男？"我摸着下巴表示疑惑。胖子一下把脸贴了上去，仔细看这柱子的细节。

这根柱子上，雕满了貔貅样式的花纹，这在古墓里真的相当少见。我很确定这花纹是貔貅。但是在这些貔貅身上，我发现有一些麒麟的鳞片。我觉得这可能是一种新式的混合神兽，要么就是样式雷弄错了，不过雕刻得这么认真，感觉是错误的可能性不大。

胖子摸着那些貔貅的屁股，忽然就放手，转身到了另外一根柱子上去摸。来回摸了好几十遍，就对我道："温度不一样！这两根柱子的材料不一样，这一根柱子好像包着什么金属，但是特意做上了和另外一根完全一样的漆工。"

"这么说，这里面有机关？"我道。

"那还用说，小哥的脚印是从这里出来的，这里肯定有机关。这个地方可能才是进出这个古楼的正规秘密通道。"胖子道，"你且让我好好地按动一些。其中有一个，肯定有蹊跷。"说着胖子就要脱外衣上去好好研究。

我急忙去阻止："这里的粉尘只要一沾到汗，你浑身上下就会瘙痒无比，那滋味比死还难受。并且你一挠，一块皮就跟着下来了，而且你乱摸这些貔貅的屁股，保不准会触动什么机关。"胖子听我这么一说，只能裹着衣服。不过他对于机关倒是不在乎，蹑手蹑脚地上去，说道："一路过来都没有什么特别致命的机关，我觉得不用担心这个，小心点就是了，胖爷我怎么说也是经验十分丰富的。"

说着，胖子把貔貅上的细节一个一个地研究了一遍，仔细得简直有些猥琐了，但是怎么研究都觉得这些貔貅就是死的，无法按动。

就在我们纳闷的时候，我背上的闷油瓶忽然动了动。我看到他的手伸了出来。

我回头看他。他极度虚弱，还是闭着眼睛，也不知道有没有完全清醒过来。

胖子也回头看他，轻声问道："小哥，你想干吗？"

"我来。"背上的闷油瓶轻声说道。

我一下明白了他的意思，就往前走了几步。他奇长的手指贴上了冰冷的柱子，然后用手指在所有的花纹上轻轻地滑动。

我背着他，安静地绕着柱子走了一圈又一圈，任何声音都不敢发出来。在我们绕到第二十圈的时候，就听闷油瓶说道："第一行第十三个、第二行第六个和第三行第七个。对每个都轻轻地敲一下。记住顺序。"

说完他的手立即垂了下去。

胖子立即照办。弄完之后，忽然就看到这几根柱子开始缓慢地转动。转着转着，在中间一根柱子上就有一道大概只能让一人侧身通过的缝隙出现了。缝隙里面就是一条通道，一路往下，直通地底。

在这根柱子的内壁上，有攀爬的脚钉。

"家有一哥，如有一宝啊！"胖子说道。

我们两个放下手里的装备，我把小哥先过到胖子身上，侧身小心翼翼地下去，再接住小哥。下到底部，用打火机一照，不由得惊讶了——我们竟然看到了一个由石头垒成的房间，而且看四周的情况，这应该是一个地宫。

"这里也是张家古楼的一部分吗？"胖子问道。我点头——按照之前的惯例，这个古楼的地宫之中，应该是张家老祖先的墓。恐怕，这个地方葬的人，都是年代相当久远的老前辈了。

"怎么办？"

切掉了头颅

27

"小哥就是从这里出来的，显然进出口就在这里！小哥，你倒是好人做到底，再GPS一下。"胖子对闷油瓶道。

闷油瓶在我的背上毫无反应，看来他又昏睡过去了。胖子看了看只能摇头，对我道："没电了。"

"走吧，我们小心一点。既然出路在这里，我们总能找得到。"我道，"逢山开路，遇水搭桥，我们走一步是一步。我把小哥放下，咱们先四处看看。"

这里没有粉尘，是可以好好休息的。我看胖子也喘得相当厉害，就让他也把所有的东西先放下。

我真的是从来没有这样疲倦过。小哥从我肩膀上下来，我立马感到头晕目眩。我揉了揉肩膀，就跟着胖子四处去查看了。

我们发现，前方唯一的出路是一道石门。石门紧闭着，但是能从门底下看到在近段时间被打开过的痕迹。

第六章 ● 古楼的地宫

"这东西是墓门吗？"胖子道，他摸了摸之后倒吸一口凉气，"真的是墓门啊！"

"看样子，这可能是张家古楼的原始形态。最老的张家群葬墓，可能不是楼状，而是一个普通的古墓，后来修了上面的木结构的古楼后，这里被后代保留了下来，作为古楼最底下的地宫。张家的老前辈可全在这里呢！"

"我靠，那咱们进去，岂不是等于倒斗？"

"怎么，你害怕？"我问道。

"不是，我是兴奋。"胖子道，"你想咱哥儿几个，多久没进真斗了？如果咱们真是来倒一斗，那就是故地重游。虽然不是实际性质的，但是在情景上，我们可以好好过过瘾啊！"

我心说胖子真是怎么说都有理，便对他道："那行吧，'摸金校尉'，您先请，快点儿找条路咱们先出去。我下次再找几个真斗让您过过瘾。"

"别，我嘴上虽然这么说，但是经过这一次，我是真的有点尿了。我决定回去就改行卖大白菜。"

之前的古楼，其实不是正规意义上的墓穴，但是进入这里，感觉就不同了。这是张家先人的墓穴，怎么说也是比我们厉害很多的老前辈的墓穴，打扰是大不敬的。我们在墓门前磕头叩首，然后我让胖子拿香烟出来，一切还是得按照规矩来。

按以前北派的规矩，进古墓都得点香祭拜，说明自己是个穷光蛋，老娘生重病，老婆被强抢，必须得靠这笔横财才能活下去，以求得到墓主的原谅。

胖子说得当然更加振振有词，说什么你们张家的后人不靠谱啊，GPS没电了，迷路了找不到路啊……这些有的没的。

我的手表丢了，没法看现在的时间，只知道我们在里面待的时间已经够久了，再不出去，上头的机关可能就真的会启动，便催他快些完事。

胖子道："念完咱们就把'香'抽了。这里小哥来过一遍了，想必老祖宗不会介意的。"

我道："介意不介意，你等下就知道了。烟我可以抽，你绝对不能碰了。"

胖子下来之后，咳嗽明显少了，我也稍微放松了下来。胖子说得没错，可能他的血咳光就没事了。

胖子道："放心，咱们现在前途未卜，我不会拿自己的性命开玩笑。你抽的时候大口点，我沾几口二手的就行了。"

我道："别废话，让爷瞧瞧你的手段。"

胖子弄完之后，就去推那石门，推了几下，便发现石门后面有什么东西顶住了，我从门缝里望去，便看到一块自来石。

"这石门你要怎么打开？"我道。

胖子点头，从包里掏出一个东西来。那是一个奇怪的钩子，不知道他是从哪儿搞来的，估计是霍老太队伍中的人的。他把钩子插进墓门的后面，便去开自来石。

自来石是非常出名的东西——在离开古墓的时候，可以用来让石门自己关闭。当时很多新来的考古队员在第一次进古墓时不了解这东西的原理，都会选择使用暴力强行打开古墓的门。他们打开一次之后就会发现其中的蹊跷，但是往往为时已晚，墓门都被破坏得无法修复了。小哥他们下来的时候是反着走，没问题，但是石门现在自动关闭了，自来石一卡，要打开就没那么容易了。

胖子使用这工具似乎也不是特别熟练，搞了半天也没弄开。我道："哥们儿，业务不是很熟练啊！"胖子就骂道："最近几年跟你们混，就没进过几个正儿八经的斗。跟着的人还都是高手高手高高手，我都没有演练的机会。你要知道，我跟你们混之前，哪儿那么多的皇陵给我碰上，有几个土坑刨就不错了。"

"这么说你还得感谢我们让你长见识了？"

"狗屁，光长见识又没钱。我不是旅行家，没事做在古墓里闲逛。老子也是要背业绩的人。"

说着，我们就看到门一下松动了。我靠着石门一顶，门终于开了。

一条巨大的石道出现在我们面前，里面漆黑一片。我们打起手电，竞相往里面张望。我发现我还是不适应把这个叫作墓道——它和我之前见过的墓道很不相同，没有什么装饰，倒是同我之前在山中见过的石道很相似。

胖子现在满脸都是一种幸福和兴奋交织的表情，他显然没有意识到我的想法。他高兴地对我道："墓道啊，比看到老子自家门前的路还亲切。"

"张家看上去有点儿底子啊！上头的张家古楼如果是样式雷最牛逼的作品，那这里可全都是用石头砸出来的，这个工程在难度上显然比张家古楼大得多。"我道，"而且，有这些石头在古楼的底部做地基，古楼的抗震性也会高很多。"

墓道里什么都没有，似乎也不会有什么机关。胖子说他也管不了那么多了，小哥既然是从这里来的，有机关也可能早就被他破坏掉了。而且张家古楼的理念特别奇怪，它似乎没有过多的机关，所有用来防御的机关似乎只有那种毒气。不过，那确实是我见过的最简单有效的防盗方法了，想来也没有什么防御措施是比让一个地方充满了毒气更加有效的。

我们拧亮了手电，一边看着四周，一边向墓道里走去。空气一直没有任何问题，我们尽情地呼吸着，那种胸中发疼的灼烧感基本上消失了。

这里的石头壁上，完全没有那种密洛陀的影子。我摸了一下，发现都是火山岩。显然，这里本身就是为了防御密洛陀而建造的。

石道的两边有两条排水沟，和西沙古墓中的墓道非常像，连接着古楼之下的排水系统。但是这里似乎多年没有水流过了。难道近年来巴乃村的降雨量降低了，雨水远不如古时候那么充沛？或是出于某个大工程的原因，往这里流的地下水变少了？不管原因怎样，这对于张家古楼的保护倒是一件相当好的事情。

我们走了六七十米，墓道开始转弯。两边出现了很多石穴，石穴中放的全是非常小的棺材。这种布局和我们在楼上看到的差不多。但是这些棺材全都是用石头做成的，看上去不算太豪华。很显然，张家人在早期时，也是比较顺应当时的墓葬习俗的，使用石棺椁的居多。

这里的石壁上也有很多文字。胖子想看，被我拉住了。

在没找到小哥之前，任何线索我们都不能放过，但现在已经找到小哥了。此时，我脑子里只有一句话：我要和张家古楼说bye-bye。

胖子还没放弃，说："咱顺便看看，张家人的起源肯定就在这些文字里，而且，这些棺材里的东西年代一定久远，相当值钱！我们随便打开一个，拿一个走也不算白来啊！"

"你不是说你已经尿了吗？怎么忽然又琢磨起这一套了？"

"触景生情啊。"胖子道，想了想就摇头，"算了，有你在，开棺材未必是好事，听你的，继续走。"

我说道："别扯淡！等出去了，你要钱，我把三叔的产业送你都行！"

胖子说："得了吧，那种黑道文化老子消受不起！胖爷我还是喜欢做一单就爽几年的贩子生活。"

我们又往前走了大概三十米，前方通道的中央忽然出现了一排巨大的棺材。每具棺材都有双开门的冰箱那么大，呈一字排列放在石道的边缘。

我们去数了一下，有六十具那么多。胖子说："这些是张家古楼祖先中体形比较不正常的几位吧，看这体形都赶上日本相扑运动员了。像小哥这么好的身材，看来也是后天锻炼出来的。"

我道："这些都是合葬棺，里面都有两具尸体，如此看来比较恩爱的模范夫妻的合葬棺都在这里了。"

胖子看了之后大为感慨——如果以后他和云彩也来合葬，这棺材肯定还得再大点儿才行，得搞个五斗橱那么大的棺材。我对他说，他死了之后，云彩的年纪还足够再改嫁五六次的，他们合葬得用一张大通铺。胖子听了直骂我龌龊。

我让他别琢磨了。在这些大棺材的后面还有一道石门，左右各有一根大黑柱子。看粗细，似乎是上头延伸下来的，可能是上头古楼深入地下的部分。

石门半开着，显然有人从里面出来过。我想过去，胖子就拉住我，让我看柱子。柱子上面有被人处理过的痕迹，被贴了很多东西。一看，竟然都是胶布。这么看着，就好像这柱子走路的时候不小心踩了某个黑社会老大后被狂扁过，就差给他画上两只泪汪汪的眼睛了。

我爬上柱子检查，发现这些胶布都贴在了柱子表面无数的小眼上。这柱子像被白蚁蛀过一样，全都是小孔。我想撕掉一片看看，被胖子拦住了。他说，小哥他们贴上肯定是有理由的，不要乱动。

我们重新看了一遍，把所有贴胶布的地方用我们自己带的军用胶布再次粘上，然后才小心翼翼地推开石门。在推开石门的一瞬间，我就看到所有的胶布忽然吸了一下，似乎洞口有什么气压变化。

果然有蹊跷，不知道不贴上会发生什么后果，说不定会有无数毒针射出来。我突然想起这个古墓是可以利用气压作为动力驱动机关的，这种机关可以做得相当巧妙。

石门被推开之后，我们侧身进入，举着手电迅速射向所有的角落。里面是一个石室。

第七章

•

神秘的棺材

石室的大小和规模都非常普通，没有任何打磨或者浮雕。我明显发现我的手电光是在寻找能够继续前行的通道，而胖子的手电光是在看里面的东西。

四周都是木头箱子，不仔细看还以为是短棺材呢！在这些箱子的中间，还有一具棺材。这具棺材显得特别奇怪——不是说样子，而是好像不应该放在这里。

四周的箱子非常凌乱，感觉好像有人搬动过这些箱子，然后腾出了一个地方，把这具棺材放在了这里。问题是这具棺材甚至都没有摆放正，被斜斜地胡乱放着。

胖子对箱子特别感兴趣，一直和我说就看一只箱子，但被我坚决制止。我们来到棺材的边上，看到那棺材旁边放着很多已经锈得一塌糊涂的奇怪工具，可是一看就知道是现代工具。

"有人来过这里，但不是小哥他们。好像是很早以前就来过。"

胖子踢了几脚工具。我看着那些工具，就发现那些是用来做支架、吊起、滑动、上肩的小配件，似乎是运输这具棺材用的。

"应该是七十年代末那支考古队的东西，这具棺材好像是他们从哪儿抬出来的。"

胖子从地上捡起一个小零件来，吹了吹，道："难道他们想把这具棺材运出去？"

我把目光投向棺材。

棺材是木头的，四个角上都包着铁皮，起到保护的作用。棺材没有被打开，几乎是原封不动地放在那儿。

"为什么？"我道，"这棺材不是很起眼，而且，他们没有运出去啊！"

"别说，考古队的心思你别猜，猜了就苦逼了。"胖子道，"别管了，继续往前走，老天要让你知道的你一定会知道。如果我们能知道这棺材是从哪儿抬出来的，这个线索还能多一点。"

"等等！"我道。我忽然看到了棺材上面有一个奇怪的图案："你看这棺材的图案是不是在哪儿看见过？"

"哪儿看过？"胖子不解。

我道："我们在楼上，在张起灵的墓室里看到的棺材上，也是这样的图案。这会不会也是一代张起灵？"

"如果是在这里，那就是初代张起灵了。"胖子道，说完他看了看我，啧了一声，就抓住我的手道，"等一等，天真，我有几句话要提醒你。"

"什么？"

"这具棺材会不会是考古队想要从古墓里运出来的，而且可能是初代张起灵？如果是，你觉得，在这具棺材里面，会不会隐藏着什么关键的秘密？当然，这一切只是我的推测，不过，想想你以往的纠结，事情到了这一步，咱们出去了，就永远不会再进来了。我站在你的立场上，为你考虑，你要不要开这具棺材看一下？"

"是你自己想开吧？"我问他。

胖子很严肃地摇头："不，我现在只想平安地出去。我是想到你以往的那些日子，也许答案就在这棺材里。开一下就知道了，天真，三分钟就开了，既然你想知道，你是应该尝试的。"

我看着他的表情，意识到他似乎不是在开玩笑。不过，他说的一切确实是对的，推测也很合理。

"你说得对。"我看了看头顶，似乎没有什么动静，就道，"干，开了看看。"

没有工具的时候撬棺是件麻烦事儿。我们拿出铁刺，发现这木头棺材顶的严密程度已经到连缝隙都找不到的地步。最后还是胖子眼尖，往底下一看，说道："放反了放反了！棺材被反着放着。他们真是不尊敬逝者！"

我低头一看——果然，棺材被整个倒了个儿。因为是方棺，所以怎么放看上去都不奇怪。

我和胖子比画了一下，发现就以我们两个人的体力，根本不可能把棺材翻过来。而以现在这样的角度，也不可能把棺材盖子撬开。胖子就说，不管了，从屁股后面打洞吧，把棺材底打穿了再说！

我们用铁刺当锤子，一点一点地敲打。胖子发狠也许是为了遵循他说的三分钟的约定。很快他就把棺材底子砸出了一条裂缝。有了裂缝就好办了，我们把铁刺插进去撬。一会儿工夫，棺材底就被我们撬出一条手臂长、可乐瓶宽的裂缝。

胖子把铁刺插到那裂缝里搅动。我道："把里面所有的东西都拨到一边去，我要看棺材盖儿背后的族谱。"胖子就道："拨一边不行，得全部弄出来！"

胖子还真是能顺手牵羊。我懒得理他，让他快弄。他竟然就戴上手套，直接把手伸进棺材里。很快他就抓到了一个东西，一下拉了出来。只拉到一半，胖子就大叫了一声。

他拉出来的东西，竟然是一具湿尸的手。

"别一惊一乍的，你又不是没见过！"我道。

"不是这个，你看手指。"他道。

我看到，这只手上所有的手指都戴着戒指。戒指泛着一种非常奇怪的光芒，不像是宝石，也不像是金属。而且戒指的造型很奇怪——只看一眼，我就知道绝对不可能是中原的样式，很可能是西域传来的，甚至是当时尼泊尔地区的东西。

湿尸的手指甲很长，但是看上去似乎并没有什么危险。胖子把戒指一枚一枚地弄下来，直接揣到自己口袋里，说："我是被这只手的阔绰吓了一跳！我还以为张家是一个特别简朴低调的族裔，像小哥一样，每天只要吸风饮露就行了。"

我心说，要养活小哥可贵着呢！这种大人物，就算是打电话去公安局报失踪案的电话费也远远高于几个古董。咱们和小哥是朋友关系——我听其他一些人说过，哑巴张夹喇嘛的价位高得吓死人，出场费肯定比周杰伦高，虽然他一首歌也不会唱。

他弄下最后一枚戒指才递给我看："来，天真，看看，随便估价。"

"你不是说你不为财吗？"

"我没说，我说你应该打开看看，但是我没说我不会顺手牵羊。开个棺材三分钟，牵羊不过几秒，不会耽误你的。"

我看了一眼，那是玉石戒指，价值无法估计，就道："在垃圾到国宝之间徘徊。回去帮你问，你现在快点继续。"

"不用你说。"胖子道，直接就拉住那湿尸的手，把尸体整个儿一点一点从棺材里拉了出来。等那尸体的头从缝隙里被扯出来的时候，我不由得倒吸了一口冷气。

"这尸体的头发这么长？"我道。尸体的头发长得把尸体的很多部分包裹住了。

胖子深吸了一口气，故作镇定地道："古人的头发都很长，所谓的长发飘飘，披头散发。你没看很多古代戏里，犯人都是披头散发，一个个都能上沙宣广告了。"

我摇了摇头，轻声道："但是也没有这么长的啊。这头发长得上吊都不用麻烦别人，跳绳估计都够了。"

胖子道："很多人死亡之后，头发还会长很长时间，这不奇怪。"

我心说怎么可能，以这头发的长度，得是长了几百年了吧，都长成海带了！不过我不愿多想了，就道："对，别管了，赶快！"

胖子先用铁刺碰了碰那尸体，发现完全没有尸变的迹象，就直接搜索全身。发现再无其他东西，就直接甩到了一边。尸体落地之后，似乎被氧化了，直接摔成几块——本来就萎缩得厉害，这一下就变得七零八落了。

我心说太不敬了，立即道歉。胖子完全不理会，道："不会尸变的尸体不是好尸体，对于这种不上进人士，不用忌讳。"说着，举着手电继续向棺材里面看去。

"这毕竟是张家的祖先。"我道。

"少废话了，你找到你要找的东西没有？"胖子问我。

但是这时候，我就发现不对劲。我把胖子揪过来，惊悚地道："靠！这尸体里面的液体怎么是绿色的？难道是密洛陀的尸体？"

碎尸躺在石板上，全身的衣服已经腐烂成一团一团的腐物，看不出原来穿戴时的样子。有液体从里面流了出来，绿得瘆人。头发几乎遮住了所有部位，只能看到脸上张大的嘴巴。碎尸里面的液体相当多，不停地在石板上蔓延。

我是第一次看到这样的状况，满头冷汗。胖子说："没道理啊！尸体是湿尸，所有的体液应该是和棺材里的液体混在一起的，这些绿色的液体是从哪儿来的呢？"

"骨头里。"我道，"骨头里有绿色的液体——可能是骨髓。"

但是让我奇怪的是，胖子这样浑不吝的恶人，竟然也明显地浑身不自在，人直往后缩，刚才那种嚣张的气焰一下就没了。

我拍了胖子一下，道："你要不要给我一个解释，或者给我一个建议——我们现在应该怎么做？"

胖子道："别开玩笑，现在不是开玩笑的时候。我想起了一段不堪回首的往事！"

我问道："什么往事？这是你老情人？"

"你老情人才这样，你全家老情人都这样！"胖子道，"我有一个特别好的朋友，死的时候和这具尸体一模一样。"

胖子用铁刺压了压尸体的胸口，试着挑开了尸体身上的头发——一个脖环出现在了我们面前。

"果然。"胖子就道。

"有屁快放，我们还有正事！"

"这个人是中了非常严重的尸毒而死的。这张家的老祖宗肯定死得特别惨，应该是喝了中药活着入殓的，而且死后有尸变的迹象。这绿色的体液应该是由于尸毒入骨所产生的。因为是活着入殓，当时还有软骨，所以这些体液就封在了骨髓里。"胖子说道，"这脖环我只见过一次，是用来防止尸变的。你看，上面有很多古玉。"

"现在还会有危险吗？"我问道。

胖子摇头："不会。应该不会，都这样了。就算成粽子也是残疾粽子，我们不需要怕。只是我怕这些东西有毒，要是吸入鼻腔多了会出麻烦。我们的呼吸道本来就受损了，很容易出事。不过，如此看来，这肯定不是初代张起灵了。"

"为什么这么说？"

"他没有宝血，张起灵不会中尸毒。"

"那为什么他棺材上面的图案和张起灵棺材上的是一样的？"我

问道。

胖子道："也许那图案不是标记身份的，而是标记他是死于意外。"

这个已经无法判断了，谁也不知道当时的情况是怎样的。

我看向四周——我们进来的路上，没有发现搬运的痕迹，这棺材一定是从里面运出来的，他们把棺材从里面运了出来，胡乱放在这里，这工程相当浩大，特别消耗体力。如果这东西确实不重要，为什么他们要花那么大的力气，把一件好像不是特别重要的东西抬出来呢？

"天真！"胖子在我身后叫我。我转头道："干吗？"

"我错了。"胖子道，"这玩意儿还是有危险的。"我转头，一下就看到地上的尸体竟然长出了寸把长的黑毛，乍一看活像一只大刺猬。

第八章 · 冲锋枪和粽子

我大叫了一声，举起枪就开，被胖子一下压住枪头。子弹全部打在了地上，发出惊天动地的响声。地下那尸体的毛长得飞快。我去看那尸体的脸，尸体的眼窝一下子塌陷了下去，他的嘴巴张得更大了，绿色的液体顺着那些黑毛直往外渗。

我靠，变成粽子了！

我们两人连滚带爬地退开了好几步，我大骂胖子："你说话像放屁一样！什么时候能准点儿？"

胖子道："我已经承认错了。老子还真没看过这样也能尸变的，这简直是粽子界身残志坚的典范！"

我问他道："你看看那百宝袋里有没有黑驴蹄子，或者其他能用的东西。"

"我靠！那袋子就那么大，你说可能有这种东西吗？你以为世界上有吉娃娃驴吗？"

我用手电照着尸体，那尸体竟然已经翻了过来。我忙把手电转到其他地方去，道："你快去把小哥弄过来，或者弄点他的血过来也行！"

胖子忽然想起了什么，道："我有，我有，不用现成的，我有血！"

"你的血有个鸟用啊！"

"不是我的血，是小哥的血。我之前问小哥要的。"胖子从兜里掏出一个东西。我发现是一片卫生巾，上面有一些血迹。

"你——"我真想用头撞墙，"你哪儿来的？"

"有一次小哥受伤的时候，我偷偷攒的。攒这么多很不容易。"胖子道，"我告诉你，夏天放家里，蚊香都不用点。"

"我靠。"我无法理解。胖子道："别讲究了。来吧，咱们今天要耍耍威风。"说着就把那片卫生巾对着尸体，道："趴下，把手伸出来。"

我一看，地面上只有一摊子绿水，尸体根本不知道哪儿去了。再往地上一照，我一下就蒙了——只见那尸体趴在一旁的棺材上。

"他理解得不对啊，你确定这是小哥的血吗？"我问道。

"绝对确定！这种保命的东西，我可是从来不打马虎眼的。"胖子道，"你等等，你知道古人的发音和现代人不一样，你试试古语发音。"

"老子不会。"我道，"小哥当时震慑女尸的时候，也没有说什么啊！"

胖子扯着卫生巾，又叫了几声。见尸体还是没反应，就道："难不成小哥的血只能搞定女尸？这尸体是爷们儿？"

我摇头，看着那长满黑毛的尸体——只有一只手，竟然十分灵活地从棺材上跳到了地上，朝我们爬了过来。我们立即后退了十几米，生怕被他抓住。

胖子还是举着卫生巾。尸体还是完全不怕的样子。胖子脑门上青筋暴露，忽然把卫生巾直接拍在了尸体的脸上，从背上把冲锋枪翻了出来，对我道："不靠谱，还是咱们爷俩玩狠的吧，直接把他给秒了！"

我立即跟着他——就在尸体迅速朝我们逼近了几步的时候，我们俩举着冲锋枪直接对着尸体开火。雨水一样的子弹全部打在了尸体身上，把尸体打得连翻了十几个跟头，一下折到了棺材后面。我们立即绕过去，就看到尸体身上全是冒烟的孔。但是尸体一个翻身，还是转了过来，继续朝我们爬了过来。

"我就说机关枪打僵尸没用，这枪的口径太小了！"胖子直接几个点射，阻碍了尸体的前进。我看到，尸体的手被我们打断了。

"未必！"我说道，"集中火力，我们把他的头打烂！"说着，我和胖子扣动扳机追着尸体一阵猛打。无数子弹打过去，打完一个弹夹我就换一个。一直打到尸体的脑袋完全破碎，尸体不动了，我们才停下来。

绿水横流，满地都是。

我和胖子在尸体边上等了半天，发现他真的不动了，才击掌庆贺。胖子道："我就发现每人一把火器比小哥要灵光得多啊！"

"别这么说，毕竟小哥的弹药比我们充足。"我道。

胖子指了指棺材，问我还要不要看。我摇头，对胖子道："从现在开始，任何东西都别打开了。"

不是我不想看。其实我还是很想知道，在棺材盖儿的内壁上雕刻的是什么内容，但是我实在没有精力去处理更多的突发状况了。刚才我是一念之差才答应了胖子，其实自己心中还是相当忐忑的。很显然，我们两个的体质，绝对不适合干这一行——一个是必然会撺掇我开棺材的体质，一个是开棺材必然遇到粽子的体质。我觉得以后一定要有自知之明，爷爷不让我干这一行显然是相当睿智的。

胖子想了想，点头道："同意。"

继续往前走的路，就在那些箱子后面。那些箱子被我和胖子打得七零八落。我们走过去就看到了第三道石门，不过这道石门是从上面吊下来的。石门上雕刻了一个兽头。石门半开，下面用一台千斤顶顶着。千斤顶也是锈得十分厉害，让人感觉一碰就可能会断裂。

兽头的上方有一块石头，有三四百斤重。那是石门的负重石，用来压迫石门下降。

我探进去半个头，用手电照了照。然后，两个人爬了进去，看到了一个更大的石室。

这是一个巨大的圆形石室，足足有半个足球场那么大。有七根巨大的柱子立在石室的四周。上头是一个七星顶。这里真是稍微有点像一个墓室了，但是比起其他的大型古墓，还是显得缺乏细节。石室中间有一座和张家古楼外形很像的高台。高台前有两条小河，从墓室的前方流过。

我目测了小河的宽度，第一条小河大概六人宽，上面什么都没有，而第二条小河，也就是比较靠近我们的那条，上面有六座石头桥，每座桥的样子都很不一样。每座桥的桥头都安放着一只可怖的动物石像，说不清楚是什么，但是看上去都是阴恻恻的，不怀好意的样子。

胖子抬脚就想上去。我把他拦住了，指了指上面。我刚刚看到墓顶之上有一条绳索，是后人架上去的，而且很新，是现代的登山绳——显然是闷油瓶他们进来的时候弄上去的。

我往上一看，上面的七根石梁呈伞状，好像一把大伞撑在了石室的上方，上面雕满了奇怪的浮雕。有些浮雕上有钩子一样的造型，比如说鹰嘴、鲤鱼的尾巴，反正都像一只只钩子一样，这是不正常的。

我一眼就能看出来，这些浮雕是经过伪装的。安装这些钩子一定是为了让绳索能够在上面这些浮雕中巧妙地穿过，肯定是古代的工匠为了吊装什么东西而设计的。完事之后，这些钩子就被雕刻成了各种各样的图案。

另一面是一把铁钩，应该是从对面甩过来的，钩到了天花板上的某一处。这种准头肯定是小哥的手笔。绳子在那些钩子中巧妙地穿梭，在上面形成了一道绳桥。

这七座桥应该都有蹊跷——如果你上错了，很可能会遭遇横祸。闷油瓶为了避免多生事端，选择了从其他的途径通过——这也是他的风格，绝对不走别人给他安排好的道路。

六人宽的小河，也就是说有十米以上。以我和胖子的体力，直接过河是绝对没戏了。于是，只得走小哥给我们留下的道路。

我们找到绳索的那头，爬了上去，一路倒吊在天花板上，过了外面那条小河，来到了里面的小河前。胖子在上头往下看的时候，道："河里好像有什么东西？"

"什么东西，难道是鳄鱼？"我道，心说就算是鳄鱼也应该是死鳄鱼了。

"不是，是个死人！"胖子道。我们从另一头下来。胖子撂下身上背的东西，立即就用铁刺做了一个钩子，来到他看到死人的地方，蹚水下去拨弄。一个黑色的东西竟被他从河里面拉了上来。

把这黑色东西拉到岸上后，我们立马闻到一股非常难闻的腐臭味道。

果然是一具尸体，而且还不是古尸——难道是小哥队伍中的人？

"会不会是走了桥，中招死掉的人的尸体？"胖子问道。

我摇头："小哥很少会让自己队伍里的人犯这种错误死掉，除非是你这种完全没组织没纪律的人。"

我们把尸体翻过来，只见他的身上全是淤泥，带着一股熟悉的中药味。我捧出小河里的水，往尸体身上一冲，一下就看到麒麟文身露了出来。在鼓胀的尸体上，文身无比清晰。胖子惊叫了起来："是小哥！小哥什么时候又死了？"

第九章 ● 又有一具小哥的尸体

虽然尸体已经完全泡烂了，我们还是认出了那文身是麒麟的图案。但是稍微一辨认，就知道这不可能是小哥。因为文身虽然非常相似，但是粗糙了很多，皮肤也更加黝黑。最重要的是，这人的头发中有很多白发。

我们把尸体重新放进水里，因为味道实在是太难闻了。在他入水的那一刹那，我才意识到这具尸体，竟然是盘马老爹。

他应该是跟着闷油瓶的队伍进入这里的。我心说，不知道为什么死在了这儿。

我最后一次见到盘马老爹的时候，他的状况似乎是被刺激了，疯了一样。我也不知道他是真的疯了，还是装疯。之后他一直就没有出现过，我对他的事情也没有了兴趣。他这样的人——之前为了几袋粮食，可以杀死那么多人，又和那鬼影保持着千丝万缕的联系，肯定是一个小利益导向的人。不管他是以什么目的跟踪闷油瓶的队伍，我都没有兴趣猜测了。

　　尸体慢慢地又沉了下去。整个尸体已经泡肿了，显得无比可怕。盘马老爹是一个很苍老的人，如今水把他的尸体泡得一点皱纹都看不到了。如果不是闷油瓶就在外面，我真的会以为，这就是闷油瓶的尸体。

　　盘马这辈子就是一个悲剧。不过，他也算是罪有应得。每一个人都必须为自己所做的事情付出代价，盘马现在有这样的结果，其实已经挺合算了。

　　我们翻了过去，走上台阶，走进那帷幔之中。翻开帷幔之前经历了那么多，我已经浑不吝了，不再有任何的迟疑和好奇。

　　那帷幔之中是一个玉石做的大床。大床上什么都没有，空空如也。

　　胖子问道："怎么没东西？这么大阵仗，最大的墓室里，竟然什么都没有？"

　　我问胖子："你进过的古墓多，你觉得这是一张棺床吗？"

　　"从高度来说，很有可能是。"胖子道。

　　我就道："你看这棺床上，有很深的被长时间压过的痕迹。显然，应该是有一具非常沉重的棺材曾经压在这张玉床上。但是，这具棺材现在不见了。"我摸着棺床上的痕迹——这一定不是木头棺材划出的痕迹，不管是多么沉重的木头，也不可能划出这样的效果。因为这种玉石特别坚硬，能造成这样的效果，要么是一具金属棺材，要么就是在木头棺材的外沿，有着大量的金属配件。

　　我觉得后者的可能性更大一点儿，因为我们在上头看到的棺材几乎都是全木的。而且，里面的尸体基本都已经成骨了。完全的金属棺，如果有矿石在这里也可以浇铸。但是这个房间里，我没有看到长年使用冶炼炉具的痕迹。在古代，要是真想冶炼出金属器具，那需要的不是一般的大排场。同时，冶炼还需要大量煤炭。张家人既然为这里设计了种树那么有远见的计划，说明木材一定是他们首选的东西。这从之前我们在上面看到的木制棺材和古楼所用的木材完全一样就能推断出来。

能在深山之中修建这样的古楼，过程已经很牛逼了，细节上差一些就差一些吧。

"不见了。棺材难道长脚了，自己会走吗？"胖子道，"这年头，张家古楼里的棺材也能成精了，这不是成变形金棺了！我靠，以后倒斗可就费劲了！"

"我觉得这棺材是被搬走了。他们把这个地方腾了出来，应该是准备存放另外一具尸体的。"我道。我看着玉床上的痕迹——这些痕迹不是安放棺材的时候留下的，而是棺材被抬走的时候留下的。但这些痕迹产生的年份无法判断。

我在棺床的四周看了看，果然发现我上来的台阶上，两边各有几个地方被打了孔。

在古代给石头打孔是十分巧妙的技术，很多孔洞的打磨都相当精细。但是，这几个孔洞都不是垂直打进去的，能在里面摸到清晰的螺旋的痕迹。孔洞打得非常深，这是古代技术不可能做到的。想想应该是现代钻孔机械打出来的——不知道是手动的还是使用汽油的。显然，这里装置过简易的吊装设备。我推测得果然没错。

胖子点头："我懂了。你是说，他们原来想运进来的那具尸体是打算放在这里的，所以他们先把放置在这里的那具棺材挪走了，所谓的鸠占鹊巢就是如此。不过，为什么现在上面什么都没有呢？他们运进来的尸体呢？"

那具尸体有没有被成功地运进来，其实谁也不知道。我有点后悔，当时没有找鬼影问得仔细一点。他们到底有没有成功地把尸体运进来？不过，我觉得应该是成功了。不然以"它"组织的习惯，一次不行必然会有第二次。巴乃考古只有一次，而且从阿贵的叙述来看，离开的队伍似乎是非常正常，属于凯旋的范畴了。

"现在怎么办？"我看了看四周，发现这里竟然没有地方能走了。此外，我也知道，我们的四周基本上全是流沙，现在我们的位置就是在刚才走过的流沙层的中间。如果我计算得没错，当时我们走过的流沙层的位置，应该是在我们的头顶上。

当时我就觉得奇怪，一个流沙层为什么会那么浅，双脚都能碰到底。现在想来，那完全是因为流沙之中包裹着一个墓室，脚碰到的就是墓室的顶部。如果不知道那条密道能通下来，想从其他地方挖掘下来，那是完全不可能实现的事情。那么细腻的沙子，肯定是经过特殊处理的，我们不可能在上面进行任何工程。

我问胖子如何是好，这里竟然是一条死路。以现在掌握到的所有线索去推断，最有可能的情况竟然是——闷油瓶当时是从棺床里上来的，他从这里走了出去，通过密道到了古楼的第一层。

但棺床四周没有出口，于是我和胖子开始分头在墓室里摸索，想尽快寻找到有利用价值的蛛丝马迹。要知道，这么多人从这里出来，不可能什么都没留下。相信一定会有什么线索是能帮助我们的。

果然，胖子在一处墙根边，发现了一个烟头。

"没错。天真，他们就是从这里出来的。这是'玉溪'，我刚才在一个挂了的哥们儿身上看到过这种烟。"胖子道，"这哥们儿带着一条这种烟呢，肯定是个大烟枪。这烟一定是他抽的。"

我到了胖子的边上，看了看这烟头四周，发现在这墓墙边上的缝隙里还塞着几个烟头。

烟头的摆放位置很分散——这种情况要么是一个穷极无聊的人，一边抽烟一边往缝隙里塞，要么就是有好多人在这儿抽烟所形成的这个场景。

又有一具小哥的尸体

我猜测这场景形成的原因基本上属于后者。但是很奇怪，为什么他们会全部聚集在这面墙下抽烟呢？这又不是老墙根的底下——大家一起抽烟唠嗑看日升日落，穷极无聊地混日子。这里可以抽烟的地方太多了。他们这么多人聚在这里抽烟，难道，洞口就在这面墙的后面？

可是这也说不通啊！我心说，谁规定从哪里进来，就必须在哪里抽烟的。而且按照胖子的说法，他们进来的过程特别紧张，很多人都已经中毒了，哪有进来之后抽烟的道理。

我和胖子说："我们来搞一下情景再现。如果你是一个已经中了毒的人，历经千辛万苦进了这里，你会做什么？"

胖子道："我肯定胡喘，躺在能躺的地方。如果不是老大踹我的屁股，或者后面还有什么危险，老子一定躺到自己能缓过来为止。"

"你缓的时候会抽烟吗？"

"我靠，那你要看是什么时候了啊！要是老子一夜七次之后，那缓的时候不仅得抽烟，还得来几碗牛鞭汤补补啊。但是在这儿要是中了毒，气都喘不利索了还抽烟，那不是找死吗？"

我点头，这和我想的一样。胖子接着道："你问这个做什么？"

我给胖子说了一下我的想法。胖子道："咳，我告诉你，综观这里所有的地方，最佳的抽烟地点应该是那边的台阶。那里视野比较开阔，而且能坐着抽烟。而在这儿，要么是蹲在墙根，要么就只能是站着，多憋屈啊！所以这个位置肯定是有讲究的。我和你说，很像一种情况……像是……等女人上厕所！"

"什么上厕所？"我奇怪。胖子说道："没谈过恋爱吧？我告诉你，女人特别麻烦，她们上个厕所的时间，够男人打三圈麻将了。所以，要是几个朋友一起逛街，女人们都去上厕所了，那么这些女人的男人肯定得立即找一个地方抽烟，一般就是待在厕所的墙根旁。你可以想象一个场景——夜风瑟瑟，几个男人抽着烟，缩着肩膀，互相苦笑，聊聊自己真正想聊的事情。等他们走后，那里的场景就和这儿的情况一模一样了。"

我挠了挠头，无法理解，道："你的意思是说，那是因为霍老太和队伍里的姑娘们突然想去厕所了，所以男人们都要回避？"

"我看这里的烟头数量，好像又不太对。霍老太总不会上个厕所还要兼顾补补妆吧？"胖子道，"我觉得是和上厕所的性质差不多，但是做这事花费的时间要比上厕所长很多。不过就我判断，这件事不应该是受伤了要脱衣服抢救之类的。如果要抢救那肯定谁也顾不上了，也没有什么礼仪不礼仪的了，男人根本不需要回避。所以，我觉得最大的可能是——女人换衣服。"

"换衣服？为什么要突然换衣服，又不是什么晚宴，还有前场礼服和后场礼服之分？"

胖子想了想，忽然就看向护棺河："湿了，他们的衣服湿了！他们是从水里出来的！"

第十章 · 通道在水里

　　我立马跳进水里，水其实只到腰部，我在水里慢慢地摸着，很快就摸到了护棺河的边缘墙壁上确实有一个洞口。

　　在水底有一具已经被泡烂的尸体，使得水的味道相当难闻。我用手电照着洞口四周，摸几下洞口边缘的墙壁就忙用手电照一照那尸体的位置，生怕尸体漂到我这里来。

　　胖子也下来帮忙，他摸到洞口后，站起来对我说："没错了，他们是从这个洞里出来的。看来，这里的结构，大体上和西沙那里很相似。"

　　所有的技术似乎都来自汪藏海，看样子张家和汪藏海还是有相当多的联系的，他们之间有着很多技术和知识的传承。

　　胖子潜到水底，在水里摸了半天，探入了那个洞里。我看着手电光一点一点地深入，之后又慢慢地退了出来。

　　"里面很宽敞，往前几米就有去往上面的台阶了！"胖子浮出水面道，"我估计是一条水路，不知道前路情况如何，但是要想出去可能只有在此一试了。"

我稍微有些安下心来。

我俩爬出护棺河，按原路返回，准备背着闷油瓶再次过来。

但是，上去后我刚把闷油瓶背起，才走了几步，就觉得有些不太对劲了——我的喉咙真是不太舒服。

胖子的呼吸系统看来已经受伤了，他的不适显然比我更甚，他才走了几步，就立即捂住口鼻，表情痛苦地扭曲起来。

我觉得很奇怪，我俩怎么会出现这种情况？

胖子的脸色已经铁青了，他忽然做了一个让我别动的手势，然后扭头向到这里来的密道口跑去。一路过去，他几乎是连滚带爬地在跑。

我放下了闷油瓶，也跟着跑了过去，结果还没到进来时的密道口处，我们就看到有一团浓雾飘了进来。在这个地方只要呼吸一口，就感觉到剧烈的、痛苦的灼烧感，一路从鼻腔烧到了肺里。

"我靠，机关启动了？"我大惊失色。

胖子在旁边拼命地点头："快走！"

我们连滚带爬地往回跑，我心说，太阴了，竟然连一点动静都没有，这机关就这么悄无声息地启动了。

跑到闷油瓶待的地方，我背起他，胖子抄起放下的背包，然后我们继续不顾一切地向护棺河那边跑。

到了河边，我们毫不犹豫地跳了下去。接着迅速找到洞口，一路潜水向里，不到十米，胖子拉着我的手臂，我背着闷油瓶一边向上浮，一边往前狂摸，很快就发现前面果然是有台阶的。我们踩着台阶一步步向上走，很快就完全浮出了水面。

我们用手电四处一照，发现这里是一条通道，通道的积水只到膝

通道在水里

55

盖位置。而顺着这条通道一路往前看，有七八米远就能到达洞口了。

是那个全是水潭的毒气洞吗？如果是，总算是有惊无险地出来了。没想到这一次还挺顺利，如果真这么出去了，我肯定要好好地找个神仙表示一下。

我心中狂喜，一路蹚水冲了过去，胖子跑在我的前面。刚到那个洞口，胖子却立即停住了，我整个人撞在了他的熊背上，还没反应过来，胖子已开始往后退了。

"搞什么？"我问道。胖子就道："这事麻烦了，咱们仨凶多吉少了。"

我从胖子的肩膀上方往前看去，就看到前面的洞口处，出现了非常奇怪的东西——我看到好多丝线一样的东西横挂在前面的通道内，丝线上面挂着好多果实一样的东西。

我怎么来形容这个洞穴的结构呢，它实在是太难形容了。

这是一个基本呈圆形的洞穴，洞穴的底部有一个深度到我们脚踝的水潭，能看到有一条用铁链修筑的独木桥，在水下一直通到对面，对面也有一个洞口。然后，在洞穴口的地方，横亘着无数的不知道是铁丝还是其他材质的丝线状的东西，密集得好像盘丝洞。在这些丝线上，我之前看到的那些果实一样的东西，是一种我早就见过而且有点闻风丧胆的东西——六角铃铛。我看到了无数的六角铃铛挂在上面，难道胖子说我们凶多吉少指的就是这个？只要有一根丝线被牵动，这里所有的六角铃铛就都会响起来。如果是这样，情形将完全不受我们控制，根本不知道会出什么事情。我倒吸了一口冷气，心说，闷油瓶他们是怎么过来的？不过，我判断当时所有人的情况都很糟糕，闷油瓶如果一个一个地背他们过来，以他的身手和定力，还是有可能的。

"这是防盗系统啊。"胖子道。他指了指洞壁上一些雕着龙嘴的口子，"张家人通过这里的时候，肯定会通过这些口子往这里灌水，把铃铛全部淹掉，然后自己潜水过来。"

我们显然不可能去启动机关了，我往丝线的上头看了看，如果能从洞穴的顶部过去，也行。不过正看着，我就发现头顶上也有大量的铃铛。

"从水下走？"我问胖子道。胖子摇头："你看，这个洞穴宽有三十米左右，但是只有半个巴掌深，我们不可能从水下潜过去。除非咱们能变成蟑螂。"

"变成王八也行。"我道。

胖子就道："不过，咱们至少现在暂时安全了，先别急，休息一下，总能想出办法来的。"

我往地上一坐，心说这一路上，有个能安心休息的地方也真不容易，然后就去看小哥。我看到小哥的眼睛睁了一下，我对他道："我们已经出来了，你放心，很快我们就安全了。"闷油瓶非常虚弱，他立即又闭上了眼睛，我就道，"你好好休息。"说完就看到闷油瓶的嘴巴动了动。

我觉得他好像在说什么，等了等，果然他的嘴巴又动了动。我确定他是想说话，就把耳朵凑了过去听，听到他在说："酷爱舟。"

酷爱舟是什么意思？是什么电脑的品牌吗？我就道："好，乖，我们出去就给你买。"胖子转头，他已经有点恍惚了，问道："买什么？"

我让胖子去听，胖子听了听，就皱眉道："不对，小哥让我们快煮粥，他想喝粥。"

喝粥？我心说小哥什么时候这么不靠谱啊。胖子突然一拍大腿，就道："什么喝粥，小哥让我们快走！"

"快走？快走是什么意思？难道这里也会有危险？"我道。

胖子看了看四周黑暗的通道，就往回走了几步，刚走几步他就大骂起来："我靠，快走！"

"怎么了？"

"雾气！"我也探过去看了一眼，就看到来时的通道里，墙壁上有两个小孔，正在冒着白色的强碱雾气，好像有生命，在空中慢慢地弥漫开来，雾气非常浓。

这里的毒气杀虫系统看样子是没死角的，所有的通道都会进入毒气！

第十一章 • 雾气弥漫

我立即背起小哥，胖子已经对毒气有反应了，一阵狂咳，血都从鼻孔里喷出来了。我们根本顾不上这些，一路冲到进洞的地方，胖子又停住了。他还是不敢进去。

同时我看到，在那个洞穴里，本来雕着龙口的地方，竟然也在往外冒着雾气。洞穴的上方已经有一层雾气正在缓缓地往下降落，好像来自地狱的炊烟，里面就是另外一个世界。

"死定了死定了死定了。"胖子急得直跳脚，"我靠，天真你赶快冲着我脑门儿来一枪，我可不想变成鬼影那样子。"

"你死了谁来弄死我？"我骂道。胖子道："没事，你对着自己的嘴巴来一枪就行了。放心吧，一点儿痛苦也不会有。"

"要么你来？"我叫道，"这种事情你怎么都找我。"

"老子是基督徒，不能自杀。"

"你什么时候信奉基督教了？"我道。胖子就道："刚才我已经向上帝祈祷过了。"

我看着前面无数的六角铃铛，就对胖子道："搏一搏，也许还有一线生机。在这里必死无疑，要死也死在六角铃铛手里吧。疯了不痛苦，死就死了，比活活烂死好。"

胖子一咬牙，一下就钻了出去，我紧随其后，两个人开始小心翼翼地在独木桥上往前面走去。

情况非常混乱，胖子竟然比我镇定，迅速地连续绕过了好几条丝线，没有触动一个铃铛。我跟在后面，跟着他的动作，竟然也绕了过去。在那一霎，我感觉自己的动作行云流水，竟然有了一丝虚假的信心，觉得有门儿。

说不定胖子信了基督教之后，真的能被保佑一次。我们一路过来各种倒霉，难道所有的运气，都是在为这里准备着的？那老天爷简直太睿智了，哈利路亚、阿弥陀佛，我一定会报答你们的！

才想着，胖子哎呀一声，整个人从独木桥上滑了下去，他勉强控制住身体，但是他的手还是碰到了一根丝线。就看到一丝非常轻微的震动在丝线上开始传动，其中最近的一只铃铛，已经抖动了起来。

瞬间就看到小哥的手从我嘴边伸了过来，两根奇长的手指以非常快的速度，非常稳地夹住了那只铃铛。

丝线瞬间稳定了下来，我一头冷汗。小哥慢慢地放手，低声说道："继续，不要停。"

"小哥，你到底有没有事啊，有没有昏迷啊？"胖子道，"老子压力太大了，你要没事你就来开道啊，我们真搞不定。"

但闷油瓶没有任何反应，胖子大骂。我就道："继续！"

胖子骂道："怎么继续啊，你探头过来看看前面是什么情况。"

我绕过胖子的脸往前面看，就看到在胖子前面的丝线，是一张无比复杂的网。以胖子的体形，要从网中间的缝隙穿过去，需要极其夸张的身体控制能力。

"相信自己，你行的！"我鼓励胖子道。胖子忽然展开双手，做了一个仙鹤亮翅的动作，喝了一声："咿呀！"然后忽然往前一冲，腾空而起，竟然从网中间那个最大的空隙中钻了过去，接着一个大马趴摔进水里。

我目瞪口呆。

胖子摸了一把脸上的水，就对我道："相信自己，你行的！"

我看着胖子，忽然觉得自己真的非常失败。这胖子果然是深藏不露。虽然平时不靠谱，但关键时刻还真不掉链子。可我这怎么弄？不说我背着小哥，就算我没背着小哥，我也不可能"咿呀"一声跳过去啊。

果然，胖不胖不是评判任何问题的标准。我在那网面前愣了很久，胖子看着头顶，急道："快点，雾气下来了。"

我抬头看，雾气还在上面六七米的地方，胖子已经捂住了嘴巴，我也觉得剧烈的灼烧感开始从鼻腔直往下冲。

"先把小哥带出去。"我忽然镇定了下来，一边对胖子说，一边把小哥从背上翻了下来，然后用公主抱将小哥抱了起来，把小哥的头伸入了网中间的空隙里。胖子在那边也用同样的动作，一点一点把小哥接了过去。

小哥的体重加上我的紧张，使得我浑身出了大量的虚汗。等把小哥顺过去，由胖子背到肩膀上，我就对胖子说道："前面的路线好走，你先走。"

"你呢？"胖子问道。

我做了一个仙鹤亮翅的动作，道："这玩意儿我没信心，你别琢磨了。前面的路比较好走，你往前走，先出去，不要管我。等你们都过去了，我再过去。"

我说的时候，一点儿也不觉得自己有多英勇，只是觉得这本身就是最合算的方式。

胖子拍了拍我，看了我一眼，还是没动。我对胖子道："你还在等什么？吻别吗？快走！"胖子这才转头离开。

我蹲下来，看着胖子的手电光在前面不停地闪烁腾挪。胖子的身手真是相当好，竟然真的就没有触动任何的东西，很快就消失在远处的出口。胖子在出口处停了一下，对我道："我们一直往前，你别犹豫了。要是二十分钟内你还没赶上来，我就给你烧纸。"

"去你的！"我刚说完，胖子的手电光一下就往通道深处晃去，没有影子了。

我看了看头顶，现在只剩下我一个人，四周一片安静，雾气仍然在往下降，可速度似乎是越来越慢了。这是好事，但是鼻腔中的剧烈灼痛让我几乎无法呼吸。我拍了拍手，对自己说道："走一个。"

刚想跳跃，忽然就听到，从山洞的角落之中传来了一个声音。我愣了一下，那是一个人的呻吟声。我试着把手电来回地转，但发现我看不到这个人在什么地方。这个洞太大了，全是丝线，手电光不够清楚，根本找不到边缘。

完了，我中毒了，这种毒气还能产生幻听吗？我心说。忽然就听到又是一声传来，我咳嗽了几声，发现唾沫中已经开始带血，就弯下腰来。忽然，洞穴壁上，也亮起了手电光。

我转头，仔细往那里看，那里的手电暗了，有一个声音叫道："小三爷！"

"潘子！"我惊了一下，但是没法靠过去看。对方道："小三爷，快走。"声音相当微弱。接着，我听到了一连串的咳嗽声。

"你怎么样？"我问道，"你怎么会在这儿？"

潘子在黑暗中说道："说来话长了，小三爷，你有烟吗？"

"在这儿你还抽烟，不怕肺烧穿？"我听着潘子的语气，觉得他特别地淡定，忽然起了一种非常不祥的预感。

"哈哈哈，没关系了。"潘子道，"你看不到我现在是什么样子。"

我心中的不祥感越来越甚，道："别磨蹭了，赶快过来，你不过来我就过去扶你。"说着，我用手电去照，隐约能照到他的样子，我就意识到为什么前几次我都看不到他。

潘子似乎是卡在了岩层中，我扩大了光圈，一下子就看到，他的身子融在岩层里，成了人影。

潘子的咳嗽声传来，我一下坐在地上，问道："怎么回事？小花他们呢？"

"花儿爷应该没事，其他人都死了，那玩意儿太厉害了，我醒来的时候就在这儿了。"潘子道。

"你等我，我过来，我帮你砸开。"

"千万别过来。"潘子道，"小三爷，你不知道我在石头里的部分现在是什么样子。你过来也不可能救得了我，太危险了。小三爷，你有烟吗？你先把烟给我，我和你说几件事情。"

我看不到潘子，但是我忽然就觉得浑身的力气都没有了，我可以意识到这是一种什么样的气氛。

我从来没有经历过这样的气氛，但是我能知道。

"小三爷，烟！"潘子虚弱地叫着，"我没时间了。"

我把烟和打火机拿了出来，问潘子道："你在哪儿呢？"

那边的手电亮了起来，我找了一个丝线少一点的空当，把烟和打火机都扔了过去，我不知道潘子有没有接到，就听到潘子叫了起来："小三爷，你就不能靠谱一次吗？你把烟先给我点上不行吗？"

我脑中一片空白，什么话也说不出来。潘子道："小三爷，别点烟了，你背上是不是有枪？"

"有！"我道。

"把枪给我。"潘子道，"小三爷，我得自己给自己来个了断。

你走吧，如果有时间，我还想和你聊会儿。但是你也没时间了，你也没工夫来可怜我，等下你要是过不去，就会和我一样，你快走吧。如果你能上去，记得找人搜索整片后山，花儿爷出去后，一定是在后山。"

我把枪甩了过去，就听到了潘子的笑声："得了，小三爷，好家伙，想不到临死前拿到的是这种枪，这对着脑壳打都不一定能把自己打死。"

我站了起来，就听到一声枪响，接着，潘子就笑了起来："小三爷，走吧。"

"别催我，我前面的路也不那么好走，等下要是挂了，咱们在黄泉路上还能做伴。"

"小三爷，有我潘子在，还能让你受累？"随后，我就听到一声拉枪栓的声音，"小三爷，潘子我没力气说别的话了，最后再为你保驾护航一次吧。我去见三爷了，你机灵点，给我和三爷有个好的交代。"

"你想干什么？"我问他。潘子道："你往前走吧。小三爷你大胆地往前走啊，往前走，别回头。"潘子说着说着，就唱了起来。

我往前小心翼翼地探身过去，心中的酸楚无法形容，才迈过去一步，一下子我的后脑勺就碰到了一条丝线，我心中一惊，心说死就死了。瞬间，我听见一声枪响，丝线上的六角铜铃被打得粉碎。

"大胆地往前走！"潘子笑道。

我继续往前走，眼泪一下子就流下来了，我根本看不清楚前面的路。我一步一步地走着，就听到枪声在身后不停地响起。

"通天的大路，

九千九百九千九百九哇。

妹妹你大胆地往前走呀，往前走，莫回呀头。

从此后，你搭起那红绣楼呀，

抛撒那红绣球呀，

正打中我的头呀，与你喝一壶呀，

红红的高粱酒呀，红红的高粱酒嘿！"

我终于走到了独木桥的尽头，走进了通道里。

雾气已经逐渐笼罩了整个洞穴，我几乎无法呼吸，只得往前狂奔。忽然听到身后一声枪响，潘子的声音消失不见了。

我的眼泪止不住地流下来，一路往前狂奔。前面又出现一个楼梯通往水下。我跳了下去，等我浮起来的时候，已经在那个全是水潭的毒气洞中了。胖子把我拉了起来，说道："行啊，我都已经在给你念往生咒了，想不到你还活着。"

"继续念。"我对胖子道。

边上就是通道，我们一路冲进去，一下就回到了之前熟悉的那条通道里。不知道是什么驱使着我们，我们觉得非常恐惧、害怕。我也不知道是哪里来的力气，只是一路狂奔下去。终于，我看到前面出现了光亮，接着，我们一下就冲了出去。

第十二章 ● 再次获救

　　我不知道自己是怎么回到巴乃的。我们是在回到湖边之后，被裴德考的队伍营救的，几个人被分别架着进行了抢救，我被戴上了呼吸器。

　　我的疲惫已经超出身体的承受范围，他们打了很多针镇静剂才让我的肌肉放松下来，我的咬肌几乎全都麻木了。之后还进行了长时间的洗肺和中和碱性毒气的治疗，他们把一种气体混入我吸的氧气里，吸入这种气体，好像在吸醋。

　　我在当天晚上才睡着，足足睡了十几个小时后才被针刺的疼痛扎醒，发现裴德考的队伍正在送我们出山。我立即想起了小花的事情，告诉了他们，他们答应肯定会派人去找。

　　之后的分散治疗，我没有什么记忆。不可否认，逃出张家古楼的狂喜冲淡了对于潘子死亡的悲切。但是，等我缓过来，一想起潘子，我始终觉得那不是真的。

小花在第二天就被发现了，他们的人和解家的人取得了联系，小花立即就被接走了。我没有看到秀秀，而且霍老太的头颅也不见了。我不知道具体情况是什么样，但是听人说，秀秀完全崩溃了。

我不知道胖子是怎么说的，但这一次的事情结果是，我们这么多人进去，出来的就只闷油瓶和一个人头。因为这件事情，霍家和解家顺势发展，我想，肯定会有很多人恨我，可是我现在没有任何精力去琢磨这些了。

当地人给我们弄了很多草药，吃下去似乎有些效果。

大概是五天之后，我已能下床走动。出去晒太阳的时候，忽然见到了让我惊讶的一幕，我看到闷油瓶已经穿戴整齐。

"他想干吗？"我问边上的人。

"他要离开了。"

离开？他离开到哪儿去？

我心中惊惧，心说老子好不容易把你救出来，你要去什么地方？

"扶我过去。"我对身边的人说道。对方把我抬了起来，我来到了闷油瓶的身边，问他道："你到底想干什么？"

闷油瓶看向我，淡淡地说道："没有时间了，已经到尾声了。"

"你到底想干什么？"我道。

"我要去完成一件事情最后的步骤。"闷油瓶道，"我没有时间了。"他收拾着自己的东西，放进背包。

我看向边上的人："你们就这么让他走了？作为医生也不能让病人就这么草率地走了吧。你们老大呢？这家伙知道好多事情呢，让你们的老大过来，把他绑起来严刑逼供！"

"他已经无碍了，他的身体比你们好得多。"我边上的人道，"而且，我们老大，已经——"

我看向他，他叹了口气："毕竟年纪大了，时间很快就到了。"

"裘德考已经得到他自己想得到的东西了。"闷油瓶拉紧自己的背包，"他终于可以安静地离开了。"

"什么东西？"我问道。

闷油瓶道："两个环。人有的时候并不会只求长生，也会追求死亡。"

我不理解，闷油瓶也不想解释下去，我大吼了一声："胖子你死哪儿去了？小哥要跑。"

"没用，他已经来过一次了，那胖子已经妥协了。"边上的人说道。

"后面的路，我只能一个人走，你们已经没有办法和我同行了，太危险了，而且这事儿和你们也没有关系。"闷油瓶背起包裹就朝外面走去。

这就是结果？

我愣住了，一股无名火出来了，忽然心中所有的期望和担心都消失了。我转身，摇头，心说爱咋的咋的吧。

我往回走去，正好看到胖子从屋子里出来，应该是听到了我的叫声。看我的样子和旁边默默不语的小哥，他大概就知道发生了什么。

我走到他的身边，他拍了拍我，就道："强扭的瓜不甜，咱们怎么说，也算是局外人。咱们没有权利逼小哥按照我们的想法生活。"

"我们怎么就算局外人了？"我道，"这样都要算局外人，那什么人算局内人？非得躺倒死在里面才算是局内人吗？"

"你的局，未必是小哥的局。"胖子说道。

我看着胖子的表情，似乎他一点儿也不觉得寒心，就问他道："小哥是不是和你说过什么？"

胖子摇头道："他和你都不说，怎么会和我说？不过，我们对小哥也算了解，小哥做的决定，一定都有其充分的理由。这个理由我们是触摸不到的，也不会有任何阻止他的办法。"

我叹了口气，两个人坐在吊脚楼的走廊上，看着闷油瓶越走越远，心中慢慢就静了下来。

"他还会不会回来？"我问道。

胖子道："以前他突然消失的时候，你有没有担心过这个？"

我摇头："那个时候，我们只是发现他不见了，没有所谓的分别。这一次，他是第一次拒绝了我们同行，我觉得事情有些不一样。"

胖子道："没什么不一样的，你就当你没有看到他离开就行了。"

我转头就问胖子："你有什么打算？"

胖子啧了一声："打算很多啊，要么回北京去，安安稳稳地过过日子，不知道新月饭店那事儿摆平没有。如果还回不去，我就想在这里先待着，看看我的小媳妇儿，反正这儿风景好，空气好，妞儿也漂亮。我那点儿存款，在这儿能当大爷好多年。你呢？"

我沉默不语。我不知道，不知道从什么时候起，一旦我停下了对谜题答案的追寻，我的生活就没有什么意义了。

其实，我的生活本来就没有什么意义，就是不停地发呆，想着下个月的水电费，然后思考自己活着的意义。想着我就苦笑，我的生活变成这个样子，真是无话可说。

"我不知道，我得好好想想。"我对胖子说道，"但是要等这一切都平息了之后。这一切的谜题，我大概是知道了一些，很多能推测的，我也都推测出来了。我觉得，这件事情很快就会有一个结果。我会等到事情慢慢地平息，看最后露出水面的礁石是什么样子。"

我说的是实话，我确实有一种预感，这件事情已经接近完结了。

胖子拍了拍我："反正不管怎么说，你最好先把你的脸换回来。"

我摸了一把我的面具，又想起了潘子，就觉得所有的心事都沉了下去："我已经无所谓了，这张脸，最后还有点用处。"

和胖子聊完之后，我回了房间。我以为这已经是尾声了。在张家古楼的整个过程，我都有点记不清楚了，只觉得和以往一样，到了这一步，所有的一切都应该平息了。

但是我错了，接下来又发生了一件事情，这件事情虽然和故事的发展已经没有了太大的关系，但是，我还是必须把它写下来。

在闷油瓶走后的第三天，云彩死了。

我当时隐隐约约地听到外面的骚乱声，爬起来就听到有人说有一个女孩子死了。

我完全没有意识到是云彩。我当时已经觉得，不可能再有人死了。这种情况下，一切都已经这么安定了。我们都出来了，竟然还会有人死去。

云彩死了，他们在溪流里发现了她的尸体。是被枪打死的，子弹穿过了她的肺叶。当时她一定没有立即死去，而是逃到了溪水里，一路被冲了下来。

所有的村民都认为是裘德考的人干的，他们和裘德考的人发生了激烈的冲突。我真的没有反应过来，太多的悲伤使我只是呆呆地看着那具苍白的尸体，没有任何表情。

我知道是谁干的，是那个鬼影，是那个塌肩膀的人。我忽然想起之前在阿贵家二楼看到的那个人影。

那个鬼影，从一开始就在监视着我们，是谁为他打开二楼的门的？

我没法在这个时候去问阿贵，但是我知道，除了盘马，鬼影和阿贵一定也有联系，阿贵也许不知道他是什么人，但是一定和他有利益往来。

也许，云彩就是阿贵派去和这个鬼影接头的人。云彩她并不是真的对我们那么有兴趣，她伪装出天真的样子和我们混在一起，也许只是为那个鬼影刺探情报。

如今，那个鬼影要抹去很多东西，云彩知道得太多，便被他抹去了。我想，我再去那个山洞，肯定不可能再见到他了。

我觉得一切于我都没有什么太大的意义了。为什么还有人会继续杀害那么可爱的生命？

胖子推开人群的时候，我选择了退缩，我没有任何力气去面对同伴的悲伤了。我听到了一声响彻山谷的悲号，那是胖子的怒吼："谁？谁干的！"他被这突如其来的一切冲昏了头脑，没有想到我想到的。我找了一个不起眼的角落坐了下来，觉得好累好累。

再次获救

第十三章 ● 回归

那一天傍晚，我从白莲机场起飞，在上海虹桥机场降落，然后乘坐机场大巴，从上海回杭州。

在虹桥机场的厕所里，我看到自己的脸。面具非常巧妙地避过了我会长胡子的所有地方，否则我现在的胡子应该已经顶着面具往我肉里长了。以前我一直觉得，自己留点胡子也挺男人的，现在看来，并不是所有人都适合留胡子，特别是我现在这么一张满是胡楂的老脸，加上身上不合身的衣服，看上去像是拾荒界的某个型男。

听小花说，在中国古代，戴这种面具的人要用药水把面部皮肤的毛孔全部毁掉，过程很痛苦。长不出胡子对于我这样的人来说虽然并不是特别悲剧的事情，但是，我还是庆幸他们没有这么干。

那是最晚的一班大巴，大巴上只有我和一个学生模样的姑娘。那姑娘一直戴着耳机，看着窗外，眼神很迷离。她梳着一条辫子，很干净，有一种很特殊的气质。

我不由得又想起了云彩，心中的感觉难以言喻。从广西出发的那一刻起，我一直绷着自己的情绪，如今看着路边闪过的路灯，心中弥漫的各种痛苦一点一点地泄露出来。

我闭上眼睛，努力不让自己哭出来。胖子的哭号声还在我的耳边回荡，我想起了云彩的那张画，画里的我们，第一次去巴乃的我们。虽然心中充满了谜团，但我们看上去很幸福，因为那个时候，命运还在我们自己的手里。

可笑的是，接下来我们所做的一切，都是在把我们握在手里的命运全部送到现在的境地里去。

我心中还有的恐惧是什么？即使是在如此的情绪当中，我还是觉得自己心中的任何纠结都没有减轻。

我的心魔并没有消退，或者说，这一次回来，我甚至并不认为这是一次终结。我深深地知道，我只是回来做一个过客的，事情并没有结束，反而正没有停顿地继续进行着。

车子的终点站在凯旋路，我下来打的回家。已经是子夜，看着熟悉的街道，对比着前几次回到杭州的心态。那几次，我回到杭州的第一个感觉就是疲惫，心想：再也不要去那种地方，这一次一定是最后一次了。这是当时常有的想法。

但是这一次没有。我没有疲惫，我甚至有一种不过如此的感觉。

"再这么下去，你就要病入膏肓了。"

病就病了吧。我点上一支烟，下车之后，看着眼前的一切，忽然一阵愕然。

我的面前，是三叔的铺子。

我不是应该回家吗？我有一些恍惚，忽然就想起，上车时和司机说的地址，就是三叔的家。

我不能回自己的家，即使是回到杭州，我也必须住在这里。

我转头，出租车已经开走了。站在黑暗的胡同里，我不由得觉得好笑，从口袋里掏出潘子之前给我的钥匙，来到铁门之前，吸了一口气，打开。

整幢小洋房没有任何灯光，我走进院子，看到三叔的盆栽。因为有园丁打理，盆栽长得非常好，凌乱地四处摆着。三叔平时用来喝茶的茶桌放在院子中间。

这里就是三叔平时生活的地方。我在这里待过几天，没有想到，这一次回来，来的还是这个地方。

74

我没有立即进屋，因为我不知道进去能干什么。我不想在这样的子夜，在这样的房子里徘徊。不知道为什么，接下来的生活让我很抗拒，能晚一点开始，就晚一点开始吧。

坐到了茶椅上，我裹紧了衣服，看着夜空，一动不动，一直到天亮。

是每天到这里的园丁吵醒了我。我睁开眼睛的时候，一张脸正莫名其妙地看着我。

"东家，回来了？怎么睡在这儿？"

"何叔？"我迷迷糊糊地回了一句，立即意识到不对，马上改口道，"老何，这么早就来了？"

"快回房里去吧，天冷，东家。"老何说道。

我点头，看了看屋内，小时工还没来。三叔这里每天都会有小时工打扫，但是只限于三楼，二楼和一楼是放货的地方。

搞古物的人大多不喜欢特别干净和现代的装潢设计，一般卖古董的都喜欢把所有的东西凌乱地摆着，这是为了满足顾客的心理，因为在凌乱的古董中挑选货物，会给人更放心的感觉。很多地区性的古董铺子，都喜欢把古董乱丢在地上卖，也是一样的道理。要是做得和首饰店一样，找些穿小西装的营业员，反而显得不专业了。

其实，要是所有人都懂古董也就算了，事实是，真正懂古董的收藏家太少了。做这一行，我们每年见的百分之九十九的人都是完全不懂的假内行。这些买东西的人，特别在乎感觉。

我绕过这些古董，经过几道门禁来到三楼。一楼的东西都不值钱，二楼有保险柜，东西稍微好点。真正的好东西，不开张的时候都放在三叔三楼的密室里。三楼门禁看着破破烂烂，其实都是钨钢的，用的是三叔找的老锁匠设计的锁，机关都在墙里面，一般人除非拿炸药轰，否则根本打不开。

三楼是个大套间。三叔是个很会享受但是并不外露的人，他对于很多现代的玩乐都没兴趣。这个大套间里所有的红木东西都非常昂贵，但是相比这些，我其实更喜欢柔软的沙发，所以我知道，既然要在这里住相当长的时间，我肯定得添点东西。

其实上次在这里住的时候，我已经发现了三叔活得挺苦逼的，像他这样年轻的时候经历太多，享受得太多的人，什么女人、财富、地位对他都已经完全没有吸引力了。他的整个房间里，家具、字画、文房四宝等各种玩物看着很多，其实你拉开他的抽屉就会发现，几乎所有的抽屉都是空的，而且有一些薄薄的灰尘。

这说明这些抽屉从家具买来到现在，就从来没有放过东西。

没有生活。

一个单身的老男人，除了自己盘口的一些东西：账本、茶杯、茶叶，再就是很多用来装饰的古书。书倒都是货真价实的古书，但看得出来，三叔基本就没有翻过。在他房间里能找到的最多的，就是各种过期的报纸。

这个地方，对于他来说太大了，他没有那么多的内容能把这些抽屉都填满。

我从西沙回来之后，对这里进行过彻底地搜刮，所以知道我感兴趣的东西在什么地方。三叔当年调查考古队的文件基本没有什么用处，但我还是打算再看一遍，只是不是现在。

我坐到他的书桌前面，他的书桌上就一盏台灯、一个香炉、一部电话和一些纸笔。和我走之前一模一样。

稍微像样点的，是一台电脑，但是是一台很老式的电脑，显示器只有十五寸，三叔平时用它来打纸牌游戏和看一些电子的账本。他不会用电脑，只会用鼠标做一些简单的操作，里面的系统也是最初装的Windows 2000，没有网卡，完全不能上网。

我闭了闭眼睛，想感觉一下自己是不是能睡着。虽然感觉有些疲倦，但是也许是这段时间密集的下地活动让我已经习惯了这样高强度的疲劳，我完全没有任何睡意。

我拿出手机，给所有人都发了一条我已经到达的短信，之后深吸了一口气，忽然不知道应该做什么。

难道三叔每天也都是这样，在这张桌子后面胡思乱想吗？

难怪他会那么纠结，如果他穷得连水费都交不上，也许就不会有这样的结局了。

人真是一种奇怪的生物，他们最重要的目的是生存，然而生存往往不是最大的烦恼。当人满足了自己所有的需要时，他们往往会为自己寻一个无法解决的烦恼。

与生俱来，人就是为了烦恼而存在的。而且，即使想通了这个问题也没有用。总有一些烦恼是让人即使明白道理也不得不去招惹的，就如现在的我。

我摸了摸自己的脸，知道这段时间必须给自己找点事情做做，否则我会被各种回忆逼死。潘子已经不在了，虽然我不准备公布他的死讯，但是，没有他，很多事情做起来不会像以前那么顺畅。

还有哑姐和二叔，前者是我必须要说服的人，二叔的话，我最好是能不和他相见，就不和他相见，因为他太聪明了，我绝对不可能瞒过他。还有七天才能拿掉我的面具，为了应付突发事件，我应该有一些事情要做。

我去了三叔家的厕所，刮了自己的胡子，洗了个澡，然后给手下一个管事的伙计打了个电话，告诉他今天我不见客人，我要睡一天。然后我便爬上了床，打开电视看卡通片，一直看到睡着。

　　这一觉睡得很艰难，各种梦境让我不止一次地惊醒，有好几次我都感觉看到了潘子满身是血地站在我的身边。

　　我没有感觉到一点恐惧，只觉得绝望，那种绝望无时无刻不在吞噬着我。

第十四章 ● 绝望中的线索

　　之后的几天我都是在浑浑噩噩中度过的，只有在一些突发事件发生时，才能回到这个世界来。在其他的时间里，我大都是躺着或者坐着，脑子里一遍一遍地过以前发生的事情。所有的事情，细节我已经不去思考，只是在脑子里放电影。

　　但是我没有任何情绪。

　　绝望是一种最大的情绪，它可以吞噬掉一切。有一刻我甚至意识到，我对于生命已经没有太多的依恋了。要么让我知道这背后的一切，要么就让我死在去了解这一切的路上吧。

　　这是我应得的报应，因为我的执念，已经害死了好多人，我如果不死，那这个世界真是太不公平了。

　　想这些的时候，我的心特别平静，丝毫没有以前的那种焦虑。我感觉，即使最后知道了这背后的所有关键，我也不会有如释重负的感觉。

以后我再也不会有之前那种强烈的欲望了，任何的未知，都不可能打动我了。可是，就在几天之后我就发现我错了。看来这件事情的发展，永远不会在我的意料之中。

几天之后，我得到了一个出乎意料的消息，裴德考的公司开始资产重组了。

显然，因为第一股东裴德考健康状况的恶化，裴对于自己公司很多方面的控制开始衰弱，其他股东开始活跃起来，暗股之间的斗争越来越激烈。很多人沦落成这场斗争的牺牲品，包括裴德考核心队伍里的一些高层。

这些高层在云顶天宫的时候和我还有胖子有着很好的私交，虽然联系并不密切，但是有的时候，我还是会去请教他们很多问题，他们也会私下给我一些建议。

公司混乱之后，很多这样的高层开始离职，其中有几个人便开始发送一些本来是公司保密的卷宗给我。

这些卷宗在裴德考掌权的时候是顶级保密的，但是裴德考一倒，这些东西就变成了鸡肋，根本没有人相信卷宗里面的信息。这些卷宗纷纷被分开并销毁。

那几个人说，既然公司已经不重视了，与其销毁，还不如给我这个需要的人看看信息是否有用。

卷宗的数量之多，令人咋舌。显然，这些人虽然好心，却也没有好心到为我分类，几个文件加起来最起码有几百G，全是图片文件，是用扫描仪扫描下来的。

我泡着红茶，从第一个文件包开始，将这些卷宗在两天内全部看完了。

卷宗的内容相当丰富，虽然并不是每一卷都有价值，但是其中有的部分相当有价值，而没有价值的部分，也有蹊跷的地方。

我把这些文件全部整理出来，分成三大类，一类是有价值的文件，一类是有疑点的文件，一类是无价值的文件。

最让我恍然大悟的，是其中一份关于西沙考古的综述文件，这份文件的主要目的是为了向董事会要求资金，这种文件必须向董事会解释，开展西沙的项目为什么是有必要的，潜在价值是多少。

这份文件的核心部分分为两块，一块是解释为什么：裴德考认为西沙地下有古墓的概率相当高，其中有着大量的民间传说和历史记载，这些资料就有几百份，很多都是古籍的照片。然而，起决定性作用的证据并不是这个，而是一份"内部文件"。

这份内部文件很奇特，它是一份红头文件，是以很高的价钱买来的一个考古队员的死亡报告。

经过仔细推敲之后，我意识到，这个死亡的人，是第一个进入西沙古墓的人，就是他带出了第一批资料。然后，公司内部有眼线把这个消息带给了裴德考——当时的情况，应该是在黑暗的海上，裴德考的船冒充了"它"组织的船，截获了资料。

之后，裴德考将这份资料交给了解连环，于是才有了三叔的那次西沙事件。

那么，我一直觉得奇怪的一件事——裴德考是如何获得西沙内部资料的，由此就有了解释。

看样子，"它"组织的习惯是：先用自己的人进入古墓探索，看是否能获得第一手资料，如果不行，就把所有的资料提交给考古队，让考古队进行第二次探索。

还有一个特别重要的信息是，三叔当年欺骗裴德考，让裴德考出钱出力时，使用了一个信物，这个信物就是"铁块"。

这东西就是当年巴乃事件中，从巴乃带出来的几只箱子里的铁块。三叔以这个铁块，证明了他有当时巴乃的全部资料，以此交换了他那次去西沙的资源。

我暂时还不知道三叔是如何得到那种铁块的，但是显然他是得到了，这背后肯定还有我不知道的事情。

而最让我疑惑的一份卷宗，我需要重点来说。这个卷宗，只有一个题目：关于吴三省宅附近地貌特征调查。

没有具体的卷宗内容，在这封卷宗的封面上，有英文的"不予通过"的字样。

这份卷宗的提案人，竟然是阿宁，阿宁的英文我认了很久才认出来。

阿宁提案，要对我三叔住的地方附近的地貌特征进行调查，这是为什么？难道我三叔家附近都有古墓吗？

我记忆中的阿宁是一个非常靠谱而且敬业的女人，她不可能做出毫无意义的提案来，她做的提案肯定是有目的的。

我看了看日期，应该是在我们第一次下地之前。显然，对于我三叔，裘德考的公司早就开始监控了。

不过，在国外专业的公司体系中，资金和董事会始终是最大的，这个提案显然没有被实施。

我靠在椅子上，一边抽烟一边想，却完全没有概念。我来到三叔铺子的房顶上，往四周看去。

三叔的铺子在一个农民房特别密集的地方，而且很多都相当老旧了。在这种地方，哪有什么地貌可言，连地面都看不到。

如果能看到卷宗，我说不定还能猜到这到底有什么意义，可惜，现在只能如此没有方向地去猜测。

我给自己琢磨了一个大概的理由，没准儿阿宁是觉得三叔的铺子四周可能有古墓。很多盗墓贼选择一个地方，看上去是想做点小生意，但是实际上可能是用来做掩护，在地下挖掘很长的通道盗墓。而且，三叔这种"疯子"，如果地下的宝贝够值钱，他挖掘地道的计划可能会持续几年。

除此之外，卷宗中还有大量信息，可以对我之前的很多信息做补充。我看完之后，很多飘忽的想法都确定了下来，但是那些都意义不大。

其中还有很多信息，但英文实在是太难了，我看不太懂。我把这些全部打包发给我英文好的朋友，让他们帮我翻译之后再来仔细查询。所有的操作，都是在我的手提电脑上进行的，但是文档实在太多了，我一个屏幕很难操作得顺畅。

这时我才想到，三叔这里有一台电脑。我把电脑打开，用U盘把文件拷了过去，进行对比操作。

在进行这个操作的时候，我发现了一个很奇怪的现象，在两台不同的电脑上，很多文档中显示的细节都不一样。我打开了刚才看的阿宁的那个文档，在三叔的电脑上，竟然比之前多了一页，之前只有一个封面，而在三叔的电脑上，却多了一页扉页。

我觉得有些奇怪，打开来看，就发现这扉页是一个说明页，说系统版本太旧，无法显示全部的页面。

难道，这些卷宗之中还有蹊跷？我顿时一个激灵，想到很多加密文件必须在特定的机器上才能将其所有的页面都显示出来，而在其他的机器上显示出来的，只能是对方想给你看的那几页，真正的核心信息不会显示。

我心说，看样子得找高手来处理，我自己肯定是无能为力了。我把电源都关了，脑子里过了几遍，发现我在杭州真没有认识多少懂电脑的。在济南一带倒是有朋友，以前的大学同学，不过，专程把他叫过来似乎太夸张，还是找时间从杭州找几个靠谱的吧。

第十五章 ● 奇怪的电脑

　　这一天，我和手下几个杭州附近的伙计开了一个小会，把所有的事情都交代了一下。下午四点，我躺回床上，很快就睡着了。等我醒来的时候，时间是半夜十二点左右。我再也睡不着了，来到三叔家的阳台上，对着杭州灰沉沉的天抽了几支烟。

　　等我被冻得有些不舒服，想回屋拿外套的时候，我忽然发现房间里有些异样。

　　房间里我是灭着灯的，原本应该是一片漆黑，但是回去的时候，我就发现房间里的某个角落，亮起了一种特别诡异的光。

　　那不是灯光，也不是火光，而是一种冷荧光。

　　我愣了一下，仔细一看，忽然就发现，三叔桌子上的电脑，已经亮了起来。

　　我皱了皱眉头，心说，是什么时候打开的？我用完电脑后明明关掉了啊，怎么忽然就被打开了？难道是出什么故障了？于是我走到书桌前坐了下来，就看到那电脑的屏幕上，什么都没有，但是在电脑右下角，有一个小小的提示气泡。

"您有一封新邮件。"

我看了看四周，心中的疑惑更甚，想到了几种可能性：第一，这电脑是下午被几个伙计打开的，也许是在我不知道的时候。他们想干吗？

这我倒不担心，三叔的电脑本身就是一片空白，不管打开电脑的伙计是出于什么目的，他什么都不会得到。

第二种可能是，这台电脑难道一直没有被关闭，而是处在一种主板可以唤醒的休眠状态？

但是最离奇的是，这台电脑绝对没有上网，这邮件是从哪儿发来的？三叔他懂电子邮件吗？

我坐到电脑边上，移动老迈的鼠标，点中了那个气泡，一下，邮件窗口就跳出来了。

我一看，竟然还不是什么Windows自动生成发送的提醒邮件，而是一封真正从其他地址发来的邮件。

邮件只有一句话——

你终于回来了，计划进行得如何？

我坐在电脑前面，看着这一句话，足足呆了有半个小时。

我对着这句话简直是浮想联翩，各种可能性都被我翻了出来。

首先第一点就是：三叔竟然有一个秘密的邮箱。

三叔会使用电脑我是知道的，但是，我并不知道他会到什么份上，我觉得无非也就是和我老爹差不多。而在一台系统是Windows2000的电脑上设置邮箱软件，这可是比较高级的技巧，特别是对于他这样的老头子来说。难道是别人给他设置的？但问题是，这台电脑仅仅用于看电子账本，我从来不知道它能上网。

显然它是能上网的。

显然是他隐瞒了这一点。

第二点是，竟然有一个人，正和三叔使用邮件联系，即使什么事情都没有发生，我都很好奇这个人是谁。从这只有一句话的简单的邮件看来，这个人和三叔显然非常熟。没有任何抬头，没有任何签名，只有一句话直达问题的核心。

而且，他问的问题里面有"计划"二字。

从现在掌握的所有情况来看，我知道三叔确实有一个计划，这个计划牵涉到所有的方面。就是这个计划，使得老九门脱离了强大的控制，使得所有的一切，甚至是那个看似无比强大的"它"组织，分崩离析。

吴家为了这个计划，几乎牺牲了三代人——当然，第三代的我是属于自杀——而三叔是绝对不会允许计划执行到百分之九十就不再执行的情况发生，他必须使这个计划最后百分之百地完成，不能让这一切有任何反复的机会。

会和我听说的这个计划有关吗？难道这封邮件来自一个非常关键的人？

我查看了邮箱，里面没有任何其他邮件，只有这一封。

如果这个电脑可以上网，就不可能产生这样的情况。三叔肯定是把之前的邮件全都删除了，这说明三叔对这个邮箱往来的邮件很重视。

我忽然觉得有戏，事情这样发展真的是非常出人意料。

我必须回复这封邮件，这条信息太短了，我需要更多的信息才能做出更准确的判断。

如何回复呢？

我点上烟，看着邮件想了很长时间，键入了这么一封回信——

　　计划有变故，有些信息不明。明日给你详细的消息。你
那边如何？

我按了回复的按钮，邮件瞬间就发出去了。我靠在椅子上，等待他的回复，手不停地敲着桌子。我知道，一般情况下，发这种询问邮件的人，发出邮件后不会离开电脑，很快应该就会有邮件回复。

果然，不到十分钟，显示器右下角又冒起了气泡。

我立即点开——

　　我没事。

三个字在电脑屏幕上闪烁，再没有更多的话。

我叼上烟，想着再发什么过去，忽然就把手缩了回来。

我说了两条信息，第一条信息是，明天会再给他发邮件，第二条是问他的情况。

他只回了一条，而且非常简短。

以三叔谨慎的习惯，他们之间是否已经习惯这种非常简洁的交流？如果我再发一封邮件去，会不会产生违和的感觉，被他察觉到这边的异样？

我看着这三个字，想了半天，认为绝对不能再回了。保险起见，还是明天给他发比较合适。反正到明天也只有几个小时了，不如用这几个小时的时间好好想想该如何套话，反正我也睡不着了。

我站了起来，不停地在屋子里来回踱步，之前那种平静的思绪全部消失，一下子就回到了最开始的那种焦虑的状态。

我都有点瞧不起自己，琢磨了半天，我意识到自己发回去的邮件

写错了。

> 计划有变故，有些信息不明。明日给你详细的消息。你
> 那边如何？

那就说明，我明天的邮件必须涉及计划的内容，但是我根本不知道这计划是什么——其实我是知道的，但是我的认知层面和三叔的层面完全不一样，我不可能知道三叔知道的东西，所以即使我能提到计划里的某些内容，对方也很可能觉得不对劲。

比如说，真实的计划，可能是美国已经全部准备好要攻打伊拉克了，但是我发给美国的邮件很可能还在说，我觉得我们攻打伊拉克的计划是可行的。

我来到阳台上，继续抽烟，心中有了几个方案。首先，我在对方察觉之前，最好能知道对方是在哪个地方。听我的朋友说，这通过邮件地址查询应该是可行的。不过，即使我找我朋友过来，他赶到这里也是明天晚上的事了。

所以，明天的邮件我绝对不能发得太早，否则对方一察觉到问题立即就会离开，我就会犯我之前经常犯的错误。

在这个局里的人，其谨慎的程度是我无法想象的。从当时巴乃的鬼影，只看我们的几个举动就可以干出那么多惊世骇俗的事情就可以证明。为了不让自己的计划败露，他们是绝对不会冒任何风险的，也没有怀疑这么一说，他们一旦感觉到有任何不对劲，立即就会采取最有力的处理措施。

不过仔细想想后，我不认为立即回信是错误的，也不认为我回的信是错误的，因为他当时的邮件我同样无法回复，同样会牵涉到计划的内容。所以我这么回信，其实也算是为我自己争取了更多的时间。

那么，假设我找不到对方呢？

我其实知道最基本的套路，和这些人斗智斗勇那么多回了，我知道，其实最简单的方法，就是告诉这个人这里出了事情，把事情说得特别严重，也许可以把他逼出来。

但是，如果对方是一个极其谨慎的人，很可能就此消失。所以这一招我不到最后的时候不能用。更有甚者，如果三叔和对方有某种默契，对方觉得三叔这边的情况崩坏了，要找人把三叔杀了，那我不就倒霉了吗？

我把我身上所有的烟都抽完了，也没有想出任何办法，只得回去。

回去之后，我一下发现电脑又亮了，不由得脑门一跳——刚才明明已经暗了的。

我立即走过去，就发现又有一封邮件。

早点休息，我们的路还很长，别老是吹风。

我看了看阳台，一下就一个激灵。

我靠，他能看见我！

我的第一反应竟然是想立即去拉窗帘，但是一想不对，立即把自己的反应压住。我几乎在凳子上坐了三分钟才压下那种震惊的反应。

看来这个人和三叔的关系比我想的更复杂，而且看这人的语气，我猜这个人不是以一种情侣，就是以一种长辈或者兄长的心态在和三叔发着邮件。

我回信——

了解，共勉。

发完之后，我就回到房间里，关上了门，拿出我自己的手机，马上给我朋友发短信。

我有一种预感，我甚至能猜到这个人是谁了。

如果是我猜想的那样，那接下来的事情会完全出乎我的意料，所有人的命运都会有转机。

第十六章 ● 电脑的秘密

　　我的朋友是下午两点到的，我和他说，我叔叔需要他帮忙查电脑，费用是十万。这家伙缺钱，五点起床坐飞机就到了。我和他说，我自己有事就不来找他了，让他自己把这份钱踏踏实实地赚了。

　　这人是我的一个同学，在电脑方面有一些技术，上次我查那个网站也是他帮的忙。我把我的要求和他一说，他立即就明白了，也没问为什么，立即开整。

　　但是他刚把电脑整个搬了起来，看了一眼，就"咦"了一声。

　　我问怎么了，他道："您这台电脑没有联网啊。"

　　"没有联网？"

　　"您看，没有网线啊。"

　　我趴下去一看，也愣了。果然，这电脑后面光溜溜的，连我这种没什么电脑知识的人也能肯定，这台电脑绝对没有连接网线，因为它只有一条电源线连接着插座。

"无线网络？"

"不可能，电脑里没有安装无线网络驱动系统。"

"那这是怎么回事？"我奇怪。

我靠，这是Ghost Net啊，我心说。以前我看过一个电视剧，里面的电脑可以通过某种灵力和另一个世界的另一台电脑连接，里面的人说这种网络叫作"鬼网"。

我不知道是什么原理，但是这台电脑绝对不会是连接了鬼网，我忽然意识到这件事情很关键。

我坐回到电脑前，冷静了一下。他就道："我得拆开来看看，才能知道是什么情况，否则，你就是自己和自己对话。"

"我不懂，你说得详细点。"

"理论上也能做到这一点。一台电脑里面可以设置两个账户，在同一个电脑里互相通信。"

"不需要网络？"

"不需要，不过，您的邮件往来有实际内容吗？"

我点头："当然有。"

"那就不可能是这样的，我觉得机箱里面一定有蹊跷。"他说道。

我问他会不会损坏机器，他摇头说绝对不会。

他速度很快，显然在电脑城里装电脑装惯了，很快就把主机的壳子拆了下来，里面全是我看不懂的电路板。他用镊子在里面敲来敲去，看完后脸色苍白，对我道："叔，这真的太诡异了，这里面没网卡。"

我不理解这有多严重，露出疑惑的表情。他道："在计算机的层面里，这是违反物理定律的。你没有网卡，就绝对不可能收到任何外网的邮件。你收到的这封邮件，只能是来自你这台电脑本身。"

"什么意思？"

　　"您要么是自己在和自己发邮件，要么，您这台电脑自己能发邮件给您。"

　　我摇头，这绝对不可能。"绝对不可能，你仔细看看。"我道。忽然我想起昨天最后一封邮件，我靠，难道这电脑是有智慧的，它是在这个房间里看到我出去抽的烟，并不是在这里其他某个地方监视我的阳台？

　　我浑身涌上一阵寒意，如果是这样，那我们现在的举动是不是就是在强奸它？不，解剖它。

　　我很快打消了这个可笑的念头。这其中一定有蹊跷。我同学继续研究机箱内部，忽然，他"咦"了一声，用手电照到了一根很细的白色电线，说道："原来如此。"

　　"是什么原因？"我急不可待地问道。他说："现在还不知道，不过，这里有一条奇怪的电线。"他拨弄着那条白色的电线，电线非常细。他摸着，一直摸到电线的源头，电线连接到了电脑的电源里去。

　　他立即动手拆卸电源，在把电源拆卸完成之后，用螺丝刀挑出了那条白色的电线，发现电线接在一个很小的电子元件上。

　　我完全看不懂，看着我的同学摸着下巴。他想了半天，就道："不敢相信我看到了什么，我竟然会在这个时代看到这个东西。我说了您可能也无法理解。这是一个非常原始的网卡，它利用接地线来传递信号。这是一个点对点的网络，对方的计算机只和您的计算机相连。其实就是一个摩斯密码解析器。"

　　"那他在什么地方？"我根本不想知道运作原理。

　　"不知道，他使用的是电源的接地线，这是一条专门的线路。您有这间房子的电路图吗？如果有，我可以帮您查出来。"

　　我摇头，不要说我不知道那东西在什么地方，就算以前真的有过这个东西，三叔肯定也销毁掉了。以三叔的谨慎，他不可能让可以暴露这条线路的可能性存在。

他说："那唯一的办法是把这条线路扯出来。线路的一端在这里，那么另一端只要顺着线路去找就能找到。"说着他指了指嵌入地板的插座，"这里就是源头。我们得把地板全部撬开，找到这条线的走向，另一台电脑一定也连在这根线上。"

我想了想，让他先别轻举妄动。我得琢磨一下，动静太大一定会被人发现，必须举重若轻地搞。他道："这种专用网络传播距离很短，而且不可能离开这户人家太远，否则就会牵涉到路边的街道变压器。所以，他的位置一定不会离这里太远，肯定在几百米之内，很快就能找出来。"

"你觉得，最多需要多少时间？"

"最多三个小时就能找到。"

我拍了拍他，就道："这样，你先休息一下，我们等晚上天黑之后再弄。你先把电脑给我装起来。"

情况继续变化，需等到子时。

这是我发的邮件，让那人继续等一等。这样的话，这个人子时的时候一定会等在电脑边上。如果能找到，我就能破门而入抓个现行。

对方一直没有回信，我一直等到天完全黑下来，便让我同学用布包着手电筒开工。

三叔的家其实是一栋老式农民房改造的，所有的线路都是明线，但是三叔为了安全，在地面上加了一层。我同学小心翼翼地把地板撬开后，敲破保护线外面的保护壳，把电线扯了出来。

我跑到二楼，看房顶上的外接电线哪一根被扯动。

然后一路找下来，发现这根电线又直接连到了屋子外面。我把固定这根电线的所有铆钉全部拔掉，让我同学继续抽动。

电脑的秘密

再到一楼，我们跟着这根电线一路往前走，就来到了院子里。接着，我们就看到电线直接往下走，一路通到了地下。

我心中奇怪，三叔的院子不大，也就六七平方米，那一束电线有四五根，全都是在墙壁的房檐下走，只有这一根电线是往地下走的。

地面上堆满了凌乱的盆栽，足有十几盆。我和朋友小心翼翼地一盆一盆搬开，我惊讶地看到了一个窨井盖。

电线一路往下，竟然通到了这个窨井里。

我从来不知道三叔家里还有这个东西。窨井盖上有一个提手，我上去提了一下，发现可以提动，里面一片漆黑，心瞬间吊了起来。

有门儿。

我吸了口气，就对我的同学说："行了，到这儿就行了吧。"把他支走后，我立即就去屋里拿了手电，来到窨井盖前，深吸了一口气，拉起来就往下照。

第十七章 ● 三叔铺子底下的秘密

我看到了一段铁皮梯子，里面很黑，但能看到最下面有水。

真的是个窨井。

我想了想，觉得也是，这盖子上全是窟窿，要是下雨肯定得往里灌，这电线肯定还得继续往下走一段。

窨井非常小，我进去之后几乎没有任何空隙让我转身。下去之后，下面是一个一米左右的立方空间，全是水和落叶。在左边还有一个只能靠爬行进入的洞口，我看着电线一路下去，直接连接到了这个洞口里。

我用嘴巴咬住手电筒，爬进这个洞口，一直往前爬。

这种感觉让我又想起了爬盗洞的时候，我心中很不舒服，咬牙坚持着，爬了六七米，终于爬完了通道。

用手电一扫，我就发现，这个通道的尽头，是一个房间。房间是架空的，地下的架子是铁和木头做的，水从架子下面流过去。架子和木头腐朽得很厉害，我踩上去，感觉像是踩在棉花上。

架子上摆了几个书架，一张床和一张桌子，桌子上面有一台电脑、一台录像机和一台电视。所有的东西都因为潮气霉变得很厉害，上面都有很多的霉斑。

电线就通到这个房间里的这台电脑上。但是我没有看到任何人。

那人还没回来？

我愣了一下，摸了摸那台电脑，是凉的。

刚才我进来的那个井口的盖子上压了那么多的盆栽，如果他要出去，必须移开那些盆栽。他不可能是从我进来的地方出去的。

我打着手电在房间里找了一圈，就发现在右边的墙上还有一个口子，水从我来的方向流进来，从这个口子流出去。我往口子里照了照，很深，没有人在里面。

这是谁呢？竟然有人生活在三叔家的下水道里，还是以这么一种隐秘的方式，还和三叔使用这种方式保持着联系。

这太诡异了。

我把手电照向那几个书架，上面竟然全都是录像带。

我的手开始颤抖起来，抽出来一盒……我发现书架上面所有的录像带全都是有编号的，和我当时收到的那几盒一模一样。但是我抽出来时的感觉有些不对，太轻了。打开一看，里面竟然是空的。

我又拆了几盒，发现里面全都是空的。我心中讶异，为什么他要把空盒子放在这里？

我冷静了一下，心中非常混乱，我要把所有的事情稍微理一下。

三叔的屋子下面有个人，和三叔使用一种特别奇怪的方式保持着联系。三叔知道这个人在这里吗？

我想不可能有人可以在三叔眼皮底下，在三叔的房子下面做这么一个暗室，三叔肯定是知道的，甚至这个暗室里的一切本身就是三叔安排的。

那么这个人在这个暗室里待了多少年？

从这些木头和铁架子生锈的程度来看，这些东西显然已经存在很长时间了。我无法准确判断到底是多久，但是我觉得要达到这种老旧的程度，最起码要六年时间，甚至，上限可能达到几十年。杭州虽然雨水比较多，但总体来说肯定是晴天比阴天占的比例更大。按照这种结构，这个下水管道一定不会常年有水，所以能腐蚀到这个程度，时间可能是非常长的。

从这张床的样子来看，这人肯定是生活在这里的。我翻了翻床和被子，都很干净，而且被子和床都很整齐。显然这个人虽然生活在这种环境下，但是依然保持着极度的自律。

这个人一定是三叔计划中一个极其重要的人，甚至可能是最为核心的人物，否则不可能会以这样的形式存在。

不过，这个人现在去了哪儿？如果他必须待在这种地方，他不应该经常出去才对。

这个人一定是一个不可以存在于世界上的人，所以才会用这种方式藏匿，这有点像《安妮日记》里的安妮当时住的暗格了。

我坐下来，揉了揉脸，听了听周围的动静，没听见什么动静，便打开了电脑。

这台电脑和三叔的完全是一个型号的。电脑很平稳地开机运行着，很快就跳出和三叔电脑上一模一样的界面。

我操作了几下，发现和三叔的电脑一样，里面几乎什么东西都没有。

我立即就打开了邮箱。

我看到了一个空白的列表，里面只有一封邮件。

我点开，一下就发现，是我自己最后写的那一封。

其他的，无论是收件箱还是发件箱，完全是空白的。

　　我忽然有种不祥的预感。我站了起来，去看了床底下，打开了书架上所有的录像带盒子，翻看了录像机。

　　这封最后的邮件证明，和我进行邮件往来的这个人，就是在这里收发邮件的。

　　但是，现在这里什么都没有。

　　如果是一个人藏匿在这里，不可能是这种状况，肯定会有更多生活的痕迹。要么这个人就是一个机器人，他除了收发邮件、处理信息，完全什么都不干。

　　这绝对会让人疯掉的。如果是一个人住在这里，他绝对会疯掉的。

　　我在这个斗室内一边不停地踱步，一边想是怎么回事，难道这里面不止一个房间？

　　这也有可能。我心中想着，蹲下来看了看另一边的口子。也许从这个口子爬过去，还有另外一个房间，里面全都是生活用品，甚至有篮球场什么的，也许还会有充气娃娃。

　　那人也许生活在另一个房间里。

　　我深呼吸，蹲下来就钻了进去。这个管道更窄，我得缩着肚子才能一点一点往里挤。挤到一半的时候，我就意识到这人肯定不会是一个大个子。如果是一个大个子，天天过这样的生活，我宁可死了算了。

　　一路往前，我又爬了十几米，前面忽然出现了光亮。我爬了出去，发现尽头并不是我想的另一个房间，而是一块木板，木板上面坑坑洼洼的全是孔洞，有光透进来。

　　我推开木板，一下就发现，这里是一条暗巷。

　　所谓的暗巷就是，以前造农民房的时候，两栋房子挨在一起，中间会形成一条非常狭窄的通道，两边是两栋房子的墙。这样的建筑结构非常不安全，因为盗贼可以踩着两边的墙一步一步地蹬上楼，所以很多居民干脆就把自家的围墙和邻居家的围墙修得连起来，封死狭长通道的两个入口。

这样，很快人们就会忘记了，自己的房子和邻居的房子之间还隔着一个非常狭窄的空间。

这种结构被很多古董商所利用，很多时候，这里用来摆放一些违禁品。

在这个暗巷里人只能侧身通过，出来之后几乎不可能再回到那个洞。我侧身来到墙边上，那儿有几块可以借力的砖头，我踩着蹬了上去，然后翻墙下去。

下去就是三叔家的外墙，我看了看四周，自己也觉得莫名其妙。只能灰溜溜地从正门回去，心说这是怎么回事呢？

我在院子里走了一圈儿，摸了摸脑袋。如果是这样的结构，这说明地下的这个家伙应该是和我一样，从暗巷出去了。

那等一下他怎么回来啊？难道还是从那儿翻墙回来？我心说这倒也行，我可以去暗巷堵他，那地方那么狭窄，随便怎样他都没有办法逃。

但是我想了想，觉得还是在他房间里堵他更合适。

我再次下到那个窨井里，到了那个房间。

这次一爬，我已经累得气喘吁吁了。我在椅子上坐下，集中注意力死死地盯住那个通道口。只要有任何东西从里面探出来，我就一下扑上去把他按死。

我不敢开手电，就在黑暗中静静地待着。

也不知道过了多久，我都有点恍惚了，忽然听到有人说话。

我一下就从恍惚的状态中回过神，一个激灵，立即屏住呼吸，向通道口的方向看去。

那边一片漆黑。

我愣了一下，幻听？

刚想完，又传来一声说话的声音。

"朋友。"

这个声音不知道是从房间的哪个角落传来的。我吓得几乎屁滚尿流，立即就打开了手电，像机关枪扫射一样四处乱照。

但是照了一圈儿发现，房间里还是什么人都没有。

难道是在下水道里？我刚想去照照，那个声音又响了起来："打开电脑。"

我一个激灵，这一次我清晰地分辨出，这声音是从天花板上传来的。

那一瞬间，我忽然就感觉到这个房间的房顶上似乎挂着什么东西，立即抬头。

第十八章 ● 天花板

就在那一瞬间，我甚至感觉天花板上挂了一大团头发，一定是之前几次差点把我们吓死的东西。所以我抬起头，一下看到上面用手电照出的影子时，浑身的鸡皮疙瘩全部起来了。同时，整个人几乎条件反射般地就往一边靠去。

但是，随即我就发现，我什么都没有看到，上面只是一些水管和一盏吊灯。

我觉得奇怪，仔细在天花板上扫了一圈，上面不可能有人。就在这时，天花板上又传来了一个声音。

"我正在你的房间里说话，这个房间刚设计的时候，就专门设计了你的房间和这间暗室的传音效果，好让我时时能够得知上面的动态。"

我立即就知道是怎么回事了。我靠，这样的话，我在上面和我同学拆卸电脑的过程，这里全部能听到，难怪他跑了。

哎呀，我真笨，这么谨慎的人，不可能会犯那么低级的错误，一定会有后招，三叔房间里所有的动静全被他监控着。

我深吸了口气，就问道："你是谁？"

"我知道你听得到我的声音，现在你有半小时的时间明确自己的处境。我封闭了你所在房间的两个出入口，你已经被困死在那个房间里了。"对方道。声音在这种传播方式下显得特别沉闷，听不出具体的声音特征。

"你是谁？你想干什么？"我大叫道。

"你不是吴三省，你的出现证明他出现了问题。我必须知道问题出在什么地方。等你明确了你的处境，你可以用你面前的电脑来回答我提出的问题。"

我又叫了一声，忽然意识到不对，很可能，我这里发出的声音他是听不到的，只有单向的监听才是监听，否则不是变成电话了吗？

我立即来到电脑边，我知道这个人说的话不用去验证，出入口肯定是被封住了。

难怪这里什么东西都没了。他听到我和我同学的对话之后，一定把这里的所有东西都清空了。

但是他留了一封邮件没有删除，他是想让我回复邮件方便一些。真贴心啊。

我立即回信——

"我听到了，你是谁？"

等了片刻，对方回了过来：

"你是谁？这个房间的密封性非常好，你怎么叫外面都不可能听到。你如果不想在房间里被困死，就要说实话。"

我刚想回答，立即又有一封信发了过来：

"时间不多了，我不能逗留太久。如果你有任何谎话，我立即离开。永远不会有人知道你在里面。"

我心中暗骂，心说怎么办？说谎？怎么说？他肯定知道我不是三叔了，如果我说我是三叔他立马就走，但是我说我是谁呢……难道说实话说我是吴邪吗？那不是露馅儿了吗？

虽然说现在露馅儿也没有什么大问题，但是，这么一吓就说实话，是不是太弱了？

我想了想，立即回了一封邮件：

"我说出来你也不知道我是谁。"

对方几乎立即就回了：

"你说出来，由我来判断。"

我靠，这家伙还挺强势的。我心说，刚想着如何回，对方立即又来了一封邮件：

"你还有发最后一封邮件的机会，我必须马上离开，不要浪费时间了，你是谁？"

我摸了摸脸，心里特别焦虑，打了两个字：未必。但我马上又删掉了，我知道这种人特别决绝。

但是，即使我说了实话，他如何判断我说的是实话呢？

其实他要判断的并不是我说的是不是实话，因为只通过邮件，他完全不可能判断得出来。他只是想知道我到底是哪边的人。

而无论我说的是否是实话，他听完之后，基本不会理会我，他还是会走的。最可怕的是，我从这个地方所有的迹象都能看出，这是个非常谨慎、雷厉风行和自律的人，他说马上要离开一定不是骗人的，我若不回答，他也不会因为想知道答案而多留一会儿。

我要做的不是说实话，而是让他对我产生兴趣，让他把我放出去。

那么，如何让他对我产生兴趣呢？我想东想西，现在能确定的一点就是，他很信任我三叔。但是我不能说我是三叔，难道要告诉他，我是三叔的亲戚吗？

天花板

难道和他说，我是二叔？还是说，我是三叔手下的伙计？

"我走了。"

就在我焦虑的时候，又有一封信发了过来。

我一下子就慌了，几乎是条件反射地，立即打了几个字过去。

"我是吴邪，吴三省的侄子。"

瞬间邮件就发了出去，我甚至来不及后悔，立即看着那个屏幕。

时间一分一秒地过去，屏幕上再没有任何回信，我浑身开始冰冷起来，心说不至于吧，走得那么快，那么决绝？

不可能的，这条网络的传输速度很快，他发完这个消息之后，我立即就回了，他应该可以看到啊。

又一想，不对！就算他看到了又如何呢？也许吴邪这个名字他完全没有兴趣，看了一眼就走了。

我靠，我要被困死在这里了，怎么办？怎么办？

我用深呼吸来让自己镇定下来，这种情况对我来说并不是第一次了。我立即在四周翻找，想找到任何可以使用的工具。等我发现这里只有大量的录像带空盒子时，我几乎暴怒到要去踢铁架子了。

但是，我很快又冷静了下来，我知道自己并不是没有机会。

明天，明天早上园丁老何会过来浇花，我只要能够引起他的注意，就能让别人来救我。

我靠，我不知道该如何解释三爷为什么会被困在自己家的密室里。这里有这么多录像带盒子和录像机，他们总不会认为我是在拷贝黄片贩卖吧？不管了，反正几天之后我就能恢复吴邪的真身了，丢脸就丢脸吧。

但是，怎么能吸引他的注意力呢？这里的隔音措施肯定非常好，用一句港片中的台词来形容：我就是叫破嗓子，也不会有人来救我的。

我看着房顶上的水管，心说，这些水管不知道是什么水管，把这些管子敲破了，对着管子吼叫，不知道外面能不能听到？

我把铁架子当楼梯搭着爬了上去看，就发现这不可靠：这些水管肯定不是三叔家的水管，一定是邻居家的，而且一定是排污管；水管很结实尚且不说，就算我能打破，大粪也一定会喷我一脸；就算这些我都忍了，这声音从水管传到对方马桶的机会也太小了；而且，如果有人听到马桶里发出奇怪的声音，肯定认为是水管的气压声，最多认为闹鬼了，等他反应过来，我早就饿死了。

不过，我立即就想到了另外一个办法，我看到一边的电灯了。

这里的电线是有电的，我如果把电线连接到水管上，那边有人洗澡的时候，就可能会被电死。

这样，警察就会来查为什么水里会带电，不过，一命换一命，这不是我的为人之道啊！

想了半天，我还是决定先试试对着马桶吼叫。于是我爬下来，用力从一边的铁架子上，利用金属疲劳的效果去折一根已经生锈的铁棒，没想到这铁棒非常结实，我用力掰，竟然纹丝不动。

我折了几下，心里立即就发毛了，更加发狠地用力摇晃。就在这时，我听到一边的下水道里传来一个苍老的声音。

"出来吧。"

我愣了一下，就听到那边传来了铁栏杆打开的声音："慢慢地出来。"

我刚才看到了这个下水道里的铁栏杆，但我怎么也没想到这里能够打开。我一下有点尴尬，不过刚才那个样子也只有我自己知道。我俯下身子看了看下水道，就看到那边的手电光照了过来，非常刺眼，照得我睁不开眼睛。

"慢慢地出来，不要乱动。"对方又道。

我立即道："不要伤害我，我不会乱动的。"

天花板

105

说着我蹲了下去，一点一点地往外爬。等到我的脑袋刚刚爬出下水道口的时候，一把刀一下顶住了我的脖子。

"别动。"那声音道，我脑袋抬不上去，根本看不清楚这人的样子，就看到那人捏了捏我的脸，又翻了翻我的后脖子。忽然他笑了。

"笑什么！"我有些恼怒。

"吴三省说得果然没错，小苍蝇也能坏大事。你活得好好的，为什么要自寻狼狈？"

我不知道该怎么回答，就感觉他一下子抽身起来，迅速爬出了窨井。等我挣扎着爬上窨井再狂冲到三叔屋外的巷子里时，就发现任何方位都看不到人了，只剩下一片漆黑的街道。

第十九章 · 深深地探索

我发狂一般地冲回了房间，连打了十几个电话，把杭州几个比较得力的伙计全部叫了过来。我布置了几个任务，一批人给我找人，我没看到那人是什么样子，只说找形迹可疑的人。第二批人，给我四处乱翻垃圾桶，看有没有录像带。那么多的录像带，他不可能立即带走，要么是销毁，要么是藏匿在其他地方。就算是只找到一堆灰，也必须给我带回来。第三批人，把那个密室里面的东西全给我弄出来。我要一寸一寸地研究，我就不信任何痕迹都找不到。

第一批人肯定没有什么结果，我只是心中郁闷，找几个人发下狠，但是啥人也没有找到。第二批人一直没回来。第三批人更是郁闷，因为也许当时设计下面那个屋子的时候，是先把家具放在里面的，如今要把家具从那么小的通道里弄出来简直是不可能的。

伙计问我怎么办，我心说还能怎么办，就道："拆了！"

里面所有的东西都被拆成碎片堆在了院子里，我看着所有的碎片，一片一片地翻动，直到发现完全没有任何线索的时候，我才冷静了下来。

我把所有人都赶走了，自己一个人坐在院子里，点上一支烟，琢磨着。我觉得自己太失败了，这么好的一个机会又丢了。但是我看着那些被褥，看着那些桌子椅子，忽然又发现了一些不对的地方，然后就冷笑了起来。

我意识到，我完全没有失败，我想知道的事情，已经全部在我面前了。只是我需要一些措施把它解析出来。

我拿起了手机，打通了一个伙计的电话："不管多少钱，给我找一个能检验DNA的机构。"我摊开被子，在里面仔细地寻找着，挑出了其中一根头发，"对，钱不是问题。"

如果一个人在一个密室里待了几十年，而唯一和他交流的人是我的三叔，最大的问题是什么？

这个人对于现代科技知识的了解一定少得可怜，我不知道他们在使用电脑之前是怎么沟通的，但是显然，他们对于科技的认识不会太深。

我把找到的几根头发让他们送去检验，如果我的猜测是正确的，那这事情我就能知道一半了。

另一方面，我把两台电脑全部送到我同学那里，让他继续研究。我知道在电脑里删除东西是删除不干净的，就算把硬盘格式化，里面的资料也可能还原。我对所有的一切已经有所了解，某些碎片对我来说，可能是极其珍贵的提示。

长话短说，DNA的检验结果没有那么快出来，但是第二天，我同学就来了。

出乎我的意料，我同学是空手来的，我投以疑问的目光，他摇头："这电脑里的硬盘没用，只是个空壳子。"

空壳子？

"这是一个工作站。"他道，"我在光驱里找到了这个。"他拿出一张光盘，"这台电脑的硬盘是个摆设，这是使用光驱驱动的一个工作站。"

我听不太懂，他就解释道："总之，这电脑没有硬盘，所有的信息全都是存在内存中的，没有任何记录。只要一关机，一切归零。"

我点上烟，让他坐下，问道："这种技术是不是很高端？"

他摇头："不是，其实是比较低端的技术。很多时候，是用在大学的多媒体教室和网吧里的，这样的话，就没有那么多病毒和重装系统的困扰。"

我叹了口气，心说果然是滴水不漏。不过，就我三叔和这个常年生活在暗室中的人的这种状态，这些东西是怎么实现的？肯定得有一个懂技术的人来指导他们啊。

我不相信三叔是一个暗中修习了很多现代知识的人，肯定是有这么一个人存在的。

我叹了口气，就问他道："那你仔细检查了这两台电脑，有任何奇怪的地方吗？有任何不同的地方吗？"

他挠了挠头，在我的边上坐下来，道："不知道当讲不当讲。"

我道："讲，讲出来我就给你加钱。"

他道："我在电脑城修电脑很多年，见过各种各样的电脑，说三叔您在古董行算是数一数二，那我相信，但是您也得信我，我修这么多年电脑，任何电脑到我手里，我都能看出主人是个什么样的人，平时有什么习惯。甚至是胖是瘦，性格如何，平时在电脑上爱玩什么，我都能看出来。"

我给他点上烟，看这小子说这话的时候，眼中放光，满是自豪，就觉得好玩。

他看我给他点烟，立即受到了鼓励，道："您可能不信，我举个例子，玩游戏的和文字工作者，所用的电脑绝对不同，包括键盘的磨损情况，都有很大的区别。我可以根据键盘的磨损来判断。"

我点头，让他继续，他道："这台电脑是七年前的流行款，也就是说，这台电脑基本上已经使用了七年了，在现在这个时代，这个使用时间已经算是很长了。但是我检查了所有的部件，我发现一个非常离奇的地方。"他顿了顿，"这台电脑基本上所有的部件都没有磨损。"

我皱起眉头，意识到他说的东西可能很有价值。

"我们知道，人如果使用键盘，手指上的油脂一定会沾在键盘上，无论这个人多爱干净，用完一次之后，这些油脂都会在键盘上形成一层薄膜，然后会有灰尘附着在上面形成污垢。一台用了七年的电脑，无论有多么爱干净，这种污垢也是不可避免的。"

"你直接说你的意思。"

"键盘太干净了，鼠标的滚轮太干净了，这种干净不是擦拭之后的干净。要知道鼠标是非常难以清洁的。这种干净到什么程度了呢？如果这台电脑刚刚从库房里拿出来不久也不过如此。但是，根据这台电脑放在你桌子上的印子和外壳氧化变黄的程度来看，确实就是在外面摆了很长时间了，所以结论几乎只有一个。"他道，"这两台电脑很少被人使用，几乎是没有被人使用过。"

我摸着下巴，完全明白了他的意思，我拍了拍他，心说：我靠，原来是这么回事。

三叔在这七年里，如果经常使用电脑和暗室里的人交流，绝对不会是这种情况。但是，电脑绝对是放在这里的，我每次来都能看到。如果这台电脑不常用，但又放在这里，同时还兼顾着和暗室里的人沟通的任务……

这是一个矛盾，证据相左。

"这是个陷阱，我靠。"我把烟头掐掉，在心里狂骂自己。

这是一个试探机制，当暗室里的人察觉到这里有某些不对劲的时候，他使用了这台电脑发送消息，如果是真的三叔，也许会回复约定的暗号。

但是，我的思维没有那么深入，没考虑那么多，所以一下就中招了。之后那么多的对话，我一直以为是我在试探他，现在看来，他那么滴水不漏地回答，反而是在试探我。

在所有的设局内，我处于完全的劣势。

由这种可怕的陷阱和设局能看出，之前这几股势力之间的斗智，已经到了一种无法形容的地步了。每个人都如履薄冰，每做一件事情都要穷尽推算之能。

"叔，您到底是想从这上面查到什么？您要方便的话告诉我，这样查我没有方向性。"他看我的表情就知道我认可了他的说法，积极性顿时高涨。"吴邪那小子以前也总让我查东西，有目的就好查多了。"

我啧了一声，道："我给你讲一个故事。"

于是，我把在这房子里发生的事情，编成了一个很暧昧的故事，对他讲了一遍。

听完之后，他觉得很好玩："这简直就是'二战'时候的谍战戏码。"

"我就想找到这个人，这人一定是一个关键。"

"但是说不通。"他道，"叔，您刚才说的这个故事，是说不通的。"

第二十章 ● 电脑陷阱

"为什么？"我略微有些诧异。他道："他如果要试探您，根本不需要使用那么复杂的设备，只要往您的手机上发一条信息，看您回复的是不是约定的信息就可以了。这些电脑什么的，都是多余的。"

我想了想，有道理，就道："你似乎是有什么想法？"

他道："这肯定不是陷阱，这两台电脑一定是有用处的，那个人也确实一直是住在这栋房子的下面。否则您下去也不会看到那些被子。"

"那你不是说，这两台电脑基本上没有被人使用过吗？"我道，"你怎么理解其中的矛盾？"

"矛盾的归矛盾，恺撒的归恺撒。"他道，"很简单啊，这个人是住在下面的，但是，他和您的沟通，并不是依靠这台电脑，这台电脑，是一个陷阱，但是下面这间地下室不是。"

我抽了口烟："那他们是依靠什么东西来沟通的呢？"

这上面所有的对话，地下室里都能听得一清二楚，但是我能肯定，下面的人说话，哪里都听不到。

"也许不需要沟通呢？"他道，"也许并不是藏匿，而是监视呢？"

我只是想了一秒，就犹如五雷轰顶一般，前面的几个矛盾全都有眉目了。

三叔电脑里的改装，不是由他自己改装的，也许三叔根本就不知道他家里的地下有这么一间屋子，也不知道他自己的电脑连通着另外一台电脑，更不知道自己所有说的话，都能被人听到。

所有三叔的信息，那人全部可以截获。

这人是谁呢？就好比是住在三叔肚子里的蛔虫。

我把我同学给打发走，答应三天内付款，让他继续琢磨，有什么新的想法立即告诉我。

之后，我就坐在院子的杂物之中，坐在三叔喝茶的台子之后，靠在椅子上打了个电话。我打给了二叔，我问他："三叔的这间房子是什么时候造的？"

二叔沉吟了一下，没有回答，忽然问我道："你在哪里？"

我搪塞地说了一个地方，二叔还是沉吟，显然并不是特别相信。

他的语气有些怪，我听着总觉得出事了，但是此时我也不想多了解，只是追问。二叔便告诉我："那房子的地基是二十世纪七十年代打的，之后重修过几次就不知道了。最初只有一小间平房，后来老三赚的钱多了，慢慢扩建起来。时间最长的一次扩建是在一九八八年，那段时间他几乎都住在我家里。"

二叔说完这个之后，忽然抛了一句："你最近别折腾了，好好待在杭州。"说完立即就挂了电话。

我听着总觉得二叔正在忙着什么事，挂了电话之后，我想了想，就给自己的老爹打了电话。

我靠在那里一边抽烟，一边和我老爹唠家常，我没有想特定的问题，就是有一句没一句地聊着，同时思考一些对我自己的推理有帮助的小细节。

我这几年少有的和老爹聊天聊得那么开心，我老爹都蒙了，聊到一半的时候，就小心翼翼地暗示我："小邪，是不是失恋了啊？有什么伤心的和爸爸说啊。"

我嘿嘿一笑，心说我老爹心思还挺敏感的，还能听出我心里有事。但是我太了解我老爹了，就算把事情全部告诉他，也于事无补。

从和老爹的聊天里，我把我们吴家从长沙到杭州的整个过程，全都套了出来。听完之后，我发现这简直就是一部连续剧。特别是我爷爷和霍仙姑还有我奶奶的故事，在那个历史背景下，简直就是一部特别好的故事片。

我爷爷成名是在长沙，他成名的时候非常年轻，他是第一个训练用狗闻土的土夫子。一条训练成熟的狗，探穴的效率是人的十倍，而且狗能敏锐地闻出各种火油类机关，甚至能闻出粽子是否尸变。

从我爷爷训练出第一只狗开始，他的财富积累极其地快。没出几年，他可能已经是整个长沙城几个第一：知道古墓位置的数量第一，没有出手的明器数量第一，等等。包括张大佛爷的手下，都会来问我爷爷要位置。

当时，霍家、齐家、解家虽然都已经小有名气，但霍家因为内乱特别严重，后来被迫慢慢地把精力放在了经营上，谁也不去下地（下地很容易损兵折将），而齐家一直是以经营见长，不温不火，解九爷则刚从日本回来。我爷爷在这几年里的积累，甚至超过了齐家几代人的积累。

我爷爷当时说起这一段经历，颇为得意，一直道："科技创新才是第一生产力，特别是在倒斗这种传统行业内，一点点创新就能带来翻天覆地的变化。"

我爷爷在长沙的的确确风光了一些时候，那个时候他年轻而且传奇，但是丝毫没有架子，挥金如土，却和蔼可亲，这种人肯定会有无数的朋友前来结交，无数的朋友对他充满了仰慕。他和霍仙姑的感情就是从这里开始的。当时霍仙姑年纪还比他大，喜欢他简直喜欢得要死。

　　之后遇到了以前说过的长沙大案，裘德考出卖了所有人，我爷爷家财散尽，在古墓里躲了一段时间，之后逃到了杭州。解九爷当时已经起来了，虽然财富没有我爷爷那么雄厚，但是因为家族底子在，人脉广，善于经营，于是解家就成了老九门中政商关系经营得最好的一家。正是通过解九爷的保护，我爷爷才碰到了我的奶奶。

　　当时应该是我爷爷在解九爷的介绍下，先住到了我奶奶家（我奶奶和解家是外戚关系），我奶奶负责照顾我爷爷。当时江南小家碧玉和湖南的女盗墓贼气质完全不同，我爷爷当时应该是劈腿了。在没有和霍仙姑交代的情况下，直接败给了我奶奶。当然，当时我奶奶也不知情。

　　当时全国的形势是一片兵荒马乱，就连书信都不通，这事情就这么慢慢熬过去了。大概是两年后，霍仙姑来杭州的时候，我爷爷已经和我奶奶成亲了，我奶奶已经怀了我老爹。当时霍仙姑也没有见我爷爷，只是很客气地在房里和我奶奶聊了一个时辰的天就走了。

　　从此天各一方，大家都知道对方的存在，也知道对方过得如何，就是再不相见。

　　谁也不知道当天她们聊的是什么，只听下人说，她们聊得很开心。

　　我爷爷当时听到这个消息的时候，肯定是满头的瀑布汗。我听了都不由得同情他。

　　大概是过了三年，我爷爷才把生意继续反推回长沙，之后基本就是两地来回住。每次去长沙，我奶奶必定陪同，我爷爷和霍仙姑再也没有死灰复燃的机会。再过一年，霍仙姑就嫁到北京去了。我爷爷说起来还感慨，在的时候，觉得可怕，走了，却也觉得惆怅。

我三叔应该是在十三岁时自己入行的，先是在长沙混下地，后来得了一些经验和钱，便到杭州来，买下了现在的这块地。当时还没有买这个概念，是通过关系拿的，盖了房子，便慢慢地把重点转到了经营上。这个地方经过多次扩建，也越来越好。

二叔一直在做学问，大概是在七年前开了茶楼，也不是为了赚钱，单纯就是为了和他的那些朋友有个聚会的地方。我从来没有见过我二叔身边有女人，他似乎是红花滴水不进。但也许是二叔心思特别缜密，他的破事儿谁也不知道。我老爹则很早就离家了，当时支边，从南方去了北方做地质勘探，二十世纪七十年代末期才回来。

回来之后，他们结婚有了我，我老娘是个强势的人，杭州本地官宦家的姑娘，后来有段时间天天和我爸闹离婚，差点把我烦死。

吴家在杭州的整个过程到此就很明确、很清晰了。现在的问题是，这栋楼底下的房间，到底是怎么来的？是在修建之前就挖好的，还是在重建的时候完成的？

如果三叔本身不知道这间密室的存在，那这间密室一定是偷偷完成的，所以不可能是当初修建时就设计的，很可能是之后某次重建时挖掘的。

我是学建筑的，知道挖地下室并不是一件简单的事情。我出去走了几步，以步伐来丈量，很快发现事情没有我想的那么复杂。

这个地下室的确切位置并不是在三叔房子的底下，而是在和隔壁屋子交接的墙壁底下。

我看了看隔壁的楼，我从来没有注意过它。这里的农民房很密集，每次来三叔这里，我总是直接上二楼看货，也不会待得太久，隔壁是谁，我真的是不晓得。

我脑子里一片混乱，浑浑噩噩地走到了隔壁的大门口，鬼使神差地敲门。

那是铁皮门，特别熟悉并且特别结实的那种农民房专用防盗门。敲了几下，我发现门上有一张已经剥落得差不多的字条，上面写着"有房出租"，下面是电话号码。

没有人来开门。我又敲了半天，毫无反应。我拿出手机，拨通了这个号码。

声音响了三四下，没有人接。

我看了看四周无人，便找了个地方一下翻上了墙，跳了进去。

我身手那么敏捷，把自己都吓了一跳，看来这都是这两年"下地"锻炼出来的结果。落地之后，我就发现这个房子应该是没人住的，院子内一片萧条，全都是落叶。我正奇怪这些落叶是哪儿来的，就又见几片飘了下来。我一抬头就看到，这间屋子的房顶上种着一些植物，植物长久没有人打理，都枯死了，叶子是从上头飘落下来的。

我用步伐丈量这个院子，发现如果有人要从这边挖一个通道到三叔的楼下，确实可行。但是我必须知道是什么时候挖的。

我走向楼的门脸，这里还有一道门禁，那是一扇大的包铜门。这家没什么品位，黄铜的大门看上去金光灿灿的，很气派，所以很多农村的土老板都喜欢这样的门。

这门虽然看上去很俗气，但是保险的性能确实极好，我估计用普通的小炸药都炸不开，而且这种门一般都有六七个门闩，要撬起来实在是费劲。

如何才能进去？我想了想，看到二楼也是铁栏杆森严，所有的窗户被包得死死的，像专门来防备一大帮人入室盗窃一样。就在我准备打电话找人来帮忙的时候，忽然电话响了，我一看，是我刚才拨打的那个电话拨回来了。

我接了起来，里面是一个男人的声音，问我干吗，我说我要租房子，他道："房子早就租出去了。"

我道："不可能啊，房子一直没有人住。"对方道："房子十九年前就租出去了，那张字条可能一直没有撕掉。十九年来，房租每年都会准时打过来，所以我在外地也从来不过问。"

十九年前？我愣了一下，看了看这房子的格局，十九年前的房子肯定不会是现在这样，这房子肯定是翻修过，我就问他十九年间这房子是否有过修整。

对方说不知道，他也没法管，反正钱每年都有一个递增比例，说完他就问："是不是出什么事了？"我道："也没什么事情，只是想租房子。"说着我灵机一动，就问他，"你能不能把这个人的联系方式给我，我想让他做个二房东，租两间房了给我。"

对方还挺热情的，说稍等，很快就把电话报了过来，说他自己也很久没联系了，如果有什么问题，就继续打电话去找他。

我听得心中暖暖的，心说世界上毕竟还是有温暖的。于是，我拨通了他给我的电话号码。响了几声没人接，我放下电话看是否拨错了号码。忽然，我看到我的手机屏幕上跳出了一个名字，这个号码竟然在我的手机号码簿里！

看着这个名字，我立即把电话挂断了，心说我靠，不可能吧。

第二十一章 ● 爷爷辈的往事

　　手机上跳出来的名字，已经很久很久都没有在我手机上出现过了。看到的那一刹那，我的想法是，无论是谁的名字从我的手机上跳出来，我都不会惊讶，除了这个人。

　　其实，也不是一个名字，而是一个称呼——爷爷。

　　手机上显示出的名字，是我爷爷去世之前使用的号码。他入葬之后就没有人打过了。没有想到，竟然到现在都没有停机。

　　我在院子里来回踱步，心说看来这次真的非常接近核心了。我的方向对了，但是我还是弄不懂，这些人到底在干什么？

　　我想了想，继续拨出这个号码，把手机放到耳朵边。我不知道自己能听到什么，但是我其实挺期待的，无论是什么声音，我都非常期待。

　　"对不起，您拨打的电话无法接通。"

　　我放下手机，爷爷的手机肯定已经没电了，可能里面还有一些钱，因为吴老狗最后的日子过得相当富裕。我三叔给我爷爷充电话卡，可能一充就是够用几年的钱，所以没有停机。但是，那部手机，肯定没有人充电了。

我奶奶不是一个为情所累的人，她活得非常聪明，对我爷爷的去世她并不是太伤心，我现在也不想去打扰她。

这套房子是爷爷租的，而且一租就是十九年。

我已经不想去细琢磨其中的可能性。我再次拨了那个房东的电话，告诉他，我联系上了二房东，我会给二房东的账上和房东的账上每个月各打五百块钱。二房东让我直接找房东打一张他以前的打款证明给中介。

房东很热心，大概知道自己每个月又能多收五百块钱，很快就把他的账户清单打给了我。我点上烟，翻出了墙头，一边让手下找几个会撬门的过来，一边就找银行的朋友，查询这个账户的款项打款人。

一开始朋友在电话里很为难，我说会给他点好处费，并且告诉他只需要这个打款人的账号他才同意。很快账号发了过来，我在自动存款机上输入这个账号，很快这个账号对应的名字跳了出来。

我对着自动存款机愣了半天。

是我爷爷的名字。

可能是爷爷采用了自动划账的方式。

我回到街上，在过人行道的时候差点被卡车撞到。我已经顾不得这些，浑浑噩噩地来到一家咖啡厅，找地方坐下来，发现自己已经无法思考了。

这是怎么回事？难道，那个地下室，是爷爷挖的？

爷爷租了边上的房子，挖了一个地下室，然后监视自己的儿子？

爷爷没那么变态吧，在我印象中的爷爷，已经基本出世，活在自己的世界和回忆里。在晚年的时候，他的心中只有一杯茶、几条狗和一个牵着手顺着西湖边走走的老太婆。

不过，十九年，我想到了"十九"这个数字，十九年前的爷爷是什么样的?

我脑子里闪过很多零碎信息,想到了二叔和我说的一些暧昧的话,暗示他们并不是不知道三叔是假的。

十九年前,当年似乎正好是假三叔从西沙回到杭州的时间。他回来之后,二叔和我爷爷很快发现了不对劲,但是不知道出了什么事情。

当时所有人对于"它"组织还是相当忌讳,特别是爷爷,肯定会想到和他有关,为了不打草惊蛇,爷爷在这里挖了这么一个地窖,用来监视这个假三叔。

有可能,很有可能。

那为什么会有一个人常年住在地窖之中呢?难道当时爷爷他们找了一个人监视三叔,这个人常年待在地窖之中,到现在都没下班?

那这真是世界上最苦逼的工作了,上班地点居然是在下水道里,而且还没有假期。如果是十九年前修的密室,那就是在这里暗无天日地待了十九年,比在小煤窑还苦。

另外,还有一个不可能说通的问题。以爷爷、二叔的魄力,十九年的监视,什么都没有改变吗?十九年,都可以改变一个王朝了,为什么他们到了现在还是在监视?或者说,爷爷和二叔应该很快就会发现问题的所在。从二叔给我的暗示里,也有这一层意思,他们知道三叔就是解连环,那为什么他们不采取任何措施?

难道,这么监视着,他们监视出感情了?还是说,二叔和爷爷还有自己的计划?那又是什么计划呢?

我想来想去都想不通,快扛不住了。我意识到,哪怕二叔再难搞,再精明,我也必须得向他摊牌了。我真的必须知道,他们到底在想些什么。

回到三叔那儿，我躺在沙发上瞎琢磨。

在我以往的认识中，算计二叔基本就等于找死。二叔识破一个局是不需要中间过程的，他看看表情和大概的说辞，立即就能知道对方背地里搞的花样。而且，他最喜欢的就是顺着你设的局走。有一次我们去老家，三叔为了私吞一个祖上留下来的东西做了个局，二叔一直假装自己在局里，其实一路上各种安排，以局破局，借着三叔的局破掉了另外一个族人更大的局。当三叔以为自己终于赢了一次的时候，二叔几句话摘走了所有的胜利果实。

我在想二叔会不会把所有的事情全部说给我听，他说给我听的前提是什么？

我实在想不出来，二叔软硬不吃，我能逼他就范的唯一的可能性，就是以性命相逼。

但是，二叔是非常精明的人。他知道我是那种绝对不可能以命相搏的人，我觉得他最有可能的是在那里喝茶，丝毫不理会我。我总不能真的自己把自己弄死。

我必须做成一种让他明白，他不告诉我，我真的会死的这种境地。也就是说，我必须把事情做得连我自己都控制不了。

难道要假装被绑架吗？我心说，如果我切掉自己的手指，给二叔寄过去，二叔会不会就范？

我觉得会就范。但是，我觉得二叔不会立即就范，一根手指肯定是不够的，二叔的神经起码能坚持到三根。

来到了厨房，我看着自己的左手，拿起了菜刀，选了其中三根似乎不太能用得到的，比画了一下，忽然觉得人生特别美好，何必这么对自己呢？

二叔会不会亲自过来主动和我说？这个洞如果是他挖的，那下面的人逃出去了，二叔肯定立即就会知道。那二叔会不会有什么应急的措施启动呢？等一下会不会有一颗定向导弹飞过来，把我炸上天去？

时间已经过了很久，我回来的时候什么都没有发生。这就奇怪了，如果没有任何的应急措施，这种监视又有什么用呢?

　　我觉得所有的方向，在这件事情上似乎都能说得通，但我缺少一把钥匙，唯一的钥匙。以前的我，离真相太远了，只能看到很多呈直线的线索，它们之间互相矛盾。可是，这一次我离真相太近了，所以我看到的是无数的可能性。相比之下，绝对不可能和无数的可能性，我现在发现还是前者更加仁慈一些。

　　算计二叔。

　　我又拿起菜刀，把自己的手按在砧板上，好像这是我唯一的办法了，虽然有点蠢，但是，我好像走投无路了。

　　一股决绝和森然的情感从我心底涌了起来，此时我意识到自己快疯了，我的心魔已经到了无法抑制的地步了。

　　救救我！我自言自语了一句，刚想一刀狠狠地砍下去，就在这一瞬间，我放在一旁的手机一下响了。

　　我吓了一跳，瞬间，所有的锐气都泄了，人几乎虚脱了。

　　拿起手机，我顿了顿，发现是个陌生的号码，接起来就问是谁。对方道：“把刀放下，看窗外。”

　　我一听这声音，就反应过来是我在地窖里听到的那人的声音，立即往窗外看去。就看到远处一栋农民房里，有一道手电光闪了闪。

　　我正纳闷，就听到电话里的人叹了一口气：“我把手电放在这里，你想知道的事情，我留在了手电边上。你看完之后，就知道应该怎么做了。”

第二十二章 ● 鬼蜮

我一路跟着手电光来到了那栋农民房下面，敲门，发现门并没有锁。一路往上，所有的门禁都是打开的，整栋楼似乎都是空的。我来到了那个房间，那是一个什么摆设都没有的空房间。一扇窗子大开着，手电就放在窗沿上。

透过窗子，能直接看到三叔那楼的阳台和厨房，我看到了一架望远镜，架在窗边上。

我看了一眼，发现望远镜正对着三叔家的厨房。

手电下面压着一张纸条，我一下子展开，发现那竟然是一封信，信的第一句话特别奇怪。

"看一看四周，你所在的地方，是一片鬼蜮。"

我拿着信，看了看四周，一开始我不明白这句话是什么意思。但是，看了一圈我就明白了，一股强烈的寒意扑面而来，从窗口吹进来的凉风似乎一下子降低了这个空间里的温度。

我从这个窗口看去，整片区域，连同所有的农民房，全都没有亮灯，四周一片漆黑。

只有三叔那栋房子有灯光。

我看了看手表，现在是九点多，正常的话不可能是这样的情况。我立即低头继续看信。

信上面写着——

　　从十九年前开始，你爷爷买下或租下了这里所有的房子。每栋房子都有专人定期打扫，但不做任何使用。十九年之后，你三叔住的那栋房子的四周，几乎全都空了。夜晚没有任何灯光，就如同一片鬼蜮。

　　这一切，都是因为这片区域的地下，埋藏着一个巨大的秘密，而这个秘密并不是古来有之的。这下面埋的是一个撒手锏，是一次巨大博弈之后的一件遗留品。

我屏住呼吸，在这个黑暗的房间里，找了一个角落蹲了下来，用手电照明，慢慢地把这封信看完。

这封信中的很多信息都需要和前面的信息互联，其中一些信息已经表述过，这里再表述会非常麻烦。我只是陈述几个最重要的部分。这几部分一出来，整件事情就全部联系上了。

这封信里，非常明确地说了一件事情，就是当年有一队人，将几十盒奇怪的东西，送到了我爷爷的手上，我爷爷将其放在一个棺材内，埋在我现在所在的这片区域之下。这几十盒东西十分重要。

这几十盒东西，一想就知道，是当年那支调包的考古队从张家古楼里面带出来的东西。记得盘马说过，当年考古队离开的时候，带走了很多箱子。

鬼蜮

找了一个地方藏了起来？难道，那具尸体就藏在这里，在我眼前这片区域里？

这果然是撒手锏，这具尸体太重要了，这具尸体的出现，会毁掉"它"组织的一切依存。

信的内容不长，我将全文附录下来，里面有很多叙述比较杂乱，但是，只要是对这件事情有一定了解的人，看完这封信之后，必然会完全理解，并发现信中所包含的巨大信息量。

吴邪：

看一看四周，你所在的地方，是一片鬼蜮。

从十九年前开始，你爷爷买下或租下了这里所有的房子。每栋房子都有专人定期打扫，但不做任何使用。十九年之后，你三叔住的那栋房子的四周，几乎全都空了。夜晚没有任何灯光，就如同一片鬼蜮。

这一切，都是因为这片区域的地下，埋藏着一个巨大的秘密，而这个秘密并不是古来有之的，这下面埋的是一个撒手锏，是一次巨大博弈之后的一件遗留品。

在很久以前，有一支由收编的盗墓贼组成的考古队，准备将一具装载着尸体的棺材，送入一个古墓，在这个古墓中，尸体会发生一种匪夷所思的变化。这种变化，对于尸体所在的这个"它"组织十分重要。

然而，这群盗墓贼中有人预见到了将尸体送入古墓之后，会发生什么可怕的后果，其中有几个盗墓贼，为了阻止这种后果，背叛了其他人。他们杀死了同伙，假扮成了他们的样子，将那具尸体隐藏了起来。

这具尸体，现在就在你面前所看到的这片鬼蜮之中，你千万不要试图去寻找它。在这片区域之内，只要是触及核心秘密的人，要么成为我们的一员，要么，就会被无情地抹杀掉。

就算你是这个计划的最初参与者的孙子，也是一样。

我想，你也应该察觉到了，在你的经历中，有的人就算在再怎么无法继续撒谎的情况下，也一定会继续对你撒谎。应该有人和你说过了，有些谎言是为了保护一个人，这就是核心的原因。

因为这个核心的秘密实在是太重要了，我们无法承担任何风险。

不过，我现在之所以给你写这一封信，是因为我们的时间到了。明天一过，一切都会烟消云散。

你也许要问为什么，我想说，我们终于熬到了，熬到最后一个领导者死亡，"它"组织终于完全消失了。就在明天，"它"组织将成为一粒永远不能被揭露的历史尘埃，谁也不知道它曾经存在过，谁也不知道它曾经有多强大。

你不用去思索时间到了的意义，我可以很直白地告诉你：这具尸体，只要过了这个时间，对于一切就都没有任何作用了。这便是时间到了的含义。一直以来，这具尸体是一个巨大的秘密，他们一直害怕我们把这具尸体以及背后所有的荒唐计划暴露出来。依靠这具尸体，在任何情况下他们都不敢对我们进行最大力量的捕杀。

不过，现在我们也不打算将它公之于世。我们的威胁消失了，那么，威胁的证据，虽然还是可以毁灭很多东西，但我们也不想引火烧身了。

明天就是这个时间点了，明天的九点四十五分，我们就会毁掉那具棺材和所有相关的东西，离开这里。

整个宿命彻底地终结了。

你不要再为这宿命的终结，做任何牺牲和猜测，事实就

鬼蜮

在这里。你要感谢你上一辈对你的保护和之后做的所有一切。那些隐瞒、欺骗、设计，让整件事情终于可以在你这一代完结。因为，原本你是很可能要接替我们，继续和命运对抗的。但是，现在终于不需要了。

我想你应该非常想知道，我到底是谁？我在很久之前就用一种最决绝的方法隐去了我的身份，只有你爷爷和你三叔知道我的存在。快二十年了，如今我终于可以离开，希望我之后的人生，可以忘掉这一切。

我之所以破例放你一条生路，也是因为我们之间不寻常的关系。但是，这是我唯一一次犹豫了，不会再发生第二次。

你爷爷和我父亲，当时是最早两个对于所有事情萌生退意的人，但是他们各自走的路线不同——你爷爷一直想等待，希望通过时间，将一切都洗去；而我父亲则知道，只要那件事情的可能性存在，我们所有的宿命就都不会终结。

所以，我父亲便展开了自己的计划。我们调包了那支考古队，藏起了棺材。但是，我们逃亡时，却在杭州遇到了最大的围剿，走投无路之下，我们只能求助于你爷爷。

你爷爷给了我们最大的帮助。而在之后的岁月里，吴三省也帮了我们很多。你们吴家虽然一开始并没有参与，但是没有你们，这个计划不可能在当年最可怕的岁月里坚持下来。这也是我这次手下留情的另一个原因。

吴邪，我听吴三省提过很多次关于你的事情。我看到你的时候很惊讶，你竟然会陷入这么深。幸好，你直到现在才发现我的存在，也幸好，你单纯地相信了你三叔的各种谎言。

你三叔第一次带你进入古墓时，已经是在准备当他自己无力承担的时候，由谁来替代他的位置——他选择了你。

你也许不知道，你从小练习的所有技巧，包括你的笔迹，还有你三叔给你讲的各种故事，都包含了什么秘密。你用来练字的所有字帖，全部来自一个叫齐羽的人的笔迹。从小你三叔和你说了很多很多故事，里面无数次地暗示着这个人的名字。这都是为了在所有的计划中，让所有人误会，你就是齐羽。你不知道，从七星鲁王宫的那次探险开始，你的出现，让无数暗中调查这件事情的人摸不着头脑，他们根本不知道你是谁，也不知道你的真实身份。他们调查你的笔迹就会发现，你很可能就是当年失踪的齐羽。你是一个巨大的烟幕弹，帮我们消耗了敌人无数的精力。

后来你开始调查了，万幸的是你只是发现了一些蛛丝马迹，并没有深入思考。但是你肯定会头疼吧，你应该不止一次怀疑自己的真实身份。

我知道你还有很多的不解，但，不该让人知晓的，我就不会让人知晓。

你不要再伤害自己了，因为一切已经没有意义了，没有人会为了你的安危而暴露这个秘密。相比于这个秘密来说，你太微不足道了。这封信，其实本身已经没有意义了，一切都无法改变。

当一切结束之后，我会找一个适当的时机，把一切都告诉你。不要试图去寻找那具棺材，揭下你可笑的面具，回到你自己的家里，忘记这一切，等待我将真相送给你的那一刻吧……

我看了看手表，离第二天的九点四十五分还有差不多十二个小时，看样子，这个人应该现在就在这片鬼蜮之中。

鬼蜮

看完之后，我靠在墙壁上琢磨。这封信写得十分简短，但是，它是唯一一封真真正正把事情讲清楚的信件。我看完就明白了这封信说的东西都是真的，并且我总觉得写信的人似乎与我有特别的关系。

这封信的行文非常稳定，显然写这封信的时候，他的心态没有任何波澜变化。这一定是一个极其冷静的人，冷静到，就算明天一切宿命完结，他都不会有任何起伏。

在这里，我能看到三叔的楼房。如果真如信上所说的那样，在这个时候，如果我是他，一定是坐立不安，无比忐忑。而他还可以在这个地方监视我，甚至冷静地写好这封信。

如今我应该如何？

如果是小说的桥段，此时我应该奋发图强，一直到明天九点四十五分。我还是有大量的时间可以去折腾，可以一个个窨井地去翻找，一个个地窖地去挖掘。

但是我实在动不了了，这几年的疲惫似乎一下涌了上来。

他说会给我一个答案，那么我就等待这个答案吧。我现在什么都不做，至少也还有一线希望。就算从此再没有任何提示，我还是可以等下去，等到自己对此完全没有兴趣为止。

我靠在墙角，拿着那封信，一直等待着，似乎在中途睡着过两次。五点时，天就蒙蒙亮了，我困得不行，终于完全睡着了，一直到警笛的声音把我吵醒。

我爬了起来，看了看手表，十点多了。我赶紧出了那间空房，爬上顶楼，四处眺望，就看到这片区域之内，有十几处着火点，正在冒着浓浓的黑烟。

消防车试图进来，但是所有的街道都被违章建筑堵得很不通畅。我在房顶上坐下来，点上烟，静静地看着这一切。

之后的几个月里，发生了很多事情。

我的生活慢慢恢复了正常，我用三叔的身份告诉底下的人，我要去其他地方考察很长一段时间，需要把铺子的生意交给自己的侄子打理。

小花的人从长沙过来，在一个宾馆里给我除去了面具。

再一次看到自己的脸的时候，我顿时痛哭流涕。我没有想到自己会在这个时候脆弱，那种感觉，好像是卸下了无数的必需的坚强、必需的勇敢、必需的担当、必需的决绝、必需的血淋淋和残忍。我终于变回吴邪了。

我终于是那个可以退缩、可以软弱、可以嘻嘻哈哈、可以出糗、可以天天一副半死表情的天真吴邪了。我可以毫不犹豫地问别人"为什么""不会吧"，甚至可以毫不犹豫地骂别人："你不知道，那我问谁去？"

　　我哭了很长时间，是为失而复得或者是情绪崩溃？什么都不为，只是止不住地流眼泪。我抱着那个姑娘，她拍着我的后背，什么也没有说。我放开她的时候，发现她的眼眶里也闪着泪花。她说从来没有见到一个人，哭得如此悲伤。

　　晚上我喝了很多酒。我在桌子上摆了很多杯子，孤魂野鬼都来助兴吧，我希望里面有我熟悉的人，能看到我现在的样子，从而由衷地感到欣慰。

　　然而，脸上的面具脱掉了，人心上的面具却很难脱掉。之后的几天，我还是经常会突然以三叔的口气说话，会突然在睡梦中惊醒，觉得自己露馅儿并前功尽弃了，甚至在照镜子时，有一种陌生的感觉。好在，我这种错觉，随着时间的推移也慢慢地淡化了。

　　我至少还是一个非常能适应环境的人，胖子说得没错。

　　休息完之后，我回到了自己的铺子，王盟看到我的时候，露出了陌生的表情，好久才意识到是我回来了。他胖了一些，又颓废了一些。我看了看架子上摆放的拓本，似乎是少了一些，看来，再没有生意，也总有一两单上天恩赐的。

　　我躺到了里屋的躺椅上，看着四周熟悉而又陌生的环境，又开始过那种做白日梦一样的生活。但是，很快我就发现不可能了，三叔那边繁重的业务，让我不得不勤奋起来。

　　王盟在那天晚上第一次向我提了辞职，我给他涨了工资，他才答应继续干下去。

　　即使是最稳定、最单纯的人心，也总是在慢慢发生着变化。当然，这种变化是正向的，而错误更多的是在我这一边。

　　其实在之前，我很想把他炒掉，但是如今，我只希望有更多的东西，能让我感到自己的真实存在，尽量不要去做任何改变。我不知道这是一种什么心态，不过在网络上，很多人把这种想法称为：

你老了。

用吴邪的身份去接管三叔的生意还有一些困难。在一些问题上，我得到了二叔的帮忙。经营管理上总是磕磕绊绊，但是我已经完全不害怕了。因为，就算现在手上的所有东西都失去了，我也不在乎了。人一旦有了这种心态，反而能更加冷静客观地判断那些重要的东西。

在这段时间里，我也得到了一些小花的信息。这一切对于他来说，并不算太困难，只是有一些艰难。

他的伤势很严重，回去之后在协和待了一段时间，便转去美国进行治疗，大概两个月后才从美国回来。回国后没几天，我接到了他的一封邮件，在邮件里他和我说了他的大概情况。

霍老太太的葬礼，他并没有参加。霍家按照霍老太太的指示，由秀秀接班，秀秀以个人的力量，很难平衡家族里的各种纠纷。小花断掉了和霍家的所有生意，勉强压住了局面。各路的牛鬼蛇神肯定还有各种表演，只是霍老太太的那封家书，决定了一切都只能在水面下进行了。

以后的日子相当地难走，但是小花说比起他小时候，这已经是很好的局面了。他让我不用担心。

我在杭州代表吴家，也表明了态度。我知道有小花在，秀秀一定可以走下去，并且可以走得很安稳，而需要我的地方，我也一定会帮忙。虽然未来一定有着大量的磕磕绊绊，但是现在也只能走一步是一步了。

在回来后大概三个月的时候，我为潘子举行了一场很小的葬礼，做了一个小小的追悼会。潘子的衣冠冢与大奎相距六个牌位，大奎墓前没有人扫墓，已经一片狼藉，我简单地清扫了一下。之后，便帮潘子去处理他生前没有来得及处理的一些琐事。

归零

我进到潘子的出租屋的时候，看到桌子上有一碗已经腐烂霉变的面条。筷子就在边上，碗中的一迭霉豆腐已经完全变黑变干了。

显然，潘子离开之前，正在吃这碗面，他连收拾都来不及就离开了，从此再也无法回来。

我总觉得，他是知道自己肯定回不来了，所以没有做任何处理。

我在桌子前坐了一会儿，开了两瓶啤酒，自己喝了一瓶，然后把这碗面倒了，把碗都洗干净。接着，我出门找到了潘子的房东，把拖欠的房租全补上了。

那房东还很好奇："那哥们儿人呢？"

我想了想，就对他道："回老家娶媳妇了。"

这是我认为的潘子最好的结局了，他本来有机会脱离这个圈子的，但是他选择了一条老路，虽然我不知道，他更喜欢哪种结局。以潘子来说，他说不定更喜欢现在的结局，但是，对于外人来说，他的选择还是错误的。

胖子一直待在巴乃。电话联系也不方便，我只能打给阿贵，问一下胖子的近况。阿贵说，胖子现在的生活很规律，白天做做农活，抖抖簸箕，晚上就做饭，看着月亮发呆。很多时候他和胖子一天也就只能说上两三句话。

我问胖子有什么情绪没有？还是像以前那样完全呆滞吗？

阿贵说看不出什么情绪，不过胖子干活儿很利索，话也不多，比以前好的是，有很多时候他能吐几句俏皮话了。

我告诉阿贵，如果胖子在那边缺钱，就直接和我说，我给他汇过去。

我觉得胖子会好起来的，胖子不是一个能把自己沉浸在抑郁之中的人，他知道云彩肯定也不希望看到胖老板变得不好玩了。胖子会慢慢地好起来，虽然，在这一件事情上，他心中一定会留下无法愈合的伤疤。但是，胖子是一个好人，上天不会为难他太久。

　　王盟在我给他涨了工资之后，工作态度积极了很多，加上我也回到了铺子里，三叔那边的业务又会到铺子里向我汇报，很多人不知道我和他的关系，以为他是我的亲信，对他拍马屁。他的人生价值似乎在慢慢显现了，精气神也好了很多。

　　看到他做事的态度很好，我慢慢地开始教他处理一些工作上的事情，他上手很快，后来也确实能帮上我不少忙了。虽然我并不指望他能成为像潘子一样的得力助手，但是，我也慢慢开始觉得可以依靠他了。

　　老海之后因为业务方面的事情同我联系了几次。老海的业务发展得很快，但是似乎是被某个有关部门盯上了，他在税务上一直不干净，加上古董买卖又一直是地下的现金交易，所以他后来做事情十分谨慎。为了避免连累他，我们用了许多奇怪的招数。很多交易他都没有出面，直接是我和买家联系，然后把钱换成实物或黄金带给他家的姑娘。

　　他家的那个姑娘，原本是我很喜欢的类型，俏皮的小黄蓉。不过，自从那次见完之后，我们真的就很少见面了，后来她也慢慢地长大成熟了，当初我对她的那种喜欢便渐渐淡化了。

　　有一次我出去散心的时候，路过英雄山。周末的时候人山人海，我在五花八门的铺子中找到了老海的铺子，可是，卷帘门紧锁。我知道他在里面，但是想到各种寒暄，就觉得太疲倦了，便转身离开了。随着时间的推移，逐渐地我们之间的联系就更少了，不知道他后来是进去了，还是逃出国了。

归零

第二十四章 · 交代和流水账

裘德考从巴乃回来之后，又活了三个月，便驾鹤西归了。国际打捞公司股东重组，拍卖了一些资产，裘德考队伍里有一些和我有私交的人，在许多项目组撤销的时候，拿走了很多卷宗。当然，这些卷宗都寄到了我这里，但是都没有之前给我的那十二卷重要。虽然我在其中找到了很多细节去补充故事内容，但是整体拼凑出来的故事，并没有往前进。

我和其中几个人一起喝咖啡，他们告诉我，国际打捞公司的高层还会继续寻找更多的可能性，他们的资金还是很充足的。几个可能接班的大佬拜托他们给我带话，如果有机会，还想继续和我们合作，条件会比裘德考在的时候更丰厚。

我做了一个比中指的手势，让他们帮我把意思传达回去。

哑姐在半年后结婚了，新郎是一个很不起眼的男人，有一点秃顶，人到中年了，似乎也没有多少钱。很多人说他并不是真的喜欢哑姐，而是贪图哑姐的钱和地位。我参加了婚礼，这个男人名字好像叫阿邦，眼中全是狡狯之色，但是很殷勤，不停地给大家敬酒、递烟。而哑姐，一直面无表情，看着我身边空着的那个座位。

很多男人，并不是因为这样或那样而被人记住，他被人记住，是因为他永远不会回来了。

据说哑姐和这个男人好上，是因为这个男人是酒行里送酒的，送的次数多了，每次看到女主顾喝得烂醉，就顺手照顾一下，这才发生了关系。

皮包的伤好了之后，洗心革面，去参加了自考，专业好像是国际贸易。但是专业课考试科科挂，用他自己的话说，以自己的文化水平很多时候连题目都没法读通，更别说该怎么答了。英语的话，连二十六个字母他都认不全。

最后他还是回了这一行，但是绝对不做大买卖了。他的搭档说，他现在的口头禅就是"有钱赚没命花，不如回家去卖豆腐花"。皮包变成了他们那一批人中手艺最好，但胆子最小的人。我觉得，他很快就会变成一代枭雄的，至少会相当地富有。

还要说到秀秀，我觉得秀秀应该是喜欢小花的，毕竟他们是真正一起长大、一起承担过事情的人，但是那种喜欢，未必就是我认为的那种喜欢。因为他们两个对于对方太熟悉了，很多应该有的情愫，还未产生便变成了另一种更深的东西。

秀秀没有再和我联系，也许是被我伤了心，也许是事情最后出现的惨状和我那时候做出的决定，让她无法再面对我。

此时我的内心，已经修炼得足够好，她这种逃避对于我来说，似乎是无关紧要的。

最后要说的，就是闷油瓶了。

有些人说，我最担心的就是他，因为他好像不属于这个世界。他是一个为了目的而一直往前走的人，就算他走的道路上竖立着无数的倒刺，他也会一直往前走，一路不管任何伤害，直到他所有的肉被倒刺刮掉或者他活着到达目的地。

其实，对于我们这两辈人来说，前一辈的事情，我已经知道一个大概轮廓了，唯独对于他，他的目的，我真的是完全不知道。

所有人的目的，我都可以清晰地列出来。但是闷油瓶，他似乎一直是一个很被动的傀儡，他在所有的事情中，似乎都是为了别人的目的而行动的。

然而，从我和闷油瓶相处的经历来看，他是一个目的性非常明确的人，他每次进去一个地方，都有自己的目的。从他的职业失踪技能和一路上那种经常梦游的状态来看，他知道的一定比我们多得多。

很多次我都觉得，在他心里，我们的目的都是可笑的，而他的目的才是核心。

当时他拒绝了所有人的再次陪伴，毅然独自走上了自己选择的道路。

"你们陪我走得够多了，接下来的道路，是最后的道路，你们谁也无法承受，希望你们不要再跟着我了。"

这叫什么事情，我们卷进了这么大的一个阴谋里面，我好不容易看清楚了状况，却发现闷油瓶心中根本不关心这些，他关心的是一件我们都不知道的事情。

当时我是否应该抱着他的大腿狂哭"不要丢下我们"呢？以当时大家的情绪和状况，谁也没有力气这样做，我们就这么让他走了。

如今，这个被设计的阴谋似乎是结束了，我身边的大部分谜团都已经烟消云散。但是，围绕在他身边的谜团，一直都没有任何要散开的迹象。

而我和他分别之后，就再也没有他的任何消息。

各安天命，他一路向北，似乎是走向了自己的终点。从他离开时显露的表情来看，我们当时所有的惨状，对于他来说都是无关紧要的。

我还记得胖子说的那句话：如果你身边的亲人有一个去世了，而其他人都健在，你会觉得这一次的去世，是一场浩劫。而如果你身边的亲人，在一年内一个接一个地去世了，你会慢慢地麻木。而小哥离开时的眼神，似乎就是后者。在很长的岁月里，看着自己身边的人一个接一个地以各种方式死去，你发现任何人都无法在你身边留下来，这个时候，对于死亡，你就会有另一种看法。

比麻木更深的一层，就是淡然，对于死亡的淡然。

时间缓缓过去，我一直在等待着那封信上所说的秘密被揭晓，但是一直没有任何东西寄给我。一开始我每天去收两次邮件，后来是一天一次，后来是三天一次，到最后是一周一次，却一直没有收到任何信息。

我想，再也不会有任何邮件寄给我了，我又一次受骗了，而所有的一切，似乎就应该这么了结了。

我不伤心，也不纠结。到了后来，我甚至是希望那封邮件不要来了。每周去打开邮箱，然后默默关上，在西湖边看看风景，骂骂手下，这样的日子，似乎也挺好的。

事实上，那封邮件早就到了，但是当时的我并不知道，有一个和我长得一模一样的人，已经把那封邮件领走了，我是在很久之后才发现这件事情的。

一年之后的立秋，我骑着自行车绕着西湖转了一圈锻炼身体，然

交代和流水账

后回到铺子里，一进门我就看到王盟的脸色有些奇怪。

经过这段时间的锻炼，王盟已经是一个特别沉得住气的孩子。如今这表情，表示他今天碰到了他自己没有办法解决的事情。

我问他怎么了，他指了指边上，我就看到，在铺子的角落里，站着一个人，他正在翻阅我们出售的一些滞销的拓本。

这个人的身形我相当熟悉，但是那一霎，我没有认出来，他穿着一身黑色的卫衣，身边放着一个很大的背包。

"小哥。"他转过头的时候，我认出了他，"你……怎么……怎么回来了？"

他淡淡地看着我，很久，才说道："我来和你道别，我的时间到了。"

第二十五章 ● 闷油瓶的道别

我和闷油瓶在楼外楼找了一张靠窗的桌子。天色很阴，阴沉的多云天气，乌云一片压抑，似乎很快就会下雨。

闷油瓶一如既往地沉默，好在我之前就已经习惯了他的这种漠然，自己一个人点完菜，就看到他默默地看着窗外。

我知道，如果我不开口说话，他的状态可能会持续到他离开为止，他绝对不会因为冷场而首先开口说话。

在西湖的冷风中吹了五六分钟，第一个菜上来的时候，我点上了香烟，问他道："你的事情，完成了？"

"嗯。"他点了点头。我意识到是真的，他的眼神中，之前那种执着的气场已经不见了，取而代之的是那种更深的淡然。不同于他失去记忆的那个时候，这种更深的淡然，是一种极度的心灵安宁。

"所有的一切都完成了？"我问他道。

他转头看我："结束了。"

"那你之后打算怎么办？有想去的地方吗？要不，在杭州住下来？"我问道，心中默算自己的财产。最近杭州的房价涨得很快，这穷光蛋如果想在杭州买房，肯定会问我借钱！他的钱也不知道都用到什么地方去了，从来没见过他兜里有大票子。我的钱根本不够啊，要是他真向我借钱买房，我还是先劝他租一段时间再说吧。

"我得回我自己应该去的地方了。"他道。

"你应该去哪里呢？远吗？"我问他。他拿起筷子，默默地夹了一口菜，点了点头。

"那你是来……"我很少这么正经地和他聊天，觉得特别尴尬，只得顺着他的话有一搭没一搭地问。

"我来和你道别的。"他道，"这一切完结了，我想了想我和这个世界的关系，似乎现在能找到的，只有你了。"

"没事，你以后可以打电话给我，或者写信给我。打字你不会，写字总会吧？"我道，"现代社会，没有什么真正意义上特别远的距离。"

他没有反应，继续吃菜。

闷油瓶的动作很轻，似乎是轻得不需要使用任何力气，这其实是他手腕力量极大以及对于自己动作的把控力极端准确的原因。我之前和他一起吃饭的时候，总有各种人在四周，我没有太注意过他，现在看着，就觉得非常奇妙。

气氛再次陷入沉默，我开始无比怀念胖子，原来我从来都没有觉得冷场的原因是因为胖子默默地为气氛付出了那么多包袱，如今只有我们两个，我还真是毫无办法。

"说吧，你准备去哪里？我们经历了那么多，肯定是一辈子的朋友，常联系就行了。"我继续道，"你有什么需要，也尽管跟我开口。我虽然不算富裕，基本的生活我还是可以支援你的。"

"我要去长白山。"他说道。

"哦，那是很冷的地方啊。"我道，"江南多好，四季分明，气候湿润，是个养人的好地方。"

"我只能去那里。"他说着就放下了筷子。

他说完这句话之后，我们再没有进行像样的对话了。在安静中，我们默默地吃完东西，我已经没有任何的尴尬了。他放下筷子，看了看我，就对我道了句："再见。"

说完，他站了起来，背起自己的包就往楼下走去。我有些讶异，在那里叫道："咱们菜还没吃完呢。"

他已经下楼了，我闷闷地抽了几口烟，站起来靠在窗户旁，就看到他已经沿着孤山路远去了。

我坐下来，心说这是什么情况？他是没钱埋单怕尴尬吗？以前没钱的时候多了去啊，没见他这么见外过。品了一下刚才他说的那些话，我觉得有点奇怪，总觉得他的话语中，有一种特别莫名的感觉。

"我是来和你道别的。""这一切完结了，我想了想我和这个世界的关系，似乎现在能找到的，只有你了。"

我忽然一下从座位上站了起来，想起他的一个称呼——职业失踪人员。

他以前要离开，要走，从来不会说一句，在巴乃和我们道别的时候，也没有说过任何话。道别这种事情在职业失踪人员身上，似乎是不太可能出现的，而且这次还是他千里迢迢，从其他地方赶到了我的面前，特意来和我道别。

这道别一定和他以往的离开是不一样的。

一种强烈的不祥感让我如坐针毡，他要离开的，是这个城市，和我这个朋友吗？不是！那他要离开的，难道是这个世界？

"长白山？"我甩下我所有的现金，告诉服务员把找的钱送到隔壁的西泠印社去，然后抓起椅子上的衣服就去追。

　　我一路追到了北山路，跑得我浑身是汗，也没有追上他。北山路上只有无数空的士在路面上来回穿梭。

　　我又跑回自己的铺子里，简单地收拾了一下自己的行李，背起来就和王盟说："我要出去一下。"

　　王盟立即脸色惨白，一下拉住了我。我问他干吗，他说："老板，以往这样的情况，铺子里来一人，然后你匆匆忙忙要走，肯定都得离开很久。你得交代一下。"

　　我心说没空交代了，就对他道："来人找我就说我出去度假了，事情全部由你打理。如果有什么大件的买卖，不是特别保险的就不走了，一切等我回来再说。"

　　"你真会回来吗？"王盟问道。

　　我问他："为什么这么问？"

　　他道："你不是说再也不乱走了吗？一般电视里，所有的高人，退隐江湖之后再次被人叫出去都是必死的。老板你可要当心哦。"

　　我拍了拍他，心说，回来再收拾你这乌鸦嘴。我不再理会他，转身就跑了出去。

　　闷油瓶没有身份证，没法坐飞机，他肯定得坐汽车或者火车。火车是有班次的，我在出租车上，用手机查询了火车的时刻表，立马发现他不可能坐火车。去吉林方向的火车班次只有晚上很晚才有，看来他应该是坐长途汽车。

　　于是，我让出租车把我送到长途汽车站去。这样即使我在长途汽车站找不到他，也还有时间去火车站，他总不可能是走路去吧？想到这里，我就觉得我的计划相当稳妥。

　　一路到了汽车站，不知道又是什么运输期的旺季，人山人海，我挤进人群，不停地找，好几次都感觉自己似乎是看到了，挤过去却发现不是。

　　接着我跑到上车的入口处，继续在附近寻找，但还是没有。我满头大汗，心说，难道是出租车司机极速飞车，我竟然超过他了，先到达了这里？还是说，小哥确实没钱，他根本不是打车来的，而是走路？那他现在能走到延安路口都算是不错了。

挤了几圈之后，我发现不可能在这种情况下找到他，便去看汽车的发车时刻表，我这才发现没有去吉林方向的汽车，似乎是因为这条线路太远了。我的心一下就安定了下来，刚想说看来他只有火车这一条线路可走了。恍惚间，我一下就看到，在外面停的一辆车里，他就坐在里面，车子已经开动了，从候车室的窗外开过去。

我"咦"了一声，心说什么情况，没有去吉林方向的车啊。我立即去问值班员，值班员说，这是一辆去北京的车。

我靠，我心说这是什么情况，不管什么车，只要是一个方向，先上了再说啊。这是闷油瓶的逻辑，只有他自己知道自己的所有行为，和理智已经没关系了。

我追出站，汽车的出站口离候车室很远，等我到了，车子连尾灯都看不到了。我喘着气告诉自己必须冷静。我就不信，在这种城市里，我会输给一个生活能力九级伤残的人。

我打车重新回了铺子，王盟正兴高采烈地玩着"扫雷"，我一进去，差点把他吓得从座位上摔下去。

"老板，你这一次这么快就回来了。"

"少废话。"我把他从座位上踹下来，上网订了机票，然后迅速在网络上查了所有的行程，汽车到站的地方、时间，他可能继续走一程的途径。全部记录下来之后，我一路狂奔去机场。

飞到北京之后，我比汽车的到达时间最起码早了五个小时。我在汽车站的出站口买了几个茶叶蛋吃着，等着闷油瓶的到来。我在想，我应该怎么去劝他？

打是根本打不过他的，跑也跑不过，如果他心意已决，我一点办法也没有，只不过是在这里浪费口舌。要么我就趁其不备，从背后偷袭他。我在边上找了一块板砖，掂量了一下，看了看旁边卖茶叶蛋的，他的身高和闷油瓶差不多，就比画了几下。

我的脑子里浮现出闷油瓶反身一脚把我直接踹到墙上去的画面。他的警觉性太高了，我觉得偷袭他的成功概率实在太低。而且，万一我成功了，一下把他拍死了，老子还得坐牢被枪毙。要是到下面去和他再见，不知道该怎么和他解释。

用药？

我心里想，不知道现代的安眠药对他的体质是否也有作用。如果有用，我就先骗他去一个地方休息，然后说我有一件特别重要的事情要和他商量，希望他能帮我。之后，我在饮料里放入安眠药，等他昏迷过去，我就把他绑结实了，找小花要辆车，直接送回杭州。

我的脑子里又浮现出闷油瓶在听说我要找他商量事情的时候，毫无反应扭头就走的画面，我此时必然上去拖他，然后他又是反身一脚，把我踹到墙壁上去。

我头痛欲裂，怎么想都无济于事，就算绑回杭州了，我也没有办法留住他，除非我做个铁笼子把他关起来，否则他说走就会走。如果把他关到精神病院去，也许还可能，但是他的身手太好，我觉得任何地方都不可能困住他，到时候还会连累精神病院的医生和护士。

想着想着我的心就凉了，我发现怎么都不可能，我是不可能改变他的主意的。

但是，我还是要尽力一试。我还想到，闷油瓶是否只是去长白山下的哪个村子里定居，每天看看雪山，抽抽老烟袋，准备在那个地方度过晚年呢？

无所谓，就算那样，我最多出个丑而已，没关系。

我收回思绪的时候，看到卖茶叶蛋的人正看着我手里的砖头，急急忙忙地收摊走人。也许是我刚才想的时候，表情非常奇怪。我赶紧把砖头甩掉，心中已经做了决定：这是最后一劝，如果我劝不了，也就不强求了。

然而，闷油瓶是永远不会让我如意的。我在汽车站一直等，等到凌晨那辆车到站，就发现车子上根本没有闷油瓶。

我看着所有人一个一个地下车，然后离开，在他们背后望了好久，最终确定没有闷油瓶。我立即上车，直接把司机揪住，问闷油瓶去哪儿了。

折腾了老久，司机才意识到我在说什么。他和我说，闷油瓶中途在一个收费站下车了。我摇着司机的脑袋，问他："你确定是下车了，而不是上厕所上太久被落下了吗？"司机说闷油瓶自己和他说的，绝对错不了。

我问了那个收费站的位置，然后在附近找了一个网吧，把地图全部打开，自己查看。我就发现从那个收费站下去不远处有个小镇，那里有能通往二道白河的车。

我打电话给了小花，让他直接给我安排了一辆车，所有的费用我出，直接就冲向二道白河。我心中感慨，这生活能力九级伤残的小哥，我还真是小看了。显然，他对于到某些地方的捷径，脑子相当清晰，不管在古墓中还是在现代社会都是一样。

路途上闲话不表，第二天天亮，我已经到达了二道白河。下车之后，我立即问了当地人黑车的下客点，赶到下客点的时候，正好看到闷油瓶背着行李朝一个方向走去。

我立即把他叫住了，他回头看到我，有轻微的诧异。但是，他竟然没有问我为什么跟来，而是继续转身一路往前走去。我只好立即跌跌撞撞地跟了上去。

第二十六章 ● 又到二道白河

　　秋天的二道白河十分冷，好在小花很温馨地给我准备了衣服。我裹着冲锋衣就跟到了他的边上，和他一起往前走。我问他："你该不是想到这里来自杀吧？"

　　他看了我一眼，摇头，继续往前走。我道："那你准备来这里长住？你为什么选这么寒冷的地方？"

　　他看着前方，过了很久才道："不是这里，我要到那里去。"

　　我抬头，顺着他的目光我看到了前面地平线上耸立的那连绵的雪山。

　　我在那一瞬间不得不停下脚步，愣了一会儿，才继续追上去："你要进山？"

　　他没有回答我，只是一路往前，直直地往雪山走去。

　　一路上闷油瓶没有说一句话，而且他也不打算停留。不管我是否能跟上，他都一路往前走。

我一路不停地追问，都没有任何结果。好几次我都内火上涌，心说就这么算了，你丫想去死就去死吧。

　　我的判断是，闷油瓶本身就是为了死亡而去的，因为我在他身上看不到任何食物包裹。他一路往前，身上就只有那个背包。以我们上次进山的经验，这样的装备进山之后不到三天就会饿死，更不要说回城了。

　　我越走越觉得糟糕，很快就看到有拉人上山的小黑车。我一路上只好看到一个商店就买些东西，往我的包里硬塞。买那些干货不占多少空间，包里塞满了各种各样的塑料袋子。

　　之后我们两个上了小面的，一路往山上开去。

　　这个时候，闷油瓶才看向我，对我道："你不能跟着我去。"

　　"如果我劝你别去，你会不去吗？"我问他。他摇头，我就火大了："所以，如果你劝我别去，我也不会听的。所以你别多嘴了，我就要跟着。"

　　他看向我，又把脸转了过去，真的就不说话了。

　　我们一路什么也没说，一直到了山中的一个旅游客栈。下来的时候，气温已经相当低了，他径直走入客栈，订了房间。我看也不看就跟了上去，此时我心里赌上气了。

　　闷油瓶还是一句话都没有，等到房间里躺下来，我就开始后悔了。

　　以我们现在的情况进山，之前闷油瓶准备的装备是正确的，而我的装备太简陋了，必死无疑。恐怕连我们的目的地的一半都到不了，我就会冻死在里面。闷油瓶一定是明白这点，才完全不阻止我，因为我一上雪线，面临的问题必然就是立即死亡还是退缩。我用我的生命去威胁他，在这一次似乎是没有什么用的。

　　闷油瓶以前说过，他只救不愿意死的人，如果对方自己可以选择死还是不死，而对方选择了死亡，他是不会插手的。我现在的情况和他说的一样——如果我自己选择上雪线，跟着他然后冻死，他是不会插手救我的。

我趁他休息的时候，立即出去添购装备。旅馆里的驴友很多，我拿着现金，这里买一点，那里买一点，钱不够了，就找旅馆老板刷卡，以十比八的比例换取现金，继续收购，好不容易凑了一套眼下可以用的装备出来。

我穿上之后，简直是惨不忍睹。小花的冲锋衣本来就不够厚，我不得不在外面再套了一件，显得相当臃肿，简直像只狗熊。两只手套各不一样，左手的还是女式的，特别小，戴上之后几乎不能操作，所有的工作基本都得靠右手。

登山靴倒是一双的，不过之前的主人显然是双汗脚，臭得简直可以熏死粽子。我也没有办法，只能硬着头皮穿上。

还有一些登山吃的压缩饼干，我归整了一下，把炊具、无烟炉这些东西全部装进弄来的大登山包里，然后把之前买的零食打散了装进一个大塑料袋，也放了进去，才勉强安心。

弄完之后，我也回去休息，躺到床上我就打起了退堂鼓。我不知道我是为了什么，但是我实在无法让他一个人进山。我没有任何理由劝他，因为我不知道他到底要干吗，我只能跟他进去，知道他想干什么了，才有办法说服他回来。

但是，不知道为什么，我觉得这一次，我的行为非常糟糕。半夜我完全睡不着，醒来后给老爹和小花各打了一个电话，把我的想法和小花说了。

老爹只说让我玩得开心点，我心说怎么可能开心得起来。小花听完之后，沉吟了片刻就道："这件事情我本打算建议你不要跟下去，不过我觉得你可以暂且一试。毕竟如果什么都不做，你这辈子都不会安生的。但是我建议你进去的时候注意距离，现在是秋天，长白山还没有封山。你该知道跨过哪一条线再往里走就九死一生了，如果你在这条线之前都没有劝回他，你就回头吧。"

我道："但是他根本不和我沟通，我如何去劝？"

"我相信，他既然来和你道别，你只要说，即使他不回答，也还是会把你的话听到耳朵里的。"小花说。

第二天中午，我和闷油瓶一起出发。他出门的时候，回头看了我一眼，我也看了他一眼，我道："放心，就陪你走最后一程。"他才转身出发。

之后的一切没有什么值得记述的，就算是记流水账也没有必要。一晃就是三天，我们进入了雪线。

秋天是长白山的旅游旺季，雪线以上有很多景点，甚至有可以补给的地方，我很兴奋地在雪线上的几个景点完成了资源的补充。

再往里走，走过有游人的区域，就是之前我们进入雪山的小道，如今已经完全不同了。但是闷油瓶还是很有办法。他一路往前走，不停地看四周的山和太阳的方位，那一天的黄昏，我们到了一座雪山的山脊上。

黄昏中，我又看到了熟悉的景象：雪山在夕阳下，呈现出一种温暖与冰冷完全无缝衔接的感觉。当时闷油瓶就在同样的夕阳下，对着远处的雪山膜拜。但是这一次他并没有跪下来，而是淡淡地看着，夕阳照在他的脸上，有一种极致的苍凉之感。

第二十七章 ● 圣雪山

　　闷油瓶站在雪山上，神情十分肃穆，我不知道这是一种怎样的情绪，但是我知道，这些雪山对于他来说，有着特殊的意义。

　　可以想象，此时他的心中不可能是一片空白，这里的一切和他一定有相当深的渊源，但是，我连猜测的方向都没有。

　　闷油瓶就这样站了很久。

　　当晚我们没有继续前进，而是在雪地之中挖了一个雪窝，铺上防水布，燃起了无烟炉子，过了一夜。

　　第二天，我们带着行李再次出发，继续往山中走。

　　一路上，只有我在不停地说话，说这个世界的美好，说还有什么地方是他没有去过的，以及什么地方有着无比诱人的美食。他始终没有说话，也没有表现出任何厌烦的情绪。

　　其实我并不知道他对什么东西有兴趣，我"搜刮"和他在一起的所有经过，寻找一些他似乎有兴趣的东西。比如说，他总是看着窗外，我觉得他对于旅行可能有一种特别的喜好。

开始的时候，我劝说的密度还是相当大的，可是到了后来，路越来越难走，体力消耗越来越大，我也只能缄默前行。一连走了几天，我们已经进入没有任何裸露地表，全是积雪覆盖的雪山的雪冠地带。站在高处向身后眺望，来时的所有村落都看不到了。

一眼望去，我看到长白山山脉绵亘无际，这其中有上千个山峰和山谷，很多都是人迹罕至。我已经无法判断，我们这次的路线和上一次进山的路线是否一致。

我记得当时顺子带我们来的时候，曾经和我讲过一些山峰的名称，三圣雪山、鹞子雪山，那时候那些山峰的样子，似乎和我现在看到的都不一样。我记得当时潘子还有各种调侃，如今，山和人都是另外一番景象了。

第三天晚上，我们搭起了帐篷过夜，这里离我之前设定的要分开的线已经很近了，估计只有一天的路程了。

这天晚上，我们找到了一块比较干燥的地方生起了火，坐在火堆前，他第一次沉默地把目光投向了我。

我也盯了他好久，他一直就这么看着，我开始判断，他目光的焦点是不是我。但是我发现他真的是在看着我的时候，我觉得十分奇怪。我道："我身上出什么问题了？我身后有一个怪物吗？"我问了几次，他都毫无反应，我想这人平时就不是特别正常，现在这个情况，我一定无法理解也无须理解。可是过了一会儿，他忽然问我要了一根烟。

我递给他，以为他又要像以前一样直接嚼了。没想到他放到火中点燃了，接着真的抽了起来。

"丫竟然真会抽烟。"我心中暗骇。

在火光的映照下，他忽然说道："你准备跟到什么时候？"

我不禁一愣，道："和你没关系，这是我自己的事情。"

他道："你继续跟着我的话，我明天会把你打晕。"

我看着他的表情，知道他绝对不是在开玩笑，不由得一下就不知所措起来，结结巴巴地说："你……你想干什么？你可不要乱来。"

他道："你不会有事的。"

我实在是又好气又好笑，道："我不会让你把我打晕的。"

他淡淡地道："那你现在就可以逃跑，或者从现在开始，和我保持相当远的距离。"

我道："要多远？"

闷油瓶道："只要你离我不超过一百米，我都能用石头打中你。我会把你背到一个安全的地方，等你醒来，你已经找不到我了。"

在那一霎，我呆了一下，我忽然意识到，虽然这样的对话很好玩，但是其中蕴含的意思，十分明确。

他不希望我再继续送下去了，他显然不相信我说的到了那条线就会放弃的想法，他还是按照自己的节奏，他觉得，现在已经是分别的时候了。

我道："你就不能再认真地考虑一下吗？现在你这样做有意义吗？"

"意义这种东西，有意义吗？"闷油瓶对于"意义"这个词语，少有地显出了些许在意，他看着熊熊燃烧的篝火，道，"'意义'这个词语，本身就没有意义。"

我看着他有三分钟之久，再没有说什么，然后转身走进了帐篷之中。

我放弃了，我实在没有什么可说的了。如果可以，我想上去抽他几个嘴巴，我觉得他立即翻身起来夹爆我的头的概率不大。但很可能我是打不着他的，他的速度太快了。如果是骂他，就好像是骂一块石头，毫无快感可言。该说的道理我都说了，我知道现在做什么都已经没用了。

反正也只有一天的路程了，与其到了那条我自己定下的线的时候，我继续纠结无助，直至崩溃，最后被他打晕，不如就在这里放弃吧。我还可以在这里待着，目送他消失在雪原里。

　　此时我已经决定了，明天天一亮，我就回去。我会在这里做上一个记号，以后每年到这里拜一拜，扫扫墓。

　　我躺进睡袋里，心中各种郁闷，无法入睡。躺了十几分钟，闷油瓶也走了进来，开始整理自己的东西。整理了一会儿，他才道："再见。"

　　我道："朋友一场，明天再走吧，我不会再跟着你了。"他点点头，拿出守夜的装备就离开了帐篷。

　　我心中满是绝望。

　　你的一个很好的朋友，执意寻死，你看着他，但是你阻止不了他，你和他之间隔着一层用任何工具都无法打穿的东西。你能用任何方式去触碰到这个东西，但是你却找不到可以将它攻破的缺口。

　　我决定了之后很难过，又觉得，我是不是应该理解，理解闷油瓶那句话："意义"这个词语，本身就没有意义。

　　我转过脸去，心里慢慢地平静了下来，不去理睬外面的人，自顾自地闭目养神。

　　我在不知不觉中睡去。然后，也不知道睡了多久，就被一种奇怪的声音吵醒了。那种声音在睡梦中听起来好像是一群奇怪的人在唱歌。那歌声悠悠扬扬的，人数似乎特别多，在这种地方听到，感觉十分奇怪。

　　我醒过来之后，睁开眼睛便意识到，那是风的声音。

　　我的帐篷正在左右摇晃着，里面用来照明的风灯好像随时会掉下来，光线一会儿亮一会儿暗。我起身走出去，发现四周起了大风，狂风卷着雪屑，正往山谷里灌来。闷油瓶并不在四周，他的行李也不见了。

圣雪山

155

招呼也不打一声就走了。我摸摸头，想看看他是不是在我睡觉的时候已经打晕过我了。头上没事，看来他看我睡着了，连打晕我都免了。

我又看了看天，知道要糟糕了。这天气，如果再犹豫下去，肯定要倒大霉，长白山的第一场大雪，今天肯定就要来了。

如果再往山中走，基本是九死一生。我看到闷油瓶连一点食物都没有带走，心中感慨万千，知道一切已经成为定局了。

风越来越大，帐篷几乎要被刮得飞起来。我看了看时间，往回走个三天，就能有补给的地方。而我走得越早，被暴风雪追上的机会就越小，于是我开始收拾自己的一切。等我把一切都装好，就看到四周雪坡上的积雪被刮得一丝一丝地在半空中飘舞，一切似乎随时会崩溃。

在这之前，我觉得闷油瓶还是有生还的机会的，甚至是我回到旅游区之后，如果我告诉他们这山中有一个人失踪了，他们也许还会派遣人进山搜索，人多说不定还可以把闷油瓶绑出来。但是现在这个天气情况，我怕就算是派一个团、一个师的人进去搜索，闷油瓶都没有生还的机会了。

好就好在，他没有什么亲人，没有什么牵挂。

中国有一句老话：吃了秤砣铁了心。闷油瓶决定了的事情，是没人能改变的。我走到这里，也算是尽了人事了。我压了压心中的各种悲伤，便开始往回走去。

风越来越大，我才走了几步，忽然，前面的雪坡上的积雪大片大片地滑下来，我的路开始越来越难走。

走出了几百米，我绕过一个山口，就发现糟糕了。前面的山体全部塌了下来，我看到一片之前没有见过的雪包。

我往上爬了几米，一看就晕了，这些雪包把之前我来时的路线全部搞乱了，我一下分不清楚我应该走哪条路回去。

我点上烟，抽了几口，琢磨该怎么办。毕竟这里离旅游区还是比较近的，不管怎么说，我都是有办法出去的，只怕我万一走错了方向，那就麻烦了。虽然我对于闷油瓶的命运非常悲伤，但是想到我很有可能会死在他前头，还是相当郁闷的。

就好比有一个重病弥留的人，基本上你去了之后，是准备参加他的追悼会的那种。可到了之后，奄奄一息的濒死者却端着一把冲锋枪在等你，等你到了，他哒哒哒地扫你一梭子，你倒在了血泊里，然后他自己才倒进棺材里挂了。你躺在地上，眼看着自己的身体正往外飙血，心中的情绪会何等复杂。

我现在就是这种感觉。

抽完烟，我继续往上爬，忽然我发现头顶上落下来很多拳头大小的雪球。

雪球大小不一，显然是自然形成的。我抬头看去，看到上面的积雪滑坡得相当厉害，不停地有一片一片的雪坡断裂，直往下滑。我小心翼翼地爬了上去，到了山顶的时候，我一下就找到了继续往前的路线。

我心中安定了下来。我从山顶顺势而下，到了山的另一边，那边是一个阳面。我抬头一看，正看到太阳从山后升起，对面的雪坡犹如一面巨大的镜子。我觉得浑身涌起一股暖意，接着，我忽然发现，四周变成了粉红色，变得非常模糊。

我愣了愣，心说这是怎么回事。随即我就意识到了，这是雪盲症。我立即闭上了自己的眼睛，我知道我自己绝对不能再使用眼睛了，再使用一下，眼前立即就会全黑，什么都看不见。

圣雪山

第二十八章 ● 雪盲症

雪盲症的恢复时间是一天到三天，如果我在这里得了这个，不仅会比闷油瓶死得早，而且会比他死得惨。

我图什么啊？

我闭着眼睛，心中无比郁闷。上次来的时候到处是阴沉的雪云，哪有机会得这毛病，所以这次一点准备都没有，可谁承想这次偏偏就遇到了这种事情。这一次还真是自己把自己作死了。

雪盲症是一种非常奇怪的病，一般人认为是由于视网膜受到强光刺激引起暂时性失明的一种症状。一般休息数天后，视力会自己恢复。得过雪盲的人，不注意会再次得雪盲。再次雪盲症状会更严重。多次得雪盲会逐渐使人视力衰弱，引起长期眼疾，严重时甚至永远失明。

在雪原中行走，一般都会戴上护目镜，或者一般的墨镜也能缓解和预防雪盲。

但是美国人还有一项研究显示，雪盲症其实是因为双眼在雪地中找不到聚焦物体（雪山上很多时候能看到的只有一片纯白色），双眼过度紧张导致的。雪盲症很少会突然暴盲，但是一旦出现症状，就绝对不能再用眼睛了，必须给眼睛休息的时间。

　　也就是说，依我现在的情况，估计十二个小时之后我才能放心地继续用眼，在这期间，间歇性用眼也要十分小心。这就意味着，我肯定得困在这儿很长一段时间。

　　想着我就觉得非常非常郁闷，心说为什么来的时候一帆风顺，如今却变成了这副德行。如果来的时候我出点什么事情，闷油瓶可能还得把我送回去。

　　早知道前几天我就应该找个理由把自己敲瘸了。

　　正生闷气呢，忽然我觉得屁股底下一松，我坐着的整块雪坡滑了下去。

　　在雪坡上往下滑是完全不可能停住的，我根本没有反应过来，只感觉自己一路打转下滑，双手只得漫无目的地在四周乱抓。此时已经不可能闭眼了，我几次把手深深地插进雪里，想依靠阻力使自己停下来，可是每次插入都只是使得更大的雪块滑坡。

　　我惊叫着一路滚下山坡。那下面，我知道是一个非常陡峭的悬崖，往下落差最起码有三十米，就算下面有积雪，我也绝对不会安然无恙。

　　在以前我可能心说死就死吧，但是现在我觉得没法接受。我惊恐地到处乱抓，但是瞬间，我就滑出了悬崖，凌空摔了下去。

　　在我翻滚着滑出悬崖往下落了六七米的时候，我发现四周的一切全部变成了慢动作，跟着我飞出来的雪块我全部能看到。它们呈现出各种奇怪的轨迹。

　　接着我就仰面摔进了雪地里。

　　从三十米高的地方摔进一块棉花一样的雪里，想想就是一件特别过瘾的事情。我都不知道我摔进雪里有多深，但是我知道，在雪地上

雪盲症

面看到的，一定是一个人体形状的坑，姿态肯定特别诡异。

这里的雪特别松软，摔下来之后，无数的碎雪从边缘滚下来，扑面就砸在我的脸上。

我头蒙得要死，但是万幸的是，我没有感觉到我摔下来的时候，撞到了什么坚硬的东西。但凡雪里有一两块石头，我肯定不会有现在这种感觉。

我拨开脸上的雪，努力地往上爬去，把头探出了坑外，刚想骂脏话，忽然就感觉到上头似乎有个什么影子。我抬头一眼就看到，刚才在悬崖上被我带动的那片雪坡，全部从悬崖上滑了下来。

那个影子就是那片雪坡。看那阵仗，我估计有一吨重的雪会直接拍在我的脸上，直接把我重新拍回坑里。

碎雪犹如沙子一样，瞬间就把我身边所有的地方堵住了，包括我的鼻子和嘴巴。

我努力挣扎，发现上头盖的碎雪特别厚，就像封土一样把我埋得严严实实的。无论我怎么扒拉，都没法找到可以出去的位置。

我已无法继续闭气了，我开始呼吸，但是一吸就是一口一鼻子的冰碴。在雪中和在水中有一个很大的不同，雪不是实的，中间会有无数的小空间，里面都是有空气的。我扭动头部，压缩出一个小空间来，立即呼吸了几口，虽然不那么憋得慌了，但还是觉得胸口极其闷，而且头晕。

就在我几乎要绝望的时候，忽然听到了外面有动静，接着，我不停乱动的手被人抓住了，然后我整个人被拉出了雪坑。我大口喘气，就看到闷油瓶抓住了我的后领，用力把我从雪地里扯了出来。

我的眼睛看到的还是一片粉红色，相当模糊。我看着他，气就不打一处来，问他道："你怎么又回来了？"

他看了看我，又看了看头顶的悬崖，对我道："我听到你的求救声了。"

雪地传音非常好，加上我是在上风口，他能听到我的呼声不奇怪。我心说：丫的，当时我是在问候你祖宗吧。我爬起来，眯着眼睛看四周，立即意识到，他一定是从三十米高的地方跳下来的，不由得有些感动。

他还是回来了。我忽然觉得他是不是开窍了，这是不是上天给我的一个说服他的机会？他回来，说明他对世间还是有留恋的。

可还没等我开口，他就先说话了。

"你跟我来。"闷油瓶道，"这是一个死谷，还会有更多的雪坍塌下来，先到山谷的中心去。"他指了指四周。接着我就发现，这个地方，四周全都是三十多米高的悬崖，不由得暗骂了一声。

我四面看看，发现完全没有任何路线可以出去，接着，我看到了闷油瓶捏着他自己的手。

他面无表情，但是他的手一看就是在紧紧地捏着自己的手腕。我忙问他："怎么了？你受伤了？"他淡淡道："没事，来之前就有的伤，没好透。"我松了一口气，就想帮他背包，他用手挡了一下，我一下就看到，他的手是以一种特别奇怪的角度弯曲着的，一看就知道他的手已经断了。

我不禁皱眉："你的手——怎么？似乎是断了？"

闷油瓶道："见你之前就断了，恢复了一点，刚才跳下来的时候，甩得太厉害。"

我呆了半晌，不由得就笑了起来。

事情突然发展到这种地步，实在是出乎我的意料。

我们现在被困住了，我有了雪盲症的前期症状，天气越来越坏，闷油瓶为了救我，断了腕骨，我如今的选择已经不多了。

如果我不能陪他出去，那么我只能陪着他走下去，一直走到他把我打晕了为止。否则，这事实在说不过去了。

手腕骨断裂是十分痛的，我看了看我的装备，想找点有用的东西

雪盲症

先给闷油瓶急救一下。还好其中没有东西被摔破，背包和食物都算完好。有一些在我滚动的过程中被甩了出去，埋在雪里不可能找到了，但是最重要的压缩食品还在。我找了一个雪坡，掰下两根冰凌作为固定器把闷油瓶的手腕固定住。在这里风不是特别大，但是上面不时有雪球被吹下来，砸在我们头上，非常疼，如果有稍微大一点或者包含着冰块的雪球，很可能会把我们砸伤。

我帮他弄完之后，就对他道："不管要去干什么，你首先肯定是要到达一个地方，但是以现在的状况，你可能会死在半路上，我觉得你最好是先回去养伤。我们不如往回走。"

他摇摇头，默默道："这是小事，你走吧。"

我道："你是为了救我而断的手，如果因为这个而导致你最后的计划失败，我于心不忍，所以我必须跟你去。"

他道："那我还是会用昨晚说的办法来。"

"也行，随便你怎么样，如果你真的把我打晕了，我也没有什么可说。但是我希望你知道，如果你需要有一个人陪你走到最后，我是不会拒绝的。"我道，"我要陪你去，这是我自己的决定，所以你不用纠结。"

没有再说什么，闷油瓶和我说这么多话，我觉得他也是实在没有办法了。我们沉默了片刻继续前进。在走到这个山谷中心的时候，闷油瓶说："第一场暴风雪会在三天内来临，如果我们不能到达之前的温泉，我们都会死在这里。而从这里往回走，你很快就能回到你们的世界中去。"

闷油瓶是想告诉我，即使我要陪他走下去，事情也不是我想的那么容易的。但是我已经下定了决心，我不再理会，甚至不再思考他的话的合理性。我道："那我也会去。这是我自己的想法。"我把所有的装备分装整理了一下，让他少负重一些。但是他接过了他自己的装备，没有让我去拆分，而是单肩背上。他的装备不多，但是相当重，压在他的身上，显得沉重无比。

第
二
十
九
章

·

故
地

　　我们继续前进，在这个雪谷中寻找出路，最后发现了一个被雪掩埋隐藏起来的可以攀爬的地方。我用登山镐把雪刮掉，一点一点地在岩石上寻找落脚点，蹬着往上爬，晚上就在岩壁上靠着休息。直到第二天中午，我们才爬上了三十米高的悬崖。

　　我们继续艰难地前行。我跟着闷油瓶走，到了黄昏，我们行走的距离可能不超过二十公里，但是我们却在四周发现了融雪的痕迹。闷油瓶用耳朵听着，一点一点地摸着，终于找到了那条被雪掩埋的缝隙。

　　天黑之后，气温降得比想象中低很多，我们进了缝隙之中，来到了当时我们休息的那个温泉，在里面生火取暖，烧了一些汤水。

　　我没有什么胃口，也没有吃什么东西，闷油瓶似乎也根本不想吃什么东西。在缝隙口休息了一段时间，我们继续往里走，这个时候我已经很明白，闷油瓶要去什么地方了。他要去青铜门那里。那个地方，完全颠覆了我的人生观，我真的，完全不想再看到那个地方一眼。

但是，显然闷油瓶的目的地，就是那里。从这个缝隙，一路往里，很快就会到达那个地方，不需要再绕过整个云顶天宫了。

我想着那些人面鸟，不知道现在是一个什么样的情况。当晚我就做了一个梦，梦见我和闷油瓶，来到了那个青铜门之前，闷油瓶和我说再见，然后就进去了，把我一个人留在了门口，我一回头，无数的人面鸟看着我，把我惊醒了。醒了之后，就看到闷油瓶没有睡觉，而是在整理自己所有的东西。

我问他干什么，他道："我在看，哪些东西是你可以使用的，我都留给你。你回去的路上，可能会用得着。"

"那你呢？"我吃惊地道。

"在这里，就算我是一个初生的婴儿都没有关系，我已经离我的目的地很近了。"他道，"你不需要再进去，里面太危险了。"

我惊讶地看到，闷油瓶竟然从他的包裹里，拿出了两只鬼玉玺，他掂量了一下，将其中一只交给了我。

"既然你到了这里，我想你应该知道一些事情。"他道，"你带着这只鬼玉玺回去，我只需要一只就够了。"

"这另一只你是从哪儿拿到的？"

"霍老太太给我的。"闷油瓶道，"在你们不知道的时候。"

"这东西是用来干什么的？"我直奔主题，我已经没兴趣知道这背后到底是怎么回事了。

闷油瓶道："开门。"

我接过鬼玉玺，他就道："你带着这个东西，来到青铜门前，门就会打开。十年之后，如果你还记得我，你可以带着这个东西，打开那道青铜门。你可能还会在里面看到我。"

"那门后面到底是什么地方？"我问闷油瓶，"你为什么要进去？"

"我无法告诉你那是一个什么地方。"闷油瓶道，"我只能告诉你一个约定。在很多年之前，我带着一个秘密找到了当年你们所谓的老九门。在张家的祖训中，一直以留存为最大的目标。张家的整个发展过程，都是希望在任何的乱世中，张家可以留存下来，从而保留住张家古楼的群葬。从我得到的消息来看，只有族长才能知道一个巨大的秘密。张家从最开始就获得了这个巨大的秘密，这个秘密在中国的历史长河中运行，谁也不知道是什么。我们只知道有这个秘密本身，秘密有一个关键的时间节点。这个节点现在已经到来了。在张家最后留存的希望破灭之后，我找到了当时的老九门，希望借老九门的力量帮助张家，共同承担这项义务，使得这个秘密不要被发现，但是老九门中，没有一个人履行诺言。

"我要守护的这个秘密的核心，就在这扇青铜门后面。守护这个秘密需要时间，我会进入青铜门之后十年，等待下一个接替者。"

"为什么说他们没有人履行诺言呢？"

"因为之前的近一百年时间里，所有守护这个秘密的人，都是张家的人，张家的力量由此被削弱。在我们之前的诺言里，老九门中的人必须轮流去守护这个秘密。"

"他们没有一个人去？"

闷油瓶点头："我已经是张家最后的张起灵，以后所有的日子，都必须由我来守护。不过，既然你来了这里，我还是和你说，十年之后，如果你还能记得我，你可以打开这个青铜巨门来接替我。"

"等等。"我消化了一下，就问道，"你是说，老九门是要轮流的。你们张家已经轮了好几辈子？"

闷油瓶点头，我就问他："那如果不是这种情况，按照承诺，老九门到现在，应该是轮到谁？"

"你。"闷油瓶说道。

我？我愣了一下："你是说，原本应该是我进到这个青铜门后面去待上十年？"

故
地

165

闷油瓶点头，我刚想说你说清楚，闷油瓶忽然伸手，在我的脖子后面按了一下，我一下就失去了知觉。

那是我最后一次见到闷油瓶，我醒来之后，除了他留给我的鬼玉玺，他所有的一切都消失了。

我疯了一般地去找他，往缝隙的深处挤，发现那里竟然没有任何道路。之前我们出来的道路，竟然是封闭的。

我想起当时闷油瓶在里面爬行的时候，在我面前消失了一下，难道当时他启动了什么，才有了我们后来的道路？

我在那个地方待了三天，直到暴风雪慢慢平息下来，我才彻底绝望。

一路无话。

最后我回到了杭州。我行走在西湖边上的时候，天上下起了毛毛细雨，我回想之前经历的一切，想到了每一个人的结局，忽然觉得好累好累。

不知道为什么，我的眼泪就流了下来，我回到了自己的铺子，恍如回到了当年，什么都还没有发生的时候。

我原来以为我做完这一切之后，还能剩下一些什么，没有想到，竟然什么都没有剩下来。

但是，我意识到自己还不能停，还必须走下去，因为还有一个十年。

第三十章 · 总结

故事到这里应该已经结束了，能知道的谜题我心中都十分清楚，不能知道的我已经全部放下了。但是有些事情，还是值得提出来整理一下的，对于整个故事的完整性，有些好处。

到现在我基本能确定了，张家族人确实是来自关东，他们生活在关外少数民族聚居的区域，当然当时不是少数。基本也可以知道，自蒙古族进入中原后，也就是中国元朝时期，是张家人活动最少的时期，他们几乎全隐藏起来了，一直到了明朝，他们才重新出来活动。

张家内部有着极其严格的族规，张起灵这个名字，并不是所有人都可以叫的，一定是要族里选定的族长的继承人才可以叫这个名字。

所以当时才会有"张起灵计划"，他们是想通过这种方式，找到张家的现任族长。

而且我猜测，张家那种奇怪的血液，并不是所有的张家人都有的，应该是一种隐性的遗传，甚至可以说是一种病。张家族人中，只有少数人有这种奇怪的血液，而拥有这种血液的人中，血液效果最强的人，才有可能成为族长。而族长的夫人，必须也是同族中有相同血液的女性，这样才能保证这种能力能够延续下去。这就是所谓的族内通婚，但这样也导致了另外一种遗传病的长期遗传，也就是失忆症。

从民国中期开始，就再没有任何人进入古楼了，这说明那时张家开始迅速衰落。原因是他们遇到了中国封建社会的终结，几次革命都是完全的意识形态的革命，张家人再有财富和势力，在这样的新思潮的冲击下，也从内部开始分崩离析。

也就是这时，张大佛爷所在的小家族作为其中一支力量，离开了张家的控制范围。当时应该是张大佛爷的父辈，他们走时，没有带走家族的任何信息。他们仍旧在东北活动，但是放弃了张家之前的所有祖训，开始大范围地通商，渐渐变成了商人。之后日本人入侵东北，张大佛爷的上一辈人在当地抗日时几乎死绝了，因此，张大佛爷带着族人逃往长沙。当时应该也是因为关内盗墓的大本营在长沙，所以张大佛爷才会去那边。

张大佛爷到了长沙之后，迅速扩张势力，一方面积极抗日，另一方面和当地的豪杰发展关系。当时是中国最动乱也最传奇的时期，各路英雄豪杰辈出，老九门慢慢就形成了。其中三上门因为张大佛爷抗日的关系，慢慢向军界靠拢。抗日胜利之后，张大佛爷被"它"组织胁迫，必须找出张家人长寿的秘密。

张大佛爷虽然完全不了解自己的主族张家，但自己关于父辈的记忆中怎么都会有一些印象，再加上在张家的书籍中或多或少都会有些记载，因此，他知道了自己祖先的所有秘密都在张家古楼——张家的群葬墓穴之中。

他需要找到张家古楼。

首先他开始了张起灵计划，寻找在战乱中已经完全不知所终的张家族长。

大量和张起灵同名同姓的人被找了过来，但是始终没有找到正主。当时的老九门，全都在张大佛爷的监控之下，一方面是保护，另一方面也是监视。终于在二十世纪六十年代，他们找到了张起灵，在他的带领下，老九门进行了那次史上最大的联合倒斗活动，但损失惨重。

那次活动，导致了两个结果。

第一是张起灵的权威性受到了极大的质疑，整个九门分成了两派，有一派因为是被张起灵所救，像霍老太这一批老九门中最聪明的，就力挺张起灵，把张起灵当成神灵一样来膜拜，因此张大佛爷家族的控制变得十分尴尬。另一派则把活动失败的所有责任全部推给了张起灵。

我爷爷萌生了强烈的退意，他不想再看到有人为了毫无意义的事情而死亡，看到这些昔日的英雄豪杰为了追随张大佛爷而枉死，所以一直站在张起灵这一边。张起灵因为那次活动受了重伤，醒来的时候完全失去了记忆。

我爷爷对自己的三个儿子做了安排，他知道自己的下一代一定是逃不过的，但是睿智的爷爷看到了事情发展的契机，他希望在我这一代，能够完全将吴家带出这个怪圈，于是为我的父亲、二叔和三叔，各自设计了他们的人生。

爷爷的设计十分巧妙，所有的事情完全依据三兄弟的不同性格。他选择了最工于心计的二叔作为自己的接班人，而希望我的父亲和最无法控制的三叔能完全脱离"它"组织的控制。

然而，他最没有想到的是，三叔的逆反是他无法控制的。三叔不仅成了兄弟三个中盗墓技艺最高和草莽气最重的人，也变成了"它"组织看好的人才之一。

结果，二叔反而变成了一个可有可无的角色。

老九门的第二代，吴家的代表人物，变成了吴三省，三叔当时并不知道，这并不是什么光荣的事情。当然，"它"组织也不知道三叔并不是一个好惹的角色。

而其他各家全都有自己的打算。霍家因为联姻，一直在为张起灵周旋权衡。

而解家，解九爷在这整个局里是真正看得最透的人。他知道，像我爷爷那样的逃避，霍仙姑那样的周旋，都完全不能解决问题。

解九爷在明白了这一点之后，便开始下一盘非常非常狠毒的棋。他找到了自己的儿子，落下了第一颗棋子。

老九门的反击从解九爷的棋谋开始了第一步。

关于张家古楼的后续考古工作，是老九门第二代的第一次集结。他们并不知道，这是一次多么危险的探险活动。除了几个核心的人，其他人并不知道，当时的那次活动，其实并不是考古，而是一次送葬的活动。对于张家古楼的考古研究，在一九七〇年就已经完成了，这都归功于当年史上最大的考古活动所取得的大量资料（这大部分的资料都是当时大金牙金万堂所获得的成果）。

这是一股从来没有出现过的力量，这支队伍由当时得势的张大佛爷家族带领，完成了所有的考古勘探活动，但是在进入张家古楼之后，这支队伍全军覆没了。

为此，"它"组织才启用了已经面目清晰的第二代。这一支队伍被盘马破坏，当时只有在地下勘探的几个人幸免于难，但是等他们回到地面上时，解九爷的队伍已经接管了一切。

这一支队伍完全没有执行任何任务，他们把要下葬的棺木焚烧，用铁水封住了尸体，毁掉了所有资料，带着尸体开始了逃亡。之后，发现被背叛的"它"组织，开始天南海北地追查他们。

他们在逃到杭州的时候遭到了最大规模的追杀，迫不得已之下，只能求助于我爷爷。而当时，我三叔正在以盖铺子之名，探索杭州地下一处隐秘皇陵，我爷爷就用了一招金蝉脱壳，把那具尸体藏入了皇陵之中。

而解九爷的人在那时候化整为零，混入了"它"组织的内部，开始有目的地大量破坏相关的资料，杀死或替换关键人员。霍老太就是在那个时候，发现自己的女儿有一些不对劲的。

同时，解九爷的另一个目的就是要救出张起灵，当时只有格尔木的疗养院是任何人无法染指的，所有核心的资料和人全部在里面。

研究继续进行，假的考古队接到了西沙考古的命令，前往西沙。就在考古队在西沙整合装备的时候，真正的霍玲和文锦，使用了假的密令，把假霍玲和假文锦调往了长白山，而自己混入了假的考古队中。为了给自己带来帮手，文锦找到了三叔，而解九爷的内线，终于在那个时候，成功地把张起灵调出了疗养院。

其间，解连环为了获得更大的支持，和裘德考有了联系。裘德考的内部关系，为解连环得到西沙古墓的第一手资料提供了帮助。

这是三叔第一次介入到此件事情当中。当时解九爷已经去世，解连环发现队伍中出现了问题，但是一时间，他不可能发现是因为调包的人被调包回来了，此事的蹊跷之处非常莫名。解连环和解九爷不同的是，他没有解九爷那么绝情，可以为了最终的目的牺牲掉一切。他对于吴三省的出现十分纳闷，于是，他也混入了队伍之中。

当时解连环的计划应该是顺着解九爷的思路，找一个人替换掉吴三省，所以他事先带着一艘船，远远地跟在考古队的船后面，船上有一个他准备好替换吴三省的人，这个人肯定是解九爷很久以前就准备好的。

吴三省完全不受任何控制，之后便发生了之前三叔叙述的事情。解连环和三叔在海底的事情是三叔虚构的，因为那是他们第一次在一个完全不可能有人监视的情况下单独相处。

他们在古墓中发生了激烈的冲突，三叔那个时候完全处于巅峰状态，身手、警觉、魄力和凶狠弥补了他的鲁莽。那个黑暗中的人在袭击三叔的瞬间就被杀死了。

应该是在三叔的逼问下，或者是在某种契机下，解连环和盘托出了整个计划。于是，在海底墓穴的墓室中，两个人进行了一次合谋。本身解九爷已经把整个"它"组织搞得很不顺畅，而三叔的加入，改变了解连环从解九爷那边继承下来的计划。

三叔的决绝和魄力正好弥补了解连环的缺陷，再加上他本身的谨慎，他们开始进行一个快速的、更加大胆的计划，要完全毁掉"它"组织。

这其中最核心的一点就是，他们必须找到疗养院。于是解连环戴上了三叔的面具，演了一出双簧。在海底墓穴中，三叔用禁婆香迷倒了所有人，然后用解家的船把人运到了岸上，送还给了"它"组织。

禁婆香这种药物极其特殊，神志迷糊的时间非常长，解连环假装第一个清醒，编了一个故事，把他们运到了疗养院中。之后解连环和三叔里应外合，同时使用计谋，切断了疗养院和"它"组织的联系。

与此同时，被骗到了长白山的另一支队伍，不出所料在云顶天宫出了事。我们在死循环中看到的干尸，就是这批人的尸体。根据尸体的数量再结合顺子的叙述，当年进去的人应该没有全军覆没，我想能假冒文锦和霍玲的人，想必还是有些身手的，不知道她俩是不是逃掉的那两个。

但是，情况在这里发生了变化，此时所有的队伍分成了三批人，一批是逃脱后的陈文锦他们，一批是三叔和解连环，还有一批是闷油瓶。

真正的三叔一直在寻找陈文锦那批人。而陈文锦他们在逃出疗养院的过程中，发现已经无法信任任何人。显然，解连环和吴三省都是不值得信任的，他们会为了达成目的牺牲掉其他人，而"它"组织则更加不可信任。陈文锦和霍玲为了逃避追杀和寻找真相，开始了格尔木探险，并且建立了录像带机制，开始警告第三代。

我想到这里，感觉到一股浓浓的暖意，在整个局势里，所有人都是功利的、血腥的，唯独这两个女人领头的队伍，在面临如此巨大的困境时，想到的还是保护和探索。

而三叔和解连环，一直蹲守杭州，四处寻找其他人的踪迹。我相信三叔那么执着，确实是因为对陈文锦的感情，但是，不可否认，也有可能是解连环为了杜绝后患，一直想除掉他们。而文锦和我见面的时候提醒我三叔是假的，也是这个原因。

此时对于解连环的秘密追杀已经到了空前紧张的程度，解连环最后来到了杭州，一直躲在三叔的铺子下面，看守着那具棺木，等待着日期的来临。而从那之后，我所见到的三叔，其实是两个人，只是因为当时实在没有想到，世界上还有人皮面具这么完善的技术，这两个人又确实在很多方面都十分相似，所以实在很难分辨。

在这期间，我感觉到三叔神出鬼没，其实是因为有两个三叔的缘故。这两个三叔对于一切都非常熟悉，只是性格有些不同，他们同时在做一些事情，各有自己的做法和线索，所有的线索交杂起来，才会变得复杂诡异。

我无法分辨，什么时候我面对的是吴三省，什么时候我面对的是解连环，但是我也清晰地记得，我不止一次地觉得三叔的性格变了。但是无关紧要，他们就像双生子，为了同一个目的，一直在不停地奋斗着。

话说两头，此时文锦和霍玲带着他们的人，对格尔木的考察已经告一段落，而她们的身体也因为误食了丹药而发生了很多变化。霍玲的变化尤其快，已经开始有些神志不清，记忆力减退。他们利用废弃的疗养院作为休息的场所监视着霍玲。

而闷油瓶有着他自己的目的，他回到了张家古楼，可惜之后他生来就有的张家的失忆症犯了，之后被人当成肉饵，放入了古墓之中钓尸，被陈皮阿四所救，又重新回到了众人的视野里。但是，此时的"它"组织和当年的不可同日而语，已经变得似有似无，没有那么大的控制力了。

当时三叔和解连环觉得事情十分蹊跷，他们从三叔铺子底下的古墓中，取出了当时张家古楼的一件战利品——黑金古刀，用来试探闷油瓶。与此同时，裘德考开始全面地介入到事情当中，不甘心再当一个投资者和被骗者。因此，才有得到裘德考各种资料的金万堂到了我的铺子里找我。

三叔看到当时的战国帛书之后就意识到，裘德考现在成了心腹大患，必须加以控制，于是组织了第一次的七星鲁王宫的探险活动，没有想到，事情从此一发而不可收拾。

盗墓笔记

捌

贺岁篇

祠堂

事情发生在某年的元旦之后，具体是几号我已经记不清楚了。那段时间很冷，天寒地冻。本来这种季节我肯定是待在杭州的，要么猫在家里，要么偶尔去一下铺子，总之，我是不太会在这种情况下出远门的。不过那年是一个例外——我不得不和家里人一起，长途跋涉，回到长沙边缘的一个山村里。

那个村子是我们的祖村，名字叫冒沙井。

从外表看起来，这村子和现在的新农村没什么区别——房子垒起来老高，墙壁上贴着花里胡哨的瓷片。往里面一点是老村子，顺着山势有很多老黄泥房。那真的是很老的房子，最初的梁子是什么时候立起来的几乎不可考究。这些老房子大部分是老人住的，有些已经无人看管，变成无主的孤房。整片房子都是斜的，看上去随时会塌。

我们回到祖村，并不是为了叙旧过年。事实上我从出生到现在，回老家的次数没有超过一只手的指头数，特别是读大学之后更是极少回来。这十里八乡的什么娱乐设施都没有，能够接收的电视频道也只有那么几个，我自然是不愿意待。

不过这一次却不得不回来——不仅是我，就连三叔、二叔、我老爹都必须得回来。

从表面上看，似乎是村子里出了什么大事情，然而实际的原因却很让人无语。回来的原因——这里要修高速公路，路正好途经老墓地，所以家里的祖坟要迁，否则就将被推土机铲平了。

这种在我看来非常无奈的事情，村里的老头子们却是很看重的。迁祖坟就是要换风水，还要扰先人，总之是大事。我老爹是长子，我们一家又是村里吴家这一支最兴旺的，所以我爹他们三兄弟一定得回来主持大局——其实也就是掏大部分的钱。

我爹是出了名的好说话，也就答应了，顺便让我和几个堂兄弟认祖归宗。于是我们便回到了这里。

本来我还有一点祈望——此次这么多人一起回来，有可能会比之前有意思。因为毕竟是山里，你只要有伴儿，还是能搞点儿乐子出来的。我依稀记得表公那边可能还有老猎枪，如果能打猎，也算是不错的消遣。

没想到，我们一行人刚刚抵达，二叔就被抓去给人看风水了。三叔对这里十分熟悉，一年要跑五十多回，所以到了也就找人搓麻将去了。我父亲被几个本家的老头找去商量事情。老爹知道我不安生，不让我乱跑。他们在祠堂前商量事情，我一个人被撂在祠堂里闲晃悠。

我家的祠堂在老村子的地界。那是间大房子，不过和那些电视里演的古宅不同——虽然这间老房子也是用黄泥抹起来的，但是没有白墙黑瓦。进入祠堂，首先映入眼帘的是一个院子。院子中间有一座亭子般的戏台，再往里面走就是灵堂。灵堂又高又大，但是抬头看屋顶，星星点点全是破洞，下雨天想必无法防水。祖先的灵牌就放在灵堂的尽头——墙壁被挖了好多佛龛一样的洞，每个洞里供两尊牌位，牌位上刻的都是老祖宗的名字。灵牌面前是供桌，不过蜡烛都已换成用电的了。

这祠堂还是我爷爷出资修建的，所以年代也比较久了。吴家的人丁本来就不是很兴旺，加上人口最多的一支迁到了杭州，所以这个祠堂如此情形，还算是过得去了。我找了一下爷爷的灵牌，也是一尊大牌位。其实爷爷是入赘到杭州的，按祖规应该不能上这个祠堂，现在上了，或许是爷爷生前搞的手脚。

在这种地方是极无聊的，加上天气寒冷，祠堂里又没人，我就耐不住性子，开始四处摸摸碰碰，读读对联、看看功德碑。这时候，我忽然发现祠堂的边上有一条走廊，走廊通向一扇门，从门出去之后就是祠堂后面的空地，空地上有间老旧的茅草屋。

当时我也没有多想什么，就走了过去——一方面空地上有太阳，另一方面茅草屋看上去挺古老的，还锁着大铁链锁，看着挺吸引人。

走到茅草屋边上看锁的样子，发现锁果然有年头了。

茅草屋的窗户就是两个大窟窿，窗框上糊着非常古老的报纸——显然，原来是有玻璃的。

我百无聊赖，便探头往里面看。里面光线很暗，但是隐约能看到泥地上全是干柴，在干柴的上面，是一具满是干泥的大头棺材。

棺材

茅草屋里光线晦暗，我只能看清那是一具老式的棺材——一头大一头小的大木匣子，体积并不大，不像那些电视里演的大户人家的棺材。棺材上全是泥，几乎看不清棺材本身的纹路。

这具棺材让我有点儿心跳加快，一下激发了我无限的联想。虽然记忆不是很清晰，但是好像祠堂本来和棺材就有着千丝万缕的关系。家族葬礼，祠堂就是古法礼中停死尸的地方。我还记得爷爷死的时候，就是在这里停尸。当时还是盛夏，有道士封臭作法，大体是烦琐的仪式，我已经记不清楚了。所以这里有棺材，应该不算奇怪。

问题是，为什么这具棺材会被放在祠堂后的茅草屋里，而且上面全是干泥？根据这屋里蜘蛛网面积和灰尘的厚度以及锁生锈的程度，可知这具棺材停在这里已经有相当长的岁月了。是在十年前，还是几十年前？是什么原因，这具棺材被抬到了这里，一直放到现在呢？这棺材里有尸体吗？又是谁呢？

在一瞬间我心里闪过了很多念头，有点心痒痒的感觉。看来这祠堂和这茅草屋以及里面古旧的棺材背后必然有故事存在。

无奈，我身上穿的是前几天新买的米安斯迪，身手又不够敏捷，否则肯定会爬进去仔细瞧瞧。不过，我知道即使进去我也瞧不出什么——我总不能撬开这具棺材——谁知道这里面会有什么东西？瞧了半天，我怅然转身，绕过了茅草屋继续往前走。茅草屋后面是一片农田，我顺着田埂往里走，发现这片农田已经荒废了很久，里面杂草丛生。这应该是我们家分到的祖田了——可惜我老爹兄弟三个都不是种田的料，这地竟然荒成了这样。

再往前就是别人家的地了，一直能看到地的尽头——那是山坡，由小路往下，延伸到梯田的下一段。

再走也就是这个样子了——我心里一边盘算这些地到了杭州能值多少钱，一边往回走去。老爹他们不知道谈完了没有，如果还没，我就在边上听着，顺便锻炼一下长沙话听力，怎么样也比在这里闲逛要好。路过那茅草屋的时候，我顺便又往里看了一眼。

阳光弱了一点儿，屋子里更暗了，我什么都没有看清楚。

往事

当天吃晚饭的时候，我向表公打听那棺材的来历。

表公算是这里老资格的了，现年七十九岁，除了赶集，他基本没离开过村子。然而问起这个事情来，他也不是十分清楚那茅草屋里老棺材的来历。村里人都知道有这么一具老棺材在，不过，这棺材是从什么时候出现的，他们都没有什么印象，平日里也没有什么人经过那一带。

还听更老的一些人说，这茅草屋还是盖这祠堂之前就在那里的。当时那里是一片废弃的土房，被吴家买了下来，全推平盖了祠堂。唯独就剩下那一间，一直留到了现在。至于这茅草屋原先是谁盖的，里面棺材的来历，就无从考证了。算起来，这大约是六十年前的事情了。

六十年前表公还只有十九岁，时间实在是太久远了，他也记不清楚是当时那棺材已经在那茅草屋里，还是之后的六十年间有人放进去的。不过看这棺材的样子，本身就很古老，到底是什么时候的棺材也没有人说得准。想着我心里有点儿瘆得慌，越发觉得这里面有故事。

晚饭是在祠堂吃的"大桌饭"，和村里的其他亲戚一起吃的。表公的身体很硬朗，吃完饭抽着水烟就回去喂鸡了。我老爹让我送送表公，我便跟着去了。路上表公就对我说，如果我真的感兴趣，可以去另一个村子问一位叫徐阿琴的老人，他是当年吴家请来管祠堂的。吴家祠堂刚修的时候，他就在这个村子里给人当长工，这祠堂他也帮忙盖过。后来第二年土地革命，他分了很大一块地便种田去了。算起来，到现在他可能有一百多岁。要说这事情有人记得，那也就只可能是他了。不过也要看运气，一百多岁了，鬼知道他现在是什么状况。

我心说我又不是吃饱了撑的，而且我也没多少和百岁老人攀关系的经验。心说算了，也就点头敷衍过去了。

在整件事情中，这是我犯的第一个错误，而且也是最严重的一个。

移棺

吴家的祖坟是在一座岩山的阳面。山大概有二百米高，并不壮观，那里也并不止吴家一座坟包。正面山坡上零零落落，不同的位置有四五座各种样子的坟包，都是村里大户人家的阴宅。上山有一条土道，因为平时走的人不多，杂草丛生。好在现在是冬天，草稀，走起来不是很困难。

这座岩山的前面，本来是一条很大的溪流。所谓风水宝地，当时的人也就是前水后山这么一个概念，不过现在岩山上有人建了小水电，还有人挖沙，溪流早就干涸了。

移坟的仪式选在了我们到村子第三天的上午。看皇历是个好日子，所以不止我们一家，很多其他的村民也在准备。岩山上密密麻麻，这里一堆，那里一群，都是人。

我属于长子嫡孙里排得上号的，老早就跪到了坟头前。一边的道士还在做前期的准备工作，四周有此起彼伏的鞭炮声。

我之前一直很有兴趣的是，土夫子的坟会是什么样子的。不过看了真是大失所望，和普通的农民墓差不多——水泥浇起来的一座扇形屏风式的坟头，前面是一块大水泥碑，后面是和山连起来的封土，四周全是杂草。如果没有那水泥的部分，你绝看不出来那里有座坟。

三叔告诉我，我们家的祖坟算是村里比较老的了，在清朝的时候还有乡绅给重修过。这水泥是新中国成立后浇上去的，爷爷躺的那层修在老墓上面。这老墓往下六七米的位置才是祖宗的坟，是个什么样子，他们都没见过，不过绝不会有地宫，叫我别指望了。干这一行的，但求有个全尸，这种大兴土木的事儿，土夫子是不会干的。

我听了戚戚然，忽然又感觉很好笑——这里跪的一群人大概一半都是挖别人坟的，等一下起坟不知道会不会是他们动手。想着这批人忽然掏出一大溜折叠铲的画面我就忍俊不禁。盗墓贼迁祖坟和法医验自己亲戚的尸体，恐怕都是无奈居多吧。

在那里一直跪了两三个钟头，敲敲打打冻得我直打哆嗦。一直快到十一点了，那穿着耐克鞋的道士才作完法事。我父亲带头，几位亲戚叔叔掀起了墓碑，然后用石工锤开始开坟。

这完全是没技术的活儿。一直砸了两个小时，才把坟窟砸通。那是四个并列的水泥洞，棺材就塞在里面，两个洞是空的，那可能是给我奶奶和我老爹准备的。另外两个里面是两具木棺材，我知道其中有一具是我爷爷躺的，另外一具是谁的我就不知道了。

二叔清点了墓碑上的名字，和族谱一对照，里面应该有九具棺材。三叔说有些肯定是衣冠冢，比如说太爷爷的和太太公的。这个辈分太大了，再往上我也不知道怎么叫。不知道那些老棺材的情况，如果散架了就更麻烦。

两具棺材被抬了出来。接着老爹把上面的水泥坟窟全砸平了，就开始挖下面的山泥。那是三叔他们的强项，一支烟的工夫就挖下去很深，很快便戳到了青砖——那是老祖坟的顶了。

接下去的过程我是没资格看的，被老爹他们叫了出去。接着他们跳下去，启开坟顶，道士开始念经撒纸钱。

我不知道老坟里的情况，不过看样子年代是过于久远，有点不好弄。一直到太阳下山，才有第一具棺材被抬了上来。那是一具已经霉烂得不成样子的老棺材，一看就知道不是现代的，一落地就散发出一股让人不舒服的味道，那应该是地下泥土特有的气息。

然后一具接一具，有些还在淌着泥水。很快，九具棺材全都被抬了出来，一字排开放在山坡平坦的地方。四周有人用水喷棺材的头部，那里刻着棺主的名字。然后道士开始做记录。

我几乎要冻僵了。虽然第一次看到这种场面，但是我却一点也提不起兴趣来——这山上实在是太冷了。看到最后一具棺材被抬出来，我心里终于一安，心说总算完了，这还真是个大工程，不比下地轻松。

接下来就是把棺材稍微洗一下，要抬到祠堂里去放一段时间。因为得祖宗先走，所以要先把最老的棺材抬起，后面的才能跟着。所以，我们还得等那记录名字的人找到老祖宗。

就在所有人都松了口气的时候，忽然听到我爹吆喝了一声。我们转头向他看去，就看到在坟窟里的人还在不停地拉着什么。

太阳快下山了，天色越来越黑。表公用长沙话大声吆喝了一下，问是怎么回事。

"还有一具！"我老爹大叫道。

"啊？"人群里一下开始了骚动，大家都看着那边。接着，我们都看到又有一具棺材，从那里被抬了上来。

"怎么可能？"表公看了看墓碑，又看了看陈列着的那些棺材，莫名其妙道，"奇怪，怎么多了一具？"

184

错误

吴家祖坟的黄土之下，按照墓碑上的名字和族谱里的记载，一共应是九具棺材。这不同于数黄豆，很难出现偏差。因为祖先就这么几个，多出了一具棺材，实在是不可思议的事情。

这事情一下就在人群里掀起轩然大波。在场帮忙的、围观的那一批人都在窃窃私语，交头接耳。

当然最震惊的还是表公那一批在村里的老吴家代表，他们算是土生土长，这种事情他们从来没有听说过，自然很难接受。

这时候我也顾不上什么资格不资格了，也凑过去看墓窟，只看到坑挖得很深，大量的老黑砖裹着烂泥草根翻在一边，根本看不出墓穴本来的面貌。

十具棺材都被排到了缓坡上。排了一下，发现最后抬出的那一具，没有任何标记和名字，但是这一具棺材是并列排在墓底的四具最老的棺材之一。这样来看，挖到了无主孤棺的可能性也不大，因为墓窟的四周围有青砖头。

表公和另外一个老头（我实在叫不出他的名字）只商量了一下，

就让人立即把十具棺材全部先抬回到祠堂去，并找了人日夜看守，这边的仪式照做，总之要关门琢磨。

我们小辈这时候自然完全插不上话，只感觉气氛一下就变了。此事对于吴家的脸面显然影响很大。如果族谱有错，那就要重修，那也是很大的事情，可能在海外的那一批人也得要回来才行。但是这种可能性太小了，除非这祖坟有着什么我们不知道的隐情。

我老爹也是丈二和尚摸不着头脑，一路上一言不发。道士开道。天已经全黑，漆黑的山路和寒冷的气候让我不由自主地发抖，脑子里却总是浮现出在祠堂后面那荒废茅草屋里的古棺。果然，到了这个村子，想摆脱棺材是不太可能的了。

晚上大家照例在祠堂吃"大桌饭"。祖宗规矩，今天吃素。吃了一桌子的豆腐菜，之后点了炭炉取暖，他们开始琢磨这些棺材。

棺材都摆在灵堂，我第一次得以靠近看。我发现太太公和爷爷的棺材保存得都还可以，封得都严丝合缝。但是，那些老棺材全都带着泥，还没干透，木皮都烂得呈现出一种极深的墨绿，看上去十分恶心，我都不敢靠太近。

最后抬出的四具棺材，时间应该要推算到很久之前，因此晚清那一次重修变得十分可疑。但是当时能记事的人已经一个也不在了，族谱上也是简单的一句，基本对情况介绍都不可靠。但是，让人诧异的是，就连口口相传的信息也没有——表公和所有的老人都表示没有听上一代提过任何和这个有关系的事情。

我老爹听着就面露愁容，当时我一直不知道他在担心什么，后来才知道里面的猫腻。

吴家的族例中，祖坟里都是长子嫡孙，也就是老二、老三都要重新立坟，所以一般情况下爷爷是入不了主坟的。不过我爷爷那一代的情况实在是太特殊了——往上三代都死绝了，而爷爷的哥哥又无后，只有我爷爷这一房后继有人，否则祖坟就没人装了。

所以说我老爹是吴氏的正宗，并不算名正言顺。虽然吴家没有多少祖业，我爹也基本上不当家了，但是这名头在村里是占着好处的——无论是分地还是决定什么事情，都得我父亲先首肯。所以这事情一出，可能有闲人会兴风作浪。

开棺

这方方面面牵涉了很多的事情，比如说三叔要在这里做生意——我们家和老家人的关系，我老爹作为这一脉的当家人自然是要小心处理。然而他又是那种走老实路线的人，作风传统、兢兢业业、死而后已，这种复杂的情况他自然是不擅长处理的，所以我看他是有点担心那种焦头烂额的情况会出现。

这种事情我也帮不了我老爹。一方面，我对于情势不了解，家里一溜老头，谁大谁小我都分不清楚，所以也只有假装不知道；另一方面，就算是有什么尴尬的事情出现，反正吴家的祖业说实在的也只有这一间祠堂好管理，你又不能卖了它，所以也没什么东西好损失的。按我老娘的话说，早该和这些事情划清界限，吃力不讨好。

不过这事情挺吸引人的。他们在那里一边烤火一边吸烟琢磨这个事情，我就夹在中间听着，也算是听个乐子。

表公说了一个可能性：这具棺材埋在最底下的一层，那是最老的那一批，是曾曾祖那一辈，是嘉庆时候的事情了。可能是曾曾祖有什么偏房，比较受宠爱，虽然不能入族谱、上墓碑，但还是偷偷葬进祖坟里。

一查族谱，就发现是不可能的。因为曾曾祖死在了曾曾祖母前头，丧事是曾曾祖母操办的。按照当时的社会伦理，那就不太可能会发生这种事情。而且干这一行的一旦富贵，就是拼命地娶老婆，怕绝后。我奶奶是大家闺秀，还生了三个娃。那农村里肯定就一窝一窝地生啊，爱情这种东西基本上不会是当时生活的组成部分。

又说会不会是尸体残了？可能是下斗的时候出了事情，起出来的尸体不全，先葬了。后来又挖出了剩余的部分，才分葬进两具棺材。二叔摇头说扯淡，这种情况绝对要开棺重新殓葬的。祖坟又不是冰箱，脑袋放上格，屁股放下格，要换你，你乐意吗？

这一说就不对了，下面的人眉头皱起来，烟抽得都快比烧的香还呛了。

我自己在那里琢磨，感觉最奇怪的是，这具棺材没有名字。按照这里的习俗，棺材上不刻名字是很作践人的事情。既然棺材有资格葬在祖坟里，那就不可能受到这种待遇。如此说来，我感觉这具多出来的棺材里，或许没有尸体也说不定。

想着就觉得没意义，对于当时的情况，这里基本上没有任何可以参考的根据。这么想，到后来完全就是在瞎猜。

这时候，三叔忽然提出了一个可能性："咱们的祖宗是干哪一行的大家心里都明白。你说会不会是哪一代的老爷子，因为某种原因，藏了什么东西在祖坟里？"

三叔说完这话，其他的人脸色都变了。

这说法虽然听起来骇人听闻，倒也是有可能的事情。因为干这一行的，确实会做出出格的事情来。而且比起瞎想的那些，我倒感觉还是这个可能性大一点儿。

所有人你看看我，我看看你，不知道如何反应。二叔就喷了一声，似乎还想反驳，表公忽然却站起来，对我们道："别想了，打开来看看就知道了！"

乾坤

我现在还记得表公说完那句话之后，祠堂里的气氛。头顶的灯瓦数不够，烤火的炉光又是暗暗的，外面还有风声，所有人都是一种很僵硬的表情。我说不出那是一种什么气氛，但是我意识到不太对。

按照道理来说，这时候肯定有人会跳出来说"不行，这是大逆不道的事情"云云，电视剧里都是这么演的。可实际上没有一点反对的声音，隔了半晌才有人道："谁开？"

这话一出又是一阵骚动，三叔冷笑一声道："我大哥是当家的，当然是我们开。"

此话一出，我一下子就知道这气氛是怎么回事了，不由得也觉得僵硬起来。

这吴家的祖业一路分家分下来，其实基本上已经名存实亡了。我老爹的家也当得有名无实，最多算是个名誉为主带个投票权的族长身份。即使是这样，也有不少闲言闲语。如今三叔一说这棺材可能是祖宗藏了什么东西，大概这里所有人第一想到的就是：难不成是前几代的老爷子，把一些当时不能脱手的明器埋到自己的祖坟里去了？

那个盗墓猖獗的年代和现在不同。那时候技术有限，渠道也没有现在这么通畅，所以很多那个时候起出来的、当时不敢出手的东西，都是好东西，必然价值连城。这批人竟然是起了贪念。

然而这是自己的祖坟，也不能放肆，气氛才会显得如此奇怪。不过，三叔的那句话，足以将矛头挑起来了。看来这事情已经超出我老爹能控制的范畴了。

果然，三叔说完还没收了尾音，就有人跳了起来："凭什么？祖坟我们就没份啦！"

三叔看了那人一眼："我靠，曹二刀子，你都跟你娘改姓了，什么时候你又改回来啦？轮得到你在这里放屁？"话音没落另一个又叫起来："这事儿是吴家的事情，姓吴的都有份！"

三叔呸了一口，看也不看："那姓吴的海了去了！我和你说，这开棺就得我们兄弟三个！这事情你没处讲理去，要怨就怨你太爷爷投胎的时候跑得太慢！"

"嬲你妈妈别！老子抽死你！"那人一下就骂开了，喝茶的碗一摔，站起身就想过来。三叔是狠角色，砰的一声把桌子几乎拍裂，站起来对他大吼道："你试试！"

三叔声色俱厉，加上他在这里的名声，跟他混的那一批人一下全部站了起来，另一边则有更多人，跟着刚才骂人的人也站了起来。一时间骂声四起，刚才还在互相敬酒的两帮人马上对立起来，只要稍微有人一动手就可能打起来。

我老爹脸色木讷，完全处理不了眼前的情况，一看这事情，不由得拍脑门叹气。就在这群人要大打出手之际，忽然表公站了起来，向前几步一脚就把取暖的炉子踢翻了。火红的炭灰一下子喷了出来，朝人群里扑去，把所有人都逼退了几步。表公接着拿他的竹拐杖往桌子上狠抽了一下："贼麻匹，反了你们了？"

"表公！吴三省这匹儿……"有一个人叫了起来。他还没说完，表公又是一拐，那声音极响，抽得所有人都缩了一下脖子。接着他对我们道："这是吴家的祖棺！就算真开出什么东西，也得给我原封不动地葬回去，谁也别想打主意！老规矩，长子长孙开棺验骨，其他人都退出去！"说着抢起竹拐杖就要打人。

他是老辈，谁也不能得罪——被打的也只有自认倒霉。一帮人全被赶到了祠堂门口。三叔还想要赖，也被几拐杖打了出去。祠堂里只剩下我爹、我和几个老头子。

表公气得够呛，赶完人后就坐下来喘气。我老爹赶紧给他顺气，一边的一个被我们叫矮子太公的，不知道是什么级别的亲戚劝他："犯得着吗，犯得着吗？一把年纪了，你想把自己气死啊？"

"是啊，犯不着！"我老爹也说，"您缓缓，缓缓。"

表公慢慢平复了下来，站起来看了看外面，再折回来，正色对我老爹轻声道："阿穷，这事我给你摆平了。咱说在前面，这棺材里要是有好东西，你得匀我们一半！"

里面

想起表公当时的嘴脸，我现在依然感觉哭笑不得。不过他自己感觉这事情似乎是再正常不过，一点儿也没有觉得脸面有什么问题，而且那表情还出奇地认真。说完也不等我老爹有反应，表公已经迫不及待地朝那棺材走去。另两个老头一个守着门，一个去拿家伙了。

我和老爹相对着苦笑。表公招手让我们过去帮忙，把无名的棺材抬到灯下面。我抬了一下，发现那棺材极重，如果里面有尸体，必然是奥尼尔级别的。我和老爹根本就抬不动，也不知道那些抬这个回来的人到底是什么身板。没办法，也不能叫外面的人来帮忙。表公把那火盆子重新点了起来，压了柴进去，纸钱往里一倒火就旺了起来，接着把长凳搬过来，火盆子放上面当照明。

我想到要开棺材，整个人都悚了起来，既兴奋又有些害怕——大学课程里可没这个教学。而且这还是古棺，少说也有一百年了。看着那棺材，我忽然觉得这房间冷了几分。

村子不大，不一会儿三根撬杆就拿了过来。如果三叔在这儿那是一点问题也没有，不过我老爹和我完全不行，撬杆都拿反了。我举着那撬杆的动作，被表公笑说"你是准备打台球还是怎么的"。最后还是三个老头自己动手，他们早就等不及了，三下五除二，嘎巴几下，就把棺钉全起了出来。接着三个人到一边，三根撬杆一起插进缝隙里，用力一抬。

整个棺材发出"啪啪啪啪"一连串木头爆裂的声音，接着棺盖翘起来翻了下去。顿时，一股奇怪的中药味道扑鼻而来。

表公拉近火盆照明。我们都朝棺材靠去，就看到棺材里面，是一棺材的黑水，几乎没到了棺口。

我从来没这么近距离地看棺材里的情况，也不知道这算不算正常。看表公的表情，却也是一脸疑惑。他转头问老爹道："坟里有积水吗？"

我老爹摇头："是湿的，但没积水。"

"咦，这就奇怪了，这棺材里的水是哪儿来的？"表公道。

黑水

棺材里面有液体，其实是比较常见的事情。因为棺材封棺的时候，都会用木钉钉死，然后用胶泥石灰和着烂渔网做成的一种类似水泥的东西封住所有的缝隙。如果这道手续做得很完美，那么尸体就会在一个绝对封闭的空间里腐烂，尸体里所有的水分都会留在棺材里。

人身上有百分之六七十都是水，这个水量是比较惊人的，特别是尸体腐烂之后剩下的骨架很小，骨头就容易没在水下。

这种水叫作尸液，也叫作棺液。当然，也有的棺材封闭得不严，其中也有水分，那大部分是墓室积水导致的，这种情况下棺液的量很多。所以表公才有此一问。

我老爹回答得极其确定，我也瞄到两眼，祖坟之内确实是没有积水的，所以这棺液必然不是雨水，更不可能是尸液了。因为这么多的水，尸体恐怕得比奥尼尔还胖。

这两种情况都不可能，那就只有一个极端的情况——这些液体可能是葬下的时候灌入棺材的防腐药水。这确实比较可能，因为这一棺材黑水散发着浓烈的中药臭味。

这里还有一个比较有趣的传说，我之前也提过——在中国古代，是有人用棺材里的液体来做药引的。这传说听起来让人匪夷所思，其实还是比较合理的，因为这种灌入棺材的防腐药水中含有一种非常罕见的中药成分，到了明朝后期已经失传了。后世人如果要使用这种药物，只有让病人去古墓中寻找含有这种成分的液体。

不过当时庸医太多，以讹传讹，结果很多病人因为吃了古棺内的液体而上吐下泻，更有在棺材中放置砒霜、朱砂用于防虫、保持干燥的，这种棺材内的液体含有剧毒，直接把人吃挂掉。

这种恶习流传到近代，鲁迅先生也深受其害——他那么讨厌中医是有原因的。

我看着这一棺材黑水就浑身不自在。这棺材里要是有东西，必然沉在水底，不知道会是什么情形。而且那种水满得快溢出来的感觉，看上去就让人毛骨悚然。我总有幻觉这水下有什么可怕的东西。

表公他们自然是不怕的。他们放下撬杆，凑到棺材边上，仔细地往黑水中看去。

说是黑水，当然不是墨汁，而是因为光线很暗的关系形成的错觉。表公点起一边的纸钱照明，贴近水面。

我远远地看着，就看到黑水之下，在火光照耀下，幽深无比，竟然好像没有底。

深渊

那一棺材黑水，给人的感觉非常奇怪。从上面看下去，不像是被一个容器盛装着的，而像是看一口井里的水的感觉。水并不纯，能够看到水下有杂质沉积着。但是再往深里看，就看不到棺材的底了，一片漆黑，犹如深渊，让我有一种错觉，就是这棺材连着另外一个世界。

当然，这是不可能的。棺材并不深，一只胳膊左右的高度。这水又不像是墨汁那样，怎么会造成这种错觉呢？我感觉可能是因为沉淀的关系，这黑水底部可能沉积了大量的杂质，所以光线没法透过。

正在我乱想之时，表公已经用撬杆伸进黑水里，搅动了一下。果然如此，一下整棺的水都黑了起来，可以看到很多的漂浮物。中药的臭味更加浓郁。

不知道这黑水有没有毒。不过无论里面有什么，用裸手去碰肯定是不明智的。表公嘀咕了几声就招呼我老爹帮忙，要他把水放干净。

说着他拿起地上烧纸钱的脸盆，把纸灰扒掉，用来盛水。接着另一个老头用撬杆插进棺材的缝隙咬牙一用力，嘎吱一声，把棺材的侧面撬出一条缝隙来。那黑水立即从缝隙里流出来，流到脸盆里。

我老爹过去帮忙，用三个脸盆换着接水，满了就往祠堂后门外的沟渠里倒。我觉得恶心，远远看着，只见黑水水面慢慢地降了下去。

首先露出来的，是一只往上伸出的手，泡在水里已经腐烂发黑了，手呈爪状，似乎想伸出水面抓住什么东西。

显然这具尸体死状并不安详。一般死人放进棺材里都会平躺着，这姿势总让人感觉这尸体死得蹊跷。

表公的眉头皱了起来，他凑过去仔细看那只手，看了半天，忽然就吸了口冷气，道："咦？"

其他人都转过头看他，他到一边拿起一双筷子，从那手上夹起一个东西，晃到我们面前："你们看这是什么？"

我们凑上去，发现那竟然是一只指甲大小的螺蛳。螺蛳盖还没合上，竟然是活的。

螺蛳

世界上匪夷所思的事情不少，不过这一次让自己碰到，倒是第一回。几个人盯着那只螺蛳，仔细地看，都说不出话来。

棺材是完全密封的，抬过来一路上一点水也没有洒出来，这只螺蛳必然是本来就在棺材里的。可是这具棺材在地下埋了快一百年了，螺蛳怎么可能还是活的？

"难道，咱们吴家的祖坟，真的……"一边一个老头在那儿轻声嘀咕了一下。表公啧了一声，用筷子将螺蛳夹到一边的烟灰缸里，道："别声张，再看看。"

我们继续看着棺材，一边接黑水的盆子已经满了。黑水溢了出来，几个人无暇顾及，只得继续去倾倒。

过了不到十分钟，尸体的全貌便露了出来。

我们低头只看了一眼，所有人便都沉默了。

我不知道怎么来形容我看到的东西——那是一具身材矮小的湿尸，因为防腐药水的关系，尸体没有完全腐烂，而是保持着大概的形态。

然而，让我们毛骨悚然的是，尸体的身上，竟然附着无数大大小小的螺蛳，黑白斑斓，几乎布满整具尸体，使得第一眼看上去，就好像尸体身上长满了脓包。

我老爹看了几眼就开始干呕，走路跌跌撞撞的，几乎要晕倒，他也不管什么长尊礼仪，直接冲出了祠堂到院子里吐了起来。我是完全吓傻了，只感觉浑身毛都爹起来，连动也动不了。

尸体呈现出一种奇怪的姿势，双手成爪，显然死得并不安详。我看到它张得巨大的嘴巴里几乎全部是螺蛳，只觉得自己的嘴巴也瞬间不舒服起来。

表公用筷子再次夹出来一只，我们清晰地看到螺蛳盖在慢慢合拢，顿时感觉到背脊发凉：这些螺蛳竟然全是活的！它们是怎么活下来的？就算它们可以吃尸体，这棺材里的氧气也不够啊。更何况这种混浊的水质还很可能有剧毒。

沉默了好久，表公就把这只螺蛳又放进了烟灰缸里，然后对边上一人道："老四头，要不你去把吴三省和曹二刀子叫进来。"

老四头愣了一下："为什么，阿表，这两个是刺头嘛。"

表公道："让他们自己进来看看，不然我也不知道怎么让他们相信，咱们老祖宗留了一棺材螺蛳给我们。他们要争，让他们每人捞一盘回去自己炒。"说着把筷子往火盆里一扔，就到灵位前跪了下来，给灵位上香。

商量

之后的事情，我不甚了解。因为三叔和那个曹二刀子几乎是带人冲了进来，现场一片混乱，表公气得差点吐血。二叔看着就让我先扶着我老爹回去，不要添乱了。

我一看事情完全失控，立即开溜了，我刚走就看到祠堂外面一片狼藉，显然他们已经干过一架了。

这事情闹得沸沸扬扬，一直到第三天早上我才再次看到三叔。他脑袋已经破了，包着纱布，自己蹲在门槛上吃早饭。我忙拿了我自己的那份也蹲过去，问他后来的情况。

三叔吃着米糍，喝着白粥就骂开了，说太晦气了，没想到那棺材里啥也没有，害他和曹二刀子打得脑袋都破了。还都是自己人，不好下杀手，不然他怎么可能吃这个亏。

我说你也太贪了，这不是自家的祖坟嘛，你连自己家的也不放过。

三叔骂道："你懂个屁，你三叔我还不是为了给你老爹争脸！要不是老子这么在村里横着走，你老爹那族长还干得下去？况且了，曹二刀子那赔钱货老早就看你三叔我这么风光不爽了，老子看在一家的分上也不和他计较。咱们家没把他踢出去，他倒来和我们争东西了！要说那祖坟，我埋都轮不到他。他要埋只能埋厕所边上！"

三叔骂了两声，二叔的声音就从屋子里传了过来，他骂道："你少糊弄你侄子，什么为了大哥，你还能有这心？你不知道咱们老大最怕这种场面吗？"说着二叔端着一只竹矮椅出来。二叔过的是神仙一样的生活，起得早，吃得也少，早就打完了太极拳，现在过来坐到椅子上，在我们边上喂鸡。

三叔对二叔没脾气，嘀咕了一声："干老子这一行的，就是不能在人前吃亏，说回来，要是那棺材里真是好东西呢？老子还以为当时兵荒马乱的，真的有东西藏在下面。没想到是一堆臭螺蛳。"

我知道二叔见识多，就问他道："二叔，您看的书多，您以前听说过这事没有？"

二叔收起米糠，想了想，道："你别说，这事情还真不是第一次。我记得杭州凤凰山就发现过一个古墓，是南宋年间一个太监的，里面有一池活鱼，五彩斑斓。据说那池子也是封闭的，后来有人吃了一条里面的鱼，结果暴毙。"他皱起眉头，急得那些鸡咯咯叫，"不过，那是在墓室里，兴许有原因，在棺材里，真的还没有。"

我看向三叔，问他在斗里有没有碰到过，他也摇头："哪有经常碰到这种事的道理。这种事情，老天爷自己在玩，别去想，就当不知道。咱在斗里碰到的事情多了，都去想，那你三叔我就成哲学家了。"说着暗指了二叔一下，意思是你二叔就是想得太多了。

我又道："那后来，这棺材怎么样了？"

三叔叹气道，他也走得很早，脑袋让曹二刀子打了。只知道那具尸体是具无名女尸，弄清身份之前不能妄动。那死人的动作很不妥，他怀疑是给封进棺材里的，保不齐是给人害死的。

"被人害死？"

"就是给人强迫封进去淹死的，那时候这种事情多的是。表公说的也许是对的，可能是个丫鬟或者是偏房。"三叔叹了口气，"管他呢，这么多年了，谁知道是怎么回事。"

"那现在关键是他们怎么处理？"

"清了棺材，里面铺了石灰，尸体重新放了进去，螺蛳全捡了出来，请了道士在搞法事。"三叔狠狠咬了一口米糍，"表老头说，要是实在查不出来，就原封不动葬回去，全当不知道这回事。"

二叔不管他，一边自顾自喂鸡，一边悻然道："那那些螺蛳呢？表公不是让你拿回来酱爆吗？"

"操，他要吃给他吃，吃死那个老不死的。"三叔道，"昨天全倒到溪里去了，看着就恶心。"

"咦，他们怎么可以这样！"我恶心道，"那谁还敢下水去摸螺蛳吃？"

"那道士说的，要放生，我有什么办法。"三叔骂了一声。

这时候院子里冲进来一个人，跑到我面前急匆匆地问我："你老爹呢？"

我老爹受了刺激，一直没缓过来。我还没回答，三叔就踢了来人一脚叫道："黑皮，什么事情？"

"表公让吴邪老爹马上去溪边。溪里好像出了什么东西。"

小溪

那条山溪流经村子的部分是一个"ω"形，村子就在半O形的中间，下雨天或者上游放水的时候溪流就会很大，但是一般情况下溪水很浅，大概只到膝盖处。溪的底部全是乱石头。早几年这里挖沙的人很多，连稍微小点的卵石都被卖了，所以现在下面都是脸盆大小没棱角的大石头，上面全是绿毛。

虽然有自来水，但是村里人大部分还是习惯来溪水边倒马桶、洗衣服外加洗澡。溪水的干净程度取决于你上游人家的数量，我就曾经在游泳的时候看到一坨大便从我面前漂过。所以虽然溪水清澈得吓人，在城市里根本看不到，但是我对这条山溪还是没有什么好感。

我老爹肯定是不能去了。小黑说那怎么办，表公催得急呢。我们哪里还管这事，三叔和我立即扔下饭碗，往溪边跑去看，把二叔的鸡吓得乱飞。

村子很小，几步就到了。这时期正是水位低的时候，溪边一大片干石滩。表公他们都在，围了好几个人，看我们冲过来，全让了一下。表公问我道："你爹呢？"

我说没醒呢。三叔已经拨开了围观的人群往溪水里看，不停地问："怎么了怎么了？溪里有什么？"

几个人都脸色铁青。表公过来指着水中一块巨石："你们站过去，看水里就知道了。"

那巨石冒在水的中间，能站好几个人，上面已经有一个人趴着在看，我和三叔跳过去，也学那个人趴了下来，往水里看去。

水无比清澈，就算天阴着，水底也能看得一清二楚。我一看，顿时就出了一身的冷汗。三叔也骂了一声。

只见在那石头下的水底，密密麻麻地聚满了螺蛳，黑白斑斓。让人毛骨悚然的是，这些螺蛳不是无规则地吸在水底，而是聚成了一个无比诡异的形状。

那形状，看上去竟然活似一个黑色的人影，想要爬到岸上来。

"这是谁干的？！"三叔怒了，他大概以为这是恶作剧。

"谁干的？"表公在岸上就冷笑道，"不是你干的吗？"

"放屁！"三叔跳上岸去。

"如果不是你神通广大的吴三省，那么这就不是人干的了。"表公阴阴道，"我们在这里蹲了三个小时了，这形状一点也没散过。"

影子

....

三叔有些默然，又看了看那影子，感觉刚才发火有点没面子，转移话题道："操，这鬼东西是谁发现的？"

所有人把目光投向一个人——那是个小孩，我认得他，他叫吴双蛋，当时我问他，他老爹怎么给他取这么个名字，他说他老爹叫吴一根，可能是为了报复他爷爷。这小孩子吓得脸色惨白，话都说不出来。

边上一人给我们叙述了经过。原来这小鬼在附近捡石头回去给他老爹修灶台，捡着捡着尿急，小孩子嘛喜欢玩，就跳到那石头上往下尿，在尿的时候看见的。

三叔看着那小鬼，问他道："你是什么时候尿的尿？"

那小鬼却不理三叔，浑身发抖，只盯着那石头，似乎害怕得要命。

三叔又问了一声还是这个效果，大惑不解，问边上一人："他在害怕什么？"

那人脸色铁青，指了指石头下方的螺蛳群，道："他刚才和我们说，'它'在动，比起他刚看到的时候，这东西爬上来了一点！"

顿时，一种让人毛骨悚然的气氛在我们中间弥漫，我看到表公的手指都在轻微地发抖。

沉默了良久，三叔骂了一声，从岸上拿起了一根树枝，跳过去伸进水里，用力搅动，把那些螺蛳全都从石头下搅了起来，拨弄到一边，然后回头吼了一声道："怕个屌，咱们是干什么的，还怕被酱爆螺蛳干掉？"

看着那诡异的人影形状消失掉，果然所有的人都松了口气。三叔叫了围观人当中自己的伙计，和他说了些什么，然后对其他人道："回去回去！别看了，回去自己炒一盘看个够。"

围观的人悻然而散。三叔走到表公面前，对他轻声道："表老头，信得过我吗？"

表公皱起眉头看着三叔："你小子想干吗？"

"这事儿——你还是交给我处理吧。我老大干不了这活儿，你手下又没人，再闹下去，恐怕全村都得知道了。"

表公显然也在忌讳这一点，阴着脸想了好久才点头："别给我玩花样，不然你小子死得比螺蛳惨。"

三叔咧了咧嘴巴，看了看那溪水，问道："迁的祖坟什么时候下葬？"

表公道："还有三天。"

"别拖了，明天就下葬，给那个道士点钱，让他改个日子。"三叔拍了拍他的肩膀，"这真的要出事。"

表公点了点头："我有数，你打算怎么办？"

三叔道："这条溪我找兄弟守着。等一下我去买点'克螺星'来，把这些螺蛳全干了。"

说着三叔就招呼我走，说要去城里买东西，叫我开车。

我急匆匆地跟过去，问他："叔，这事情太扯了，到底是怎么回事儿？"

三叔摆手让我别问。上了车，他立即眯起眼对我道："咱们可能搞错了。"

"什么搞错了？"

"多出来的那具棺材，恐怕不是葬那具死人的，它葬的是那些螺蛳。"

"啊，为什么？"

"老子怎么知道。"三叔皱着眉头，"怕是要出事，不管怎么说，先灭了那些螺蛳再说。"

杀
......

我载着三叔去了镇里的农药店，买了专门杀螺蛳的农药，死贵。三叔没带钱，还是我付的账。

我们回到村里已经是夕阳西下了。来到溪滩，果然有三叔的人守着。不过，那些螺蛳似乎没有再聚起来，找了一下甚至连单个的都找不到了，不知道跑哪里去了。

三叔不管这些，分配了一些人手，分几片地方去撒药，搞完天都黑了。三叔道："得，明后年这里人都没螺蛳吃了。"

我恶心道："我这辈子都不想吃了。"

我们回去睡觉。今天是有点累了，开了好几个小时的车，而且我的金杯好久没保养了，刹车好像有点问题，开得特别累。这一躺下我就睡着了。

临睡前我还在想明天会发生什么事情，为什么那些螺蛳会聚成那种诡异的形状，难道有什么恶鬼附在螺蛳上了？半梦半醒间脑子里全是那诡异的影子，好像那螺蛳从溪里爬了出来，一路过来到了我的床前。

这觉睡得比熬夜还累，想醒也醒不过来。一直到三点多的时候，我终于被尿憋醒了。

农村里的公厕我是没法去上的，就是一粪缸，我没信心不掉下去，也受不了那味道。而我的房间里也没有厕所，就出去到门外操场边放了水。放完回去的时候，我忽然发现三叔的房门开着，里面还亮着灯。

冷风一吹，我人很精神，心说三叔还在干吗，就走了过去。往里一探，看到里面没人，而且衣服都不在，好像匆匆离开了。我悻然回房间。晃眼间，忽然感觉哪里有人看着我。

我不是个神经敏感的人，之所以有这种感觉，我确定是刚才晃眼的时候，眼睛瞄到了什么东西。

但是老房子里所有的东西我都不熟悉。我回望了一下，也没有感觉是什么东西引起了我的错觉。

看了几下不由得悻然，心说这几天的事情让我晕头了。所以说神神道道的事情最容易让人走火入魔，好像有奇特的魅力，总是蛊惑人。

我躺回去睡觉。刚才睡得不舒服，现在人精神了一下，短时间内也难以成眠，就关上灯，戴上耳机听MP3。

然而奇怪的是，我躺了一会儿，总觉得哪里不对，浑身不自在，还是觉得有人在看我。这感觉不是很强烈，但是非常难受，挥之不去。

最后我实在是受不了了，把MP3关了，坐起来一边用力按摩太阳穴，一边深呼吸，想让自己安定下来。

这多少有点作用，深呼吸了十几分钟，我整个人逐渐平静了下来。虽然那种感觉还存在，但是我人没有那么烦躁了。我用力揉搓了一下脸，感觉自己不用睡了，按照我的经验，今天晚上就算是睡着了也不会舒服，还是等到天亮了挨一下，挨到中午睡个午觉得了。

想着我又琢磨这么早应该干吗呢，看了看表才四点不到。要么陪二叔打太极去，他也快下来了。我打了个哈欠就条件反射地转头看了下窗外。

这一看我被吓得头皮发麻，心脏几乎停了一下。

我看到在我的窗户上，竟然趴着一个影子。

一个人影——

窥探

当时的我没有多少的经历，看到那影子，又是在那种环境下突然看见，我整个人就毛了。不受控制地，我第一反应就是大叫了起来。

叫了两声二叔就下来了——他已经穿好了衣服准备去打太极，冲到我房里，问我干吗。我指着那窗户说话都结巴了："影……影子！"

二叔看了一眼也吓了一跳。不过他反应比我快，立即就冲了过去，一下打开窗，往外看去，叫道："谁！"

我也穿好衣服冲了过去，一看，却发现窗外什么都没有。外面是晒谷子的大院子，青色的路灯照出一大片去，但是绝对没有人。

二叔把着窗沿看了看四周，有点儿莫名其妙。因为就算是有人跑了，也至少会有点动静。这时候，他"嗯"了一声，缩回来忽然看了看自己的手，我看到他的手湿了。

再看窗沿上，竟然也全是水。我忽然有种不祥的预感，立即把窗户拉回来半扇，一看，我靠，窗户外面的玻璃上竟然爬满了黑白斑斓的螺蛳！

再看另外一面，竟然也全都是。

我吸了长长的一口凉气，立即跑到外面去，把窗户关上，看到那些螺蛳竟然比早上看到的数量更多，密密麻麻地聚在一起，那几段诡异的形状，活脱脱就是一个人趴在我的窗上，在往里窥探。

我浑身发凉，只觉得一股极度悚然的感觉由头到脚过了一遍。二叔也是脸色煞白，一句话也说不出来。

我腿肚子直打哆嗦，深吸了好几口气才能说话，问他道："二叔，这到底是什么？"

二叔从牙缝里挤出了一句："我不知道。"

"那我们该怎么办？"一时间，我不知如何是好。

二叔没回答我，而是拿出了手机，打了一个电话。我脑子一片空白，一点儿也没听清楚他说的是什么，只知道他是打给了我三叔。

不一会儿，三叔就从外面跑了回来。原来，他半夜和伙计一起去溪边蹲点了。晚上撒药之后半天都没有一只螺蛳浮起来，他怕溪水太活，农药没用，那些螺蛳可能会在晚上聚起来，就在溪边巡视。

他带着几个伙计，跑到我们边上什么也没问，直接就往窗上看去。一看之下，他脸色立即惨白起来。

他边上一个伙计道："我靠，这些是从哪里爬出来的？"

三叔不回答他，而是立即拿起一边耙谷子的耙子，把螺蛳从窗上耙了下来。

螺蛳的数量之多，让我瞠目结舌——拨弄到地上完全就是一堆，一坨一坨的。我以前吃螺蛳的时候，怎么就没觉得这东西这么恶心。

全部弄下来后，三叔在地上拨弄了几下："湿的，出水的时间不长。你们去找找附近有没有水源。"

他的伙计马上散开到四周去看，才走了没几步，二叔就道："不用找了，是从那里。"

我们转向他指的地方，发现墙根下是一个下水槽，一直通到阴沟里去。

农村里的下水系统非常简陋，和农田的灌溉系统是差不多的。而所有的生活污水都是流进附近溪流里去的，所以这条阴沟是和溪流相通的。事实上，这些所有的下水道，都是和溪流相通的。二叔道："你看没下雨，这下水槽都是湿的，肯定是从阴沟里爬上来的。"

"难怪老子一只毒死的螺蛳都看不到，原来都躲到下水道里去了。"三叔骂了一声。

"怎么处理？"一个伙计问。

"全部弄死！"三叔立即道，说着就拿起耙子往地上的螺蛳群里砸，他的伙计马上去帮忙，拿什么的都有。二叔立即阻止了他们。

"你干什么？"三叔问道。

二叔道："你这么干是没用的。"说着翻开了阴沟的盖子，我们一看，只见整个阴沟里面全是螺蛳。

二叔
·········

早上六点钟，我们全都集中到了祠堂。表公和几个知情的老人都被叫了过来。

　　阴沟被三叔用石头堵了起来，然后灌了米糠和白水泥。除此之外，家里所有的下水口子，三叔全堵了。爬出来的那些螺蛳被铲到一边，砸碎后用火烧了。

　　冬天的天色未亮，只有一点蒙灰色。九具棺材的法事已经做完，今天中午就可以下葬。但是这本来盛大的仪式，已经完全不重要了。我们围在火盆周围，只感觉到有种阴森与悚然的气氛。

　　"那个说把螺蛳放生的道士是哪个？老子把他摁茅坑里淹死！"三叔恨恨地道。

　　表公哼了一声："现在你就算把他摁茅坑淹死都没用了。"他几声老人咳，显然没睡好，"还是琢磨琢磨到底是怎么回事吧。"

　　"我看，这就是闹鬼。"边上有人道。

　　"你见过鬼是这种样子的？"曹二刀子在一边讥讽道，"要么你家三爷的鬼是这个样子。"

　　那人是三叔的伙计，立即瞪了他一眼："你懂个屁，你下过地吗你？"

　　表公挥手把他拦下来："好了，有屁等这事情解决了再放，老子不想听这种废话！"

　　那人缩了回去。表公对二叔道："吴二白，你小子是狗头师爷，这里就属你精明。你别不说话，说说这事你怎么看。"

　　二叔在这种场合不太说话，如今被问起，只好皱起眉头道："我说不准。不过，我感觉这事情可能是有人搞鬼。"

　　"搞鬼？"表公摇头，就把他看到那螺蛳聚成的鬼影三个小时不散去的事情说了，"老子亲眼看见的，还能有假？"

　　"凡事总有解释，就是可能性大和可能性小的问题。"二叔道。

　　"哦，你说说看。"表公有兴趣地道。

　　"比如说你就是搞鬼的那个人，事情就可以解释了。"二叔道，"谁知道你说的是真是假？螺蛳，这里是乡下，要多少有多少。"

表公拍桌子道："胡扯。"

"我就是举个例子。"二叔道，"要说得通怎么样都说得通。我也可以说那具女尸的鬼魂附在那些螺蛳身上了，怎么说都行。我们想这些没用。"

曹二刀子道："那你觉得我们现在应该干什么？动员全村灭螺蛳？"

二叔摇头道："咱们应该做的，是弄清楚为什么祖坟里会多了一具棺材。这才是事情的本源，知道了这个，后面就好解决了。"

众人一片沉默，显然二叔说的话是对的。

"这事情恐怕很难。这棺材埋得太久了，老人也都不在了，恐怕永远会是个谜了。"表公道。

"难道就一个都没有了吗？"二叔问道。

"好像真还——"

他一说这话，我忽然觉得熟悉，立即想起来了："表公，你不是说另一个村子有位一百多岁的徐阿琴吗？他还帮我们修过祠堂呢，咱们可以去问问他看。"

表公听完眼睛一亮："对，是有一个徐阿琴！"不过随即又皱眉，"我不知道他的情况怎么样，一百多岁了，当时的事情能记得吗？"

"徐阿琴？"三叔嘀咕了一声，好像有点什么印象。

"这件事情这么古怪，如果他知道，肯定会在他心里留下深刻的印象。"二叔道，"不管怎么说，现在也只有死马当活马医了。我不想以后看见螺蛳就跑。"

阿琴

徐阿琴所在的村子叫赵山渡，也是在山溪边上。那边那段山溪非常宽，所以当时有一个渡口。后来架了桥，渡口就荒废了，不过赵山渡的名字沿用了下来。那桥是一座古桥，桥上全是青鱼浮雕，据说是要镇溪里的什么东西。有传说桥头还有乌龟的石雕，后来被人偷了。

我开着金杯，一路听二叔讲来历。讲到乌龟石雕的时候，我看到三叔的脸色变了变，就问是不是他干的。三叔道："惭愧，没赶上。"据他所知，可能是他老爹我爷爷干的。就算不是，至少也倒过手，因为他小时候在家里看到过类似的石雕。

表公没跟来，我的小金杯也坐不下那么多人，只坐了我二叔、三叔，外加三叔的一个伙计。

赵山渡离这儿绝对不远，在村口抬头就能看见上游山腰上属于赵山渡的一座庙。不过开车就要了命了。盘山小路太考验我的开车技术了，我一直二十码不到，到那边已经是中午了。

这时候已经是祖坟重新下葬的时辰了。我本来就不想参加，给自己找了个当司机的借口跑了。表公那边说我们的生辰八字要回避，就我老爹一个人参加了。我老爹今天气色好多了，好在之前他都在休息，不知道这些倒霉事情。

到了赵山渡，我们打听有没有人认得百岁老人徐阿琴，结果发现他很有名气，一问就问了出来。村子不大，很快我们便到了他的家中。

那是非常破旧的木式结构的房子，一半的瓦片已经没了，几乎是上下通透。进门看见院子里有铁丝，挂着很多咸菜，地上还晒着我不知道的一种菜。一个干瘪的老头缩在门口晒太阳。他穿着蓝色的麻布衣服，戴着绒绒的帽子。

"老二，谁说吃咸菜短命？"三叔嘀咕道。

"叫我二哥，不要叫我老二。"二叔道。

我忍住笑，跟随着他们走了过去。那老人抬起头来看着我们，显然有些讶异。他抬头的一刹那我看到了他的脸，心里就咯噔了一下。

我从来没有见过那么老的一张脸，那种感觉无法形容。我见过的老人不算少，百岁的也见过，那些人的脸，我都能够接受，但是这张脸却让我感觉到有点恐惧。那张脸太老了，他真的只有一百多岁？

二叔说明了来意。徐阿琴没有什么反应，也没有站起来，只是点了点头，动了动没有牙齿的嘴唇，似乎在思考。等了有两分钟他才开口，用纯正的老长沙话讲道："这么久的事，我不晓得记不记得。"

"麻烦您想想。"二叔道。

"你买几把我的腌菜，我就想想。"徐阿琴指了指挂在铁丝上的咸菜。

我和二叔、三叔都一愣，我心说，哎哟，别看长得这么老，心里倒是挺明白的。我们互相看了看，三叔就道："多少钱一把？"

三叔的想法是，他说这个可能是隐语，其实意思就是要钱。当然价格不会是真的价格，而会很高，这是敲竹杠的一种方式。

"两块钱一把。"

我们又互相看了看，感觉这老头还真的只是想卖几把腌菜。三叔道："好，那就买三把。"接着示意让我掏钱。

　　我心说，怎么又是我，也不好意思说没有，就从口袋里摸了一下，结果全是一百的，只有一张五块的，就条件反射道："五块三把算了。"

　　三叔啪地打了我的脑壳一下："都什么时候了，你还有心思讨价还价。"抽出一张一百就递了过去，"老爷子，我全买了，您快想。"

　　徐阿琴哆哆嗦嗦地把钱接了过去，还对着太阳照了照，才道："你们刚才问我什么？"

传说

　　二叔把问题重复了一遍，徐阿琴又陷入了回忆。想了很久，我们都以为他睡着了，他才抬起头来，问我们道："难道，你们是吴家的人？"

　　二叔点了点头，徐阿琴叹气道："也对，你们也只能来问我了。知道这件事情的人，就剩下我一个了。"

　　"你还记得？"三叔就急问道。

　　徐阿琴老人脸上露出了一副难以形容的表情。他拍了拍边上的长凳让我们坐下来。二叔和我坐了下来，三叔蹲着，那老人哆哆嗦嗦点起水烟吸了两口，缓缓道："我记得不是很清楚了，只是记得大概的意思。"

徐阿琴讲话的速度很慢，而且每句话之间的停顿很长。显然尽管他的听力还没有受到很大的损害，但是脑子确实是相当迟钝了。我们都沉住气，没有一点催促，因为怕一催促，就可能让他忘记接下去的内容。

他顿了顿，看了看太阳，又道："那是我在你们村做长工的时候，帮你们吴家修祠堂。当时听你们村一个老人讲的。那个老鬼很早就死掉了，他还欠我一块六毛钱没还呢。"

那是土地革命刚开始的时候，谁也不知道这革命怎么革。当时吴家被划为富农，属于再教育的阶级，全国都在打仗，算起来应该是一九三几年的事情。

当时修祠堂属于重体力劳动，不像现在，场面上的东西弄一弄就行了。那时候要扩大祠堂的规模，相当于现在盖一栋楼房，所以吴家招了长工，先在老祠堂炖肉。

那年代有肉吃就是皇帝，所以来了不少人。徐阿琴是老长工，和当时的吴家人很熟悉。他们吃完之后就在囤毛篙的广场上休息晒太阳。当时的人聚在一起，不是聊东聊西聊哪家婆娘奶子大，哪个寡妇家里墙头又被蹭掉了，就是聊老底子神神道道的事情。

徐阿琴当时是个老实人，一直听着。有个老头和他们显摆自己的资历，说吴家之所以这么兴旺，是因为祖坟不简单。

吴家的老祖宗当年发迹的时候，买了半个村子的地，大宅子连了四道院子。但是没富完一代，就家道中落了，没完没了地打仗，有钱都没用。到了立坟的时候已经和村里其他人差不多了，找了个地方便草草地葬了。没想到刨坟的时候，却在那地方挖出了一口古井。

没人知道那是什么年代的枯井。井上压着一大块青石，上面刻了一个谁也看不懂的字。他们搬开青石，看到那是口枯井，井壁上密密麻麻地布满了已经干死的螺蛳壳。

石灰

那些螺蛳壳的数量非常多，密密麻麻，一层叠着一层，好像从井壁上长出来的瘤子。吴家老大觉得非常奇怪，不过这算是大好事情，因为枯井井壁所用的古砖十分结实，这些砖头正好挖出来用，能省一大笔开销，如果多出来还能卖钱。

为了取砖，他们用洋镐把那些石灰化的螺蛳壳敲下来。这一敲不得了，他们发现那些螺蛳壳下面竟然裹着好几具骸骨。骸骨被干螺壳包在里面，紧紧地贴在墙壁上，也已经完全石灰化了。

最离奇的是，他们敲那螺蛳壳的最深处，竟然有水渗出来，敲开之后发现里面竟然有一个空腔，那里还有一具湿尸。

这具尸体保存得极好，只是略微有点儿缩水。虽然尸体的肤色透着腐绿，但还有光泽。看得出来，这是一个极年轻的女人。她浑身赤裸，尸体的指甲和头发都极长，指甲都长得翻了起来。

这事情就不一般了。挖坟挖出了枯井，还在井里发现一具古尸，那这坟修还是不修？

他们猜想，这女尸可能是前几朝的人，大约是投井或被人害死的。这些螺蛳可能是为了争抢腐尸聚了过去，却可能因为女尸身带剧毒，全部死在边上。结果竟然形成了一具"螺壳棺"，把女尸保存了下来。

吴家老大此时完全没有办法，只好去找当时的家族长老，问他们该如何处理。

可是谁也没见过这种死人。尸体停在老祠堂，很快就臭了起来，找道士来封都封不住。而且那种臭还不是尸臭，而是腥臭，一股螺蛳的臭味。有人就建议吴家老大去找风水先生来看一看。

那风水先生叫独眼沈，据说非常厉害。独眼沈到那井口看了看，却一言不发。无论吴家老大怎么问，他就是不说话。最后他一分钱也不要就走了，临走留给吴家老大一张条子。

那条子上写的什么，没有人知道。村里人只知道吴家老大还是在那个地方修了坟，葬了吴老爷子。那具古尸后来下落不明。

这件事在村里乡间传来传去，逐渐就有人传出了这么个说法：吴家所在的村子叫作冒沙井，似乎也是由井而来。传说古代这里是大旱地，因为这里有井，所以才成村，这口井就是这村子的命眼。吴家老大挖出的这口井可能就是当时的枯井。现在他们的祖坟压在村子的命眼上，好处全让吴家占了。

无独有偶，吴家从那时候起，忽然又开始风生水起，好像也应了这个说法。

从赵山渡回来的车上，我们仔细琢磨徐阿琴和我们讲的这个传说。二叔对风水十分精通，我问他："咱们的祖坟是不是风水这么好？"

二叔道："这个已经不属于风水的范畴了。你没听吗，那是因为压着井口。古时候是有这样的说法，这井口可能连着什么龙脉的气脉，那种龙脉叫作'藏龙'，井口就叫作'龙眼'，但这是看不出来的。独眼沈要是能看出来，那就不是什么风水先生，那是风水宗师，这必然是不靠谱的事情。而且说实话，咱们祖坟的风水其实相当一般。"

"那你感觉那独眼沈给咱们祖宗留的条子上写的是什么？"

"我感觉大约是'天机不可泄露,你找别人去吧'之类的话。"

"你这更不靠谱,如果是这样,咱们祖宗肯定更不敢下葬。当时他拆井,肯定是有人和他说了什么。"三叔道。

二叔点头:"如果不是井的事情,我想恐怕跟那具死尸有关。也许跟那井根本就没什么关系,让那风水先生不敢说话的是那具死尸。那张纸条也许是写了关于那具死尸的事情。"

我看二叔一脸奇怪的表情,就问道:"你是不是有什么眉目了?"

"不好说。我还得回去看看咱们的族谱,才能知道我想得对不对。"他道,"如果真如我所想,那咱们就犯了大错了。"

族谱

回到村里,仪式已经完成了。豆腐宴还没完全散,我老爹和表公还在善后,不过这一桩大事算是完成了。一边还剩下几桌,大部分都是道士和唱班的,别人吃的时候他们要唱,现在轮到他们吃。老爹一脸疲惫,不过精神还行,还在陪几个唱班的吃饭,也没空理会我。表公看到我们回来,就迎了过来,问我们进展如何。

三叔把经过草草一说,表公并不是很明白,二叔就说去他家看族谱,看了他再详细说。

族谱有两本——一本是抄的,在我另一个亲戚家,另一本是原版的,藏在表公家。表公辞了他那一桌人,让我们随他去。

族谱放在他卧室的檀木箱里，锁得很好。对表公来说，这东西是他地位的象征。老族谱的记录方式非常特别，我们是翻不来的，就由表公帮我们翻，很快便翻到了我们家的那一脉。

吴家老太爷祖坟里的第一口棺材，在族谱中还不是嫡系长子，不过其他支脉都不可考了，这一脉才如此显眼。到了后面的，基本上都是从吴家老太爷那一脉下来的。我看到吴老太爷的号叫"祖义公"，他长子的号是"善成公"，善成公下面有小字：妣何氏长子万机、次子万伯、三子万相。

徐阿琴所说的吴家老大，就是善成公。善成公的母亲叫何氏，而善成公有三个儿子——长子吴万机、次子吴万伯、三子吴万相。

中国的族谱里是没有女性名字的，所以这里不知道善成公的正室是谁。不过在后面，稍微有一些成就的人都有简传，篇幅在一页左右，简单地介绍那人的成就以及娶妻和生子的情况。二叔全翻了过去，直接查善成公。他说善成公是咱们这一脉的第二代，这族谱肯定是他修的，也必然有他的简传。

翻开一看，果然有。善成公，也就是修了祖坟的吴家老大，有两个老婆、三个儿子。二叔仔细去看他老婆的名字，道："有了。"

我们凑过去问怎么了。他道："你们看，这两个老婆——正室叫安氏，偏房叫何氏。"二叔翻到前面看族谱，指给我们看，"善成公的三个儿子，全是偏房何氏生的。"

我道："这么说，正室没生孩子，无所出，也挺正常啊，当时又没有玛利亚妇女医院可以治疗不孕不育。"

二叔又让表公把登记祖坟棺名的纸拿出来，气定神闲道："但你们看，祖坟里和善成公合葬的人不是安氏，而是何氏。就算无所出，也不可能让偏房充当正室下葬。再看这简传里有何氏的简要生平——是赵山渡何家的四女儿，死在什么时候，都有写。但是这个正室安氏，却什么记录也没有。在封建社会，这种情况是不可能出现的。即便那个何氏仗着儿子飞扬跋扈，但吴家还有族长族亲，不会让她在这方面破例。除非她干了什么，非被沉江不可。现在这种情况，你们不觉得奇怪吗？这个正室安氏，好像一个隐形人，非常神秘。"二叔说得像教书先生一样。

我对这些什么什么氏一点概念也没有，听得头都大了，便让他打住："二叔你简单点说。"

二叔拿了一支笔，在棺名登记的纸头背面写了起来，一边写一边道："我不知道你们有没有看过《三命通汇》，里面有很多典故，讲了古代某些代称的方式，其中就有这个安字：安谐音是暗，暗就是没有光线，没有光亮。也就是说，暗就是无明。安氏，就是无名氏。还有人写过一句诗，叫作'可怜蒙城皆安氏，生人何须怀东土'。"

我有点意识到二叔的意思是什么了，但是不敢相信他是这个意思。表公和三叔就更不明白。我道："二叔，难不成你的意思是，这正室安氏没有名字。多出来的那具无名棺，就是正室安氏的棺材？"

二叔点头，表公说道："可那具棺材里的女尸，不像是正室的葬法啊。"

二叔道："你们听我说完。"又翻到了族谱，"当时那个年代，怎么可能会有人娶一个不知道名字的女人当正室呢？这个安氏的存在，相当诡异。"

"你别说得这么绝对，也许就有一个特别低调的正室，她就姓安，就不能生孩子呢？"三叔道，"你这也是瞎想，而且你是怎么想到这方面去的？我之前听那老妖怪讲的时候，压根就想不到这方面去啊。"

我奇怪道："二叔，你这也太天马行空了。"

二叔道："当然是有理由的，我是在他讲到最后的时候注意到的。"

安氏

二叔往藤椅上靠着，一边翻着族谱，一边缓缓对我们继续道："徐阿琴说，咱们的祖坟就是当时挖出枯井的地方。最后善成公并没有换地方，还是葬在了原地。而且最后这件事情有一个比较厉害的风水先生参与了，这就有一个讲不通的地方——既然那地方风水很一般，又从地里挖出了死人，那是阴煞之地，为什么善成公还要坚持把祖坟修在那里？

"村民的什么宝井的谣传显然是空穴来风。冒沙井一般是说那地方旱，咱们这老村子是出了名的旱村，闹饥荒都是这一带最严重。按照他们的说法，咱们的祖坟修在这种地方不旱死才怪，所以埋在那地方肯定是没好处的。既然善成公不是因为有好处才坚持，那就说明实际情况恰恰相反——他是被迫的。"

"被迫？"

"对，把祖坟修在那个位置，是不得已而为之的事情，这就必然和独眼沈的那张字条有关了。而我想，不得已的问题所在，就是在枯井里挖出的那具古尸出了问题。"

表公听着，吸了一口水烟，道："这么说来——"说着欲言又止。

"我对这些基本能确定，所以我就开始考虑，在这些因素下，当时最有可能是一个什么情况。想来想去，我就意识到，被螺蛳包住的那具女尸是一具窨尸。而之前挖出来的时候，井口压着的刻着字的大青石，显然是用来封死井口的。那么这具窨尸可能是出了什么问题，被人封在里面。而这里几代前就盗墓之风繁盛——"

听到这里，我忽然明白了："你是说，那独眼沈认为，这具古尸不是给人害死的，而是——"

"浑身赤裸，没有任何的首饰佩玉，显然是盗墓之后被人掠去身上所有的东西，然后丢入井中。加上枯井外面还有其他骨骸，这枯井可能是之前土夫子毁尸的地方，而且他们可能是盗鲜货的，盗的是新下葬的死人。"

我立即点头同意："精辟啊。"

"这具女尸浑身透着腐绿，死而不僵，有起尸的嫌疑，恐怕再埋一段时间就要出来害人了。"二叔道，"当时的土夫子可能也这么想，所以急急抛入了井中，用巨石压井并做了警告的记号。这井中抛着多具腐尸，食腐的螺蛳大量繁殖，数量极多，于是争抢新尸，结果被尸毒毒死。螺蛳覆盖在尸体表面，形成了密闭的棺材，使得这具女尸保存了下来——当然，这也只是推测。"二叔话锋转了一下，"考古只能无限接近真相，但是永远不能和真相画等号。"

"你继续说。"表公点头道。

"然后问题就来了。善成公开凿了枯井，挖出了古尸放置在祠堂之内，如果是普通的死人，大概也就烧了算了。坟地不吉利，再换一块便是。为何他们在那个时候请了风水先生？我想必然是那具古尸发生了什么匪夷所思的变化，引起了善成公的恐慌。想到这里，我便发现这些事情似乎可以连起来了。"二叔揉了揉太阳穴，"当时的风水先生大部分都是神棍，必然会趁此机会索要钱财，定然编了什么诡异的谎话。"

"徐阿琴说那个风水先生没要钱啊。"

"按那个时候的习俗，请风水先生不是给钱，而是赠物。现在很多算命的也是这样，说不要钱，你要是诚心谢我，我就要你身上一样东西，你'送'给我。你老爹上次就让人骗去一块表。所以风水先生不会吃亏，必然是得了比钱更大的好处。"二叔道，"于是我就想，那风水先生出的到底是什么馊主意？我把那些神棍惯用的伎俩过了一遍，就有了一个相当骇人听闻的想法。"

"是什么？老二你直接说行不行？你都快赶上茶馆里说书的那个蔡老二了。"三叔道。

"是阴婚。"

"阴婚？"

"对，娶鬼妻。那风水先生肯定说了这样的内容——善成公惊扰了鬼尸，这具女尸出现异状，必然要成厉鬼。要保家宅平安，只有娶了这具女尸，让她登籍入坟，否则整个村子都可能遭殃。所以在族长的压力下，善成公才不得已把祖坟修在了原来的地方。"

我出了一身的冷汗，感觉有点恶心。几个人都不说话，隔了一会儿，三叔道："需要洞房吗？"

"我们不需要知道这种细节。"二叔悠然道，"这些全是我的猜测，所以我就想看看族谱，看能不能找到可以证明这些猜测的线索。现在看来，这种猜测还是有一定可能性的。这位安氏估计就是井下的那具古尸，也就是无名棺中的尸首。而何氏虽然名为偏房，却是实际的正室，所以两具棺材必须都入祖坟。这事情太过于匪夷，所以——"

"要是我，肯定也不想让别人知道。"三叔道。

"那这么说来，那螺蛳聚成的鬼影子，岂不是应了那风水先生的说法，是那具古尸的厉鬼？"我忽然背脊一凉。

"非也！"二叔放下族谱，"所谓厉鬼凶妖，都是空穴来风，是清朝那时候的事情了。他们那时候的人信，我们怎么可以信。"

大雨

"你不信，那你怎么解释咱们碰到的事情？"我道。这棺中的活螺蛳，溪水中的鬼影，无一不透着诡异，要说不是闹鬼，我还真不知该怎么解释。

"这个现在还不明了。鬼神之说我是不信的，不过既然知道了本源，那至少有了个想的方向。"二叔道，"不管怎么说，咱们现在也不用太担心这些螺蛳。还有三天我们才回杭州，我再想想，也看看情况。如果真的是那女尸的恶魂，那么咱们的祖坟已经迁了，那具无名女尸也一起下葬了，按道理也没什么好怨的。"

我们都叹了口气，看来现如今也没有更好的办法了。表公看了看墙上的钟就站了起来，说："那就各自先忙着吧！"说着就回去看那边结束了没有。我和二叔、三叔就回去休息了。

车上还有徐阿琴的咸菜，我问："怎么办？总不能一路带回杭州去。我运货，人家一闻这古董上全是咸菜味儿，买卖还不都黄了。"三叔说："你先找地方堆起来，你三叔我爱吃这个。"

折腾了一番之后休息，我仍然忐忑不安，想着那传说里腐绿色的女尸，浑身不自在，就又从上到下检查了一遍房子里所有的下水道——自来水管连着的水塔在镇里，想必应该没什么关系，其他通着水的地方我也想不出来了，这才稍微放下心。

昨天的疲劳加上熬夜，今天又一大早起来，而且还开了一天的车，我实在坚持不住，晚上八点多就睡着了。这是疲劳之后的睡眠，一下就睡得特别沉。实在太累了，连梦都没做，一觉睡到了天亮。

早上起来才五点，精神完全恢复，神清气爽，只觉得天色非常暗。我披了衣服起来，走到窗口，听着外面的声音忽然我一愣，感觉有点儿不好。

不知道什么时候下雨了。

一种不祥的预感在我心里出现。我立即冲到外屋的屋檐下，看到二叔和三叔正脸色铁青地站在那里。

我顺着他们的目光看去——在瓢泼大雨中，有一个什么东西，站在我们院子里。

物体

雨下得很大，视线很模糊。因为下水道被堵，院子里全是积水，房檐下的雨帘倾泻而下，满耳磅礴之声。

路灯的灯光照出去，我能看到那东西有着人的形状，但是不太像人。在雨中能看到的只是模模糊糊的影子，所有的细节都不甚分明。

就算如此，我也猜到了这是什么东西。我咽了一口唾沫，哑然道："它竟然已经有人形了——"

"这算什么人形？外星人？"三叔道。

"这是什么时候出现的？"我问道。

"我半小时前起来准备锻炼的时候就看见了。"二叔道，"当时它还在门口。"

我心里一个激灵——现在这个东西的位置在院子的中央，离我们有十米左右，也就是说，在这半小时里，这个东西一直在朝我们靠近。

我看三叔和二叔的衣服都是干的，就问道："你们就没有过去看看？"

"要么你过去？"三叔瞪了我一眼。我看他们神色有异，就问："怎么了？"

"这一次有点不寻常。"二叔道，"你看这雨水。"

我低头看院子里的积水，发现这积水是一片一片的，有几片竟然漂着一层发暗发红的东西："这是……"

"血。"二叔道。

我吸了口凉气，立即感觉到强烈的不安，手都有点发凉。沉默了一会儿，我问道："那我们怎么办？"

"你别慌，我已经给我伙计打电话了，让他们拿家伙来。"三叔道。这时候我看到三叔手里拿着一把镰刀，眼里泛着凶光，道："不管这是什么东西，老子也让它有来无回。"

我点头示意，心不由得揪了起来，也立即四处找可以防身的东西。最后我找到一根扁担，立即装成鬼子进村的样子，缩在三叔后面等着。

这雨没完没了，又下了十分钟，才小了起来。这时候三叔的伙计才到，竟然没人敢从院门进来，都从三叔房里的窗户把家伙递了进来。三叔早就在等这一刻，他把镰刀插进腰间，抖开了包着家伙的油布。

我一看，是一支短头的猎枪，新的，油光铮亮。"看这货色，全是在昌江买的，就是白沙起义的地方，全是当地人的手工活。一枪下去，别说螺蛳了，骡子的脑袋都能打飞。"三叔咧嘴笑道。

"你这次回来主要就是来倒腾这东西的吧？"二叔道。

"胡扯，老子又不是干偷猎的。朋友帮我带的。"三叔道，一边利索地装子弹上膛，用油布盖住枪，一边走进了雨里，"好了，咱们去瞧瞧怎么回事。"

我和二叔也跟了过去，二叔竟然还冷静地打起了伞。我们几步就靠近了那东西，也不敢靠太近，离它还有两三米就停了下来。我仔细一看，一下子毛骨悚然。

那是一堆庞大的黑白斑斓的螺蛳聚成的"柱子"，隐约是一个人的形状。但这还不是最可怕的，最可怕的是，那东西硕大的头颅上，竟然还隐约有五官，扭曲畸形，看上去无比狰狞。

三叔看着都有点吸凉气。我们绕着这东西转了两圈，这东西纹丝不动，三叔就举起了枪："咱们先打一枪试试？"

刚想扣动扳机，二叔拦住了他，对我们道："等等，这个……里面好像有东西。"

"什么？"

二叔盯着看了一会儿，拿过我的扁担，用力插进螺蛳堆里。一搅，螺蛳四散，竟然有一只手从里面露了出来。

死亡

表公的尸体躺在祠堂里，还在不停地淌水。尸体前面围着屏风，屏风外所有吴家能说得上话的人都到了，坐在长凳上。我老爹坐在主位，扶着自己的额头，几乎无法说话。这一次真的是焦头烂额了。

我和三叔都缩在角落里。刚刚熄掉的烧纸钱的铁盆又拿了出来，几个女亲戚又开始烧纸，男人们都拼命地抽烟。快过年了，出这种事情，真是不吉利。

二叔和另外几个人在里面检查尸体。村里的警察也来了，进去之后半晌才出来，二叔就给我们打了个手势，让我们跟着去。

打了伞到了村派出所（其实也就一办公室），把事情给交代了。我们三个在派出所外的房檐下蹲着，惆怅得一塌糊涂。三叔叼着烟，看着天，也不说话。和表公的感情自然不会深到那种地步，这些人对死亡都看得相当开，只是这事不爽气而已。

"是淹死的。"二叔道，"昨天和咱们结束后，可能让那些道士灌了几杯，喝得有点多了。大概是回去的时候滚进溪里了，结果入夜下了大雨，就这么没了。"

"那些血是怎么回事？"

"在溪里让水冲的，身上被划得一塌糊涂。"二叔摇头，"全是口子，骨头都能看见，太惨了。"

"那些螺蛳的事情咱们就不往外说了？"三叔道。

"说出来谁信？你说咱村派出所有类似X档案那样的部门吗？"我道。

三叔吧嗒吧嗒地抽烟，把烟屁股扔到雨里。表公一死，不能在原定的时间回杭州了。而且现在死了人，事情的性质就变了，这里面牵扯到的事情更麻烦。因为表公是我们这一脉说话比较响的人，平时靠他的威信压着下面的人，他抬着我老爹做族长。现在他一死，不光我老爹可能要被人挤对，这家族派系里无言的麻烦也会越来越多。特别是这几天表公总是和我们密谈，别人必然看在眼里，这一下肯定说什么的都有。

"如果真是他自己摔下去的倒也心安。"三叔道。

我点头。表公酒量很好，说他会喝醉谁也不信。话说回来，这里的人喝的都是绿豆烧这种高度数的酒。豆腐宴上喝的是剑南春，还是低度的，怕的就是有人喝多了闹。这酒对这里的人来说，就像白开水。

"不过他到底年纪大了，谁知道呢。"我安慰自己道。

"大侄子，这事情我看不成。等雨停了，还得去镇上买农药。干他，咱们和那些螺蛳拼了！"三叔骂了一声，"看谁灭了谁！"

我叹气，心说还真是憋气，大冬天的大老远跑这里来和螺蛳较劲，这年怎么过啊。心里也开始琢磨杭州的事情——如果这么久不回去，那边的事情应该怎么处理呢？王盟同学再过几天就回家了，难道提早打烊？这边的事情没完没了，也不知道什么时候是个头。我心里有个预感，如果这件事不能圆满解决，可能以后我们再也不用回来了。

这时候我发现二叔正看着一边的阴沟发愣，好像有什么心思，就拍了他一下："二叔，你琢磨什么呢？"

二叔回过神来，道："我有个问题想不通。"

"怎么了？"三叔凑过来。

"你们不觉得奇怪？那东西为什么老往咱们院子里跑？咱们住的地方离这溪可有点距离。"

"哎！"二叔一说，我也激灵了一下，确实一直没想到。

"它是什么目的？"二叔站起来自言自语，说着他看向三叔，盯着他看。

三叔被他看得很不自在，道："干吗？"

二叔道："老三，你老实说，你是不是做了什么我们不知道的事情？"

目的

三叔矢口否认，赌誓这次回来尽折腾螺蛳了，啥也没干。

二叔颇怀疑，三叔怒道："老子需要说谎吗？你兄弟我就是做了，你能拿我怎么样？"

二叔点头，我一想也有道理。以三叔的脾性，他根本不需要瞒着谁，况且还是在长沙，他自己的地头。

"我还以为你和曹二刀子进去的时候，偷偷从那棺材里拿了什么东西出来，所以这些螺蛳老找我们麻烦。不然你这么早就回来干吗？"

"你脑袋上飙血了，你不去医院，任它流？"三叔没好气地道。

"如果不是你的原因，那到底是什么原因？咱们院子里到底是什么东西在吸引它？"二叔自言自语。

大家正琢磨着雨就停了。三叔说，别琢磨了，老大一个人在那里也应付不了，先去帮忙吧。

二叔还是在想，不过也站了起来。我们回到祠堂，见一片闹闹腾腾，二叔、三叔就去帮忙。我不想谈这些恶心事，径直一个人回家了。

院子里已经打扫干净了，开了下水道，看里面没有多少螺蛳就把水都泻了。附在表公身上的螺蛳给扫在了一起，放在一边的水缸里，上面压着石头。据说螺蛳有半缸之多，要等雨停了再处理。我看着水缸感觉很不舒服，总觉得它看上去好比一只大个的螺蛳，不由得远远地绕开。

回到自己房里，我百无聊赖，琢磨事情也琢磨不出来，而且总觉得不舒服。这水缸像颗炸弹一样，让我心神不宁，非常难受。大冬天的，一个人坐在房间里也有点冷，我索性出去走走。

一路在村里闲逛，一边走一边想，不知不觉我就走到了溪边。

大雨之后，溪流奔腾，水位高了很多。我踩在溪边的碎石上，看着从上游被冲下来卡在岸边的杂物，全是树枝和枯叶。水很混浊，我一边捡起岸上的石头往水里扔，一边想二叔的问题。

其实二叔说的时候，我心里就有了一个答案，但是我没说出来。我想到的是，开棺的时候，是表公加上另外两个老人再加上我和我老爹，它的目标有可能是我。什么原因自然无法得知，我能够想到的就是，也许是因为我们五个人开了它的棺材，扰了它的宁静。

说起来我也算是它的子孙，虽然没有血缘关系，而且过程诡秘，但它总归入了籍，还埋在主坟之内，为何它还如此咄咄逼人呢？它当年临死时到底经历了什么事情，让它如此怨毒？又或者二叔错了，如三叔所说，那棺材葬的也许不是那女人，而是那些螺蛳？

琢磨这些问题让我感觉好笑，但是表公的死状让人胆寒。这事情牵扯到生死了，就不是开玩笑的。我提醒自己，要是可能，还是早点回去好，杭州离这里这么远，它真要跟来，恐怕也得十几年之后。不过现在溜掉好像不太仗义，我也不甘心。

地上都是湿的，这雨我估计也不会就此停掉，断断续续地总还要有一两天。那晚上就真的不用睡了，得端着家伙时刻准备着。想着我忽然有了个主意——要不去借条狗过来？

爷爷临去世前有一条老狗，那条狗让爷爷调教得成了精，现在被二叔养在杭州，没带来，否则还能看个家、护个院什么的。想着又没用，螺蛳爬得这么慢，几乎没有一点声息，狗可能也发现不了。

想到这点，我忽然意识到有点奇怪：嗯，刚才的说法里，好像有什么让人不太舒服。

我想了一下，就知道刚才觉得不舒服的是哪一方面了。对啊，螺蛳爬得很慢啊！

从我住的地方到最近的溪边有多长距离？以螺蛳的速度，半个晚上能爬过来吗？我越想越不对，站起来就开始步测，发现从溪边到我住的地方有八百多米的距离。我算了一下螺蛳的速度，我知道蜗牛马力全开能达到八米左右每小时，螺蛳爬得比蜗牛还慢，估计爬一米最少需要十分钟，八百多米需要八千分钟，也就是一百三十多个小时。如果它想在今天早上出现在我家院子里，那它五天前就应该上岸了。可五天前还没这些破事儿呢。

我靠，怎么回事，难道这些螺蛳吃兴奋剂了吗？

我立即打电话把我的想法和二叔讲了。可二叔听了一点也没怎么兴奋，只是嗯了一声，道："我知道了。"之后便匆匆挂了，似乎是那边有什么棘手的事情。

设局

他们回来后，我才知道是怎么回事。原来果然如预料的一样，表公死了之后出了纷争。我老爹被人打了，最后打成一片，表公的尸体都给撞翻了。后来派出所的人来才散了场面，不过这脸是彻底撕烂了。三叔说得叫人来，否则这村子我们是待不下去了。

我爹就说算了，多一事不如少一事，到底都是吴家的人。三叔气得够呛，和我爹吵了两句，我爹就气得上楼去了。

二叔却似乎并不在乎，看我爹上楼，关上大门就招手让我们去他的屋子。

我和三叔感到莫名其妙，跟了过去，问他干吗。他从口袋里掏出一个东西："你们看这东西。"

"这是什么？"

"我在表公袖口里发现的，在你们打架的时候。"二叔道。

放到桌子上，我就看到那是一枚中古的钥匙，看着眼熟。

"这不是表老头放族谱那只盒子的钥匙吗？昨天我们在他家看到过。"三叔道，"这是什么意思？"

"表公临死前留了话给我们，看来他想让我们再去看看族谱。"二叔道，"他临死前可能想到了什么。"

这是一个始料未及的变化。三叔骂道："你刚才在路上怎么不说？要早点去还方便，现在恐怕有点麻烦了。"

族谱我也看了，不过那些内容我实在看不懂，所以没什么印象。现在表公死了，怕人偷东西，肯定有人守着。刚才大打了一场，我们要去表公家里翻东西可能不太现实。

"有钱能使鬼推磨，你吴三省不至于摆不平吧。"二叔道。

三叔点头："得。"随即叫了准备今天晚上守夜的伙计，给他耳语了一下，那伙计就走了。我问三叔怎么安排的，他说小孩子不用知道，反正今天晚上咱们保准能进去拿到东西就行了。

三叔的法子我料想也不会是什么上路的手段，不知道也罢，免得有心理负担。转头我就问二叔，对我在电话里说的事情怎么看。二叔却做了一个不要提的手势，让我别问。

我心中纳闷，感觉二叔神秘兮兮，但看他的表情，又不方便追问，只好作罢。

很快三叔的伙计就回来了，和三叔一通耳语，三叔就说行了。我们吃了晚饭，一直在家里等到晚上十二点，就打着手电出发了。

晚上的村子路灯很少，有些地方是漆黑漆黑的，什么光也没有。农村人睡得早，路上只有起伏的狗叫声。我晚上在村里行走得不多，就跟着三叔走。走了大概二十分钟，三叔停了下来，和二叔点了点头，二叔就示意我不要说话，关掉手电。

我心里奇怪。关掉手电之后，眼睛过了一会儿才适应四周的黑暗，只看到二叔、三叔蹑足而行，转过一个弯，我赫然发现我们又回来了，前面就是自己的院子。

猎物

三叔拉着我潜到院墙的角落里，三个人靠墙坐下。我有点明白这是怎么回事了。

显然三叔和二叔另有计划，他们出来的目的并不是为了拿族谱。当然我压根不知道他们的想法，看情形这显然是一种埋伏。我凝神静气，配合他们。

这是冬日里的半夜，虽然天气还没有到最冷的时候，但是在这种雨后的夜晚露天熬夜，实在是折磨人的事情。我很快就牙齿发酸，浑身都缩了起来，觉得体温都被灌过脖子的风吹走了。

一直等到后半夜，我都完全冻麻了。忽然我们就听到院子里有动静。三叔和二叔犹如坐定，声音一响，都打了一个激灵，显然也冷得够呛。我们缓缓地站起来，透过院墙往院子里望去，就看到压着水缸的大石头忽然动了。

　　我眯了眯眼睛，神经才顺畅地工作起来。再仔细看，就发现动的不是大石头，而是水缸的木头盖子被人顶起来了。接着石头滚到一边，盖子被顶起一条缝，一个人从水缸里爬了出来，看了看四周，就往屋子里走去。

　　"原来躲在这儿！"二叔轻声道。

　　"走！"三叔一挥手，就站了起来，"这龟孙子可现形了。"

　　我尾随而去，无奈脚冻麻了，哆嗦了两下才站起来跟上。

　　一边走，一边三叔就点上了烟，看来熬得够呛。路过院子的杂物堆，他从里面扯出一个包，不知道是他什么时候藏在里面的。他从包里掏出了早上那把猎枪，咔嚓上膛。

　　"这是谁？"我问道。

　　"这就是那个厉鬼。"二叔冷笑。

　　"是个人？"

　　"这世道，人比鬼还凶。"二叔道。正说着，忽然屋里传来一声惨叫，我心想不好，叫道："我爹还在楼上！"说着我就要冲上去。

　　二叔一下拦住我，道："放心，早有准备。"三叔已经破门而入。我们一路疾走上了二楼，就看到我老爹的房门大开，里面一片狼藉，一个人被一个彪形大汉死死扭在地上，疼得哇哇直叫。

　　"大奎，把他的脸抬起来。"三叔道，那彪形大汉立即扭紧双手，把那人的上半身从地上拉起来，然后卡住了他的脖子。

　　我一眼认出了这张最近几天经常看到的脸——曹二刀子！

　　"果然是你。"三叔咧嘴阴笑，"可算让老子逮着了！"

　　曹二刀子一脸惊讶，显然还不明白出了什么事。我看不到我老爹着急，就问道："我老爹呢？"

"在祠堂里准备呢。"二叔道，转头问大奎，"你拍下来没有？"

"全拍下来了。"大奎点头，"这家伙下手真狠，我差点就被他闷死了。"

三叔蹲到曹二刀子面前，道："你没想到吧？"

"你不是在表老头家里被我的人逮了吗？"曹二刀子莫名其妙地道。

"你哪只眼睛看到我被逮了？"三叔道。

我听着这些对话，感觉都莫名其妙。一边的曹二刀子被架了起来，我问二叔这到底是怎么回事。二叔呵呵一笑，道："我不是早和你说过了，我不信什么鬼神。这世界上，只有人心是最可怕的。"

真相

在回杭州的车上，二叔才把经过和我仔细地说了一遍。

原来早在他看到我窗户上出现螺蛳鬼影的时候，就已经知道这肯定是人干的了。

"这事情实在太简单了。以螺蛳的爬行速度，就算真有厉鬼附身，你说它能干什么事情？一堆螺蛳它压不扁你，又拉不长你，就算你离它只有一米的距离，它想害你也得努力十几分钟才能到你身边。而且我研究风水，知道太多的骗子，我就不信这个。当时我就肯定这是有人在搞鬼。"二叔一边用手机看股票一边道，"不过，我当时不确定是谁。这不是一般的吓唬人，我想他这么干总是有理由的。"

他顿了顿，又继续道："当时我的心思全放在那棺材身上。那棺材中的活螺蛳放生后，溪水里就出现螺蛳鬼影，我感觉捣鬼的人目的可能与这具棺材有关。可是这个棺材里什么东西都没有，我想不通他是想干吗。"二叔转头看我，"小邪，二叔送你一句金玉良言，是你二叔这么多年来看事情的心得——凡事必求动机。事情的背后总是有着大量的动机，这是务必要先搞清楚的。"

"这是您炒股的心得吧。"我揶揄道。

"也算是。起起落落的，庄家干一件事情，总有原因。"二叔道，随后看了看大盘，"所以我先到了赵山渡，弄清楚那棺材的来历。不过问过之后我发现都是空穴来风的东西，并没有任何价值。我意识到，也许他的目的不是棺材，这可能是借此名义，借题发挥的一件事情。果不其然，我们回来之后，表公就死了，而且是那样一种死法。我立刻明白了，这才是对方的目的。"

"为什么？有什么必要吗？"

"吴家人都是地里干活的，和你三叔一样，多少对这些神神鬼鬼的东西有点相信。如果单是把表公推进溪里淹死，以我们知道的表公的酒量，必然会知道这是被人害的。但是如果是以那样诡异的方式，那么这事就变得十分诡秘。这边的人不张扬，就可以随便糊弄过去，而且还能把矛头直接指向我们。这时候我开始思考他的第二个动机，他为什么要害表公呢？

"表公无儿无女，又没有什么家产，也没有什么特别深的仇人，唯一可能引起别人嫉恨的，就是他的地位。这是困扰我最多的地方。因为就算是他的地位，也并不是什么特别吸引人的东西。为了琢磨清楚这个，我浪费了很多时间，都没有结果。

"最后我不得不放弃这个思考角度，转而琢磨另一个问题：谁不仅和表公有矛盾，还想对付我们？我和老三一琢磨，就想到了同一个人——曹二刀子。后来我偷偷拿了抄的那份族谱一查，发现曹二刀子和你老爹是同辈同份，就是说，如果你老爹不做族长，那么在你的年纪没到之前，该由他来代。我看到这个，忽然意识到，如果真是曹二刀子干的，恐怕他还有一个人要干掉，那就是你爹。

"不过你爹和表公不同。老三在你爹楼下住着，我起得又早，他根本就没时间下手。为了确定到底是不是他，我就给他设计了一个机会——假装要去偷族谱，把消息泄露给他安在老三身边的眼线。他肯定认为这是个好机会，一定会找人在那边埋伏我们，而自己来杀你老爹。"

这时候我想到当时的对话，就道："那没人去偷族谱，岂不是会被发现？"

三叔道："所以你三叔我就急忙叫来了潘子和大奎，还带来几个脸生的伙计。去偷族谱的是潘子，那帮小屁孩怎么可能逮得到潘子，被潘子一顿揍，让他们干什么，他们就都干了。这边大奎就埋伏在你老爹的房里，等着曹二刀子。"

我听着稍微有点感觉了："这么说，这些事情都是曹二刀子为了杀我爹和表公干出来的？就为了那个族长的位置？"

三叔点头笑道："正是。"二叔却放下手机道："非也。"

"哦，不是？"三叔纳闷，"那他为了什么？"

"到现在为止，我说的这些东西，只是这件事情的冰山一角而已。或者说，咱们看到的，只是事情的表面而已。"二叔道。

秘密

三叔脸色微变，二叔揉了揉太阳穴，道："曹二刀子为什么要得到这个屁用都没有的族长位置？棺材里的螺蛳为何百年不死？还有，为什么那个百岁老人能这么顺利地回忆起六十年前听到的一个故事？我还有很多很多的事情没有想清楚。"

我听着二叔语气有变，有点纳闷。只见他斜眼看着三叔："有些人总是以为自己的脑子比别人灵，殊不知，第二胎总是要比第三胎先天好那么一点。你说是不是，老三？"

我立即看到三叔的冷汗下来了，脸色发黑不说话。二叔身上竟然有一股极其奇怪的压迫力透了出来。

沉默了很长时间，二叔才道："我这里有一个猜想，不知道对不对，你们姑且听一下。"

顿了顿，他道："在开祖坟的时候，有一个贪心的后人发现祖坟里多了一具棺材。生性敏感的他立即就意识到，这棺材里可能是老祖宗藏的明器。但是四周全是自己人，他总不能明抢，而且他知道一旦开棺，这些东西必然要分给别人。这个后人平日里生性骁勇，从不让人。在那短短的十几分钟里，他就想了一个办法：他让随来的两个亲信伙计从祖宗祠堂后面的柴房里，抬出了那具无主的老棺材，在坟地与村子之间那没有任何路灯的山路上，把从祖坟里起出的棺材和这具老棺材对调了。

"为了让抬棺的人不发现棺材重量的变化，他的伙计从溪里挖了大量的湿泥倒入棺材内。但是忙中出错，水倒得太多，还把在泥中冬眠的螺蛳一起倒了进去。螺蛳受到惊扰，纷纷从冬眠中醒来。而因为当时起出棺材的时候天色发暗，大家对所有的棺材没完全看清楚，所以到了祠堂也没有人发现——这棺材并不是从祖坟里起出来的。

"他本来以为此事做得天衣无缝，没有想到随后便开始发生奇怪的事情。接着他听到我们要去问徐阿琴以前的事情。他知道从祖坟里起出的棺材其实是藏着明器的，如果徐阿琴知道这件事情，必然会告诉我们，这样棺材被调包的事情就会被发现。所以他连夜赶到徐阿琴家里，用钱买通了老人，让老人按照他事先编好的稿子念。我想以那个老人的记性，要记住这么多东西恐怕不容易。所以他最后没办法，只好让他的一个伙计扮成徐阿琴。可惜那妆化得太老了，看着实在不舒服。

"不过，就算如此，这事情也算是瞒过去了。他并不知道，在后人里还有一个同样的人——曹二刀子——和他的脾性很像。曹二刀子认准了棺材里肯定有宝贝，可是吴邪和我们老大，还有那三个老头去开棺，最后却说是一棺材螺蛳，他如何能信？曹二刀子认为这肯定是表老头和我们老大合谋，于是心生怨恨。一方面他要找到棺材，另一方面他要杀人报复。于是就生了这么多的事，正好将这弥天大案隐藏了起来。

"加上我被族谱上面的记载迷惑，所以作出了错误的判断，结果事情就这么被忽略了。

"然而，这个精明无比的后人，却在最后犯了一个大错误，使我一下就意识到这件事里还有诈！"

说完，二叔就叹了口气，问道："老三，我说的大部分应该都是对的吧？"

三叔不说话，又沉默了很久，才叹气道："老子还以为这次真把你瞒过去了。破绽在哪里？"

"还是速度。你的两个伙计，出现的速度太快了，除非他们有翅膀，否则他们绝对不可能在我设完局之后半天就到了。这说明，这两个人肯定一直就在附近。"二叔道。

三叔咧咧嘴。我怒视三叔，质问道："你真的干了这么缺德的事情？那棺材里有什么东西？"

三叔苦笑："唉，要是真有东西，我也不会这么郁闷了。你三叔我也是白忙一场，整一棺材都是烂刨花。为了这些破烂，我还得连夜东奔西跑去设局，真是报应了，你们就不用骂我了。"

"真的？"

"真的，老子都承认了，骗你干吗？"三叔骂道。

我就奇怪，问二叔："这也不对啊，为什么要埋个空棺材在祖坟里？"

二叔收了一条短信，道："当然不会是空的，棺材那么重，我猜肯定有夹板。那正是清朝动乱的时候，我想里面应该是金条吧。"说着二叔把短信给我看，我看到是我老爹发来的彩信，他在村里过完表叔的头七才回来。

彩信里是祠堂后面的茅草屋，里面的老棺材已经被人砸开了，棺材板子之间果然有空隙，里面一块一块的狗头金散了一地。三叔猛抢过来，之后眼睛都直了，对我大叫："快开回去！"

二叔拿回手机，叹了口气，自言自语地道："春节总算是能好好过了。"

尾声

说完，二叔从口袋里掏出了一块手帕。展开之后，我看到是在表公手里发现的钥匙。

"咦，你不是说表公让我们看族谱是假的吗？这钥匙是从哪儿来的？"

"这确实是从表公手里找到的，我只是借题发挥了一下而已。"二叔道，"可是，这不是那个放族谱的盒子的钥匙。我试着去开了一下，开不了。"

我嗯了一声："怎么会？我看着就是这钥匙。"

二叔摇头道："不是，这钥匙可能是开另外一个类似的盒子的。而且——"他把钥匙举起来，只见上面有一个"吴"字，"表公临死前藏了这把钥匙，想让我们干什么呢？"

"别想了，"我道，"年后再说吧。"

"也是，"二叔把钥匙放回去，"还是先过年吧。"说着拍了我一下，"开慢点，注意安全。"

后 记

各位，我终于写完了。

我很难形容这个时候的心情，不算好，不算差，不算淡定，也不算激动。

真的很难形容。

其实我在很久之前就一直在想，如果走到这一刻我的心情会是怎样的。我想过各种可能性，但是唯独没有想到会是现在这种——竟然连最基本的言语都表达不好了。

我想，也许是因为，我对于这一刻想得太多了，我的幻想反而超越了现实的感觉。

不过，我拉开窗帘，看着北京阴郁的天空，我还是觉得，有一些东西已经改变了。

这是一段长达五年的拉力赛，不折不扣的五年，花费五年的时间，写出九本小说，完成一个如此庞大复杂的故事，对于一个业余写作者来说，确实有些太吃力了。我写到最后，已经不知道故事好不好，精彩不精彩。我只是想，让里面的几个人物，能够实打实地走完他们应该走的旅程。事实上，这也不是由我来控制的。我在最后面临的最大困境，是主人公已经厌倦了他的生活，我必须在这个故事中寻找让他还能继续往下走的饵料。

就在几分钟之前，我让他们走完了，而且很平静。

在写第四本的时候，我已经想好要写一篇很长的后记，把我写《盗墓笔记》的整个过程，心中的很多疑虑和想法，全都写出来。趁着很多的记忆还没有淡去，趁着所有的人物还在我心中活灵活现，我必须立即动笔。

先说一些常规的事情。

关于起源：

说实话，我真的已经无法记起，当时写这本小说的初衷了。但是我知道，一定不是那种高尚伟大的想法。我从来不是有那种文字理想的人，我从来不想去告诉别人，我是一个什么什么家。我从小追求的东西，说白了是一种认可感，而讲故事恰恰是我比较容易获得认可感的途径。所以，虽然我无法记起，但是我几乎可以肯定地说，当时我落笔写下第一个三千字的时候，应该只是为了赢得一些喝彩而已。

这是一个非常非常低下的追求。很早之前，我都羞于启齿，因为那是多么世俗，虽然我明白，即使不是一个伟大的人，他也会因为很多人的幸福而去做一番事业，而我因为没有他们那样高尚的口号而变得惶惶不安，觉得自己的动机不纯。

《盗墓笔记》是源自一个民间故事，是我的外婆讲给我听的。小时候这个故事给我的印象很深刻。

故事讲的是一个地主买了一个空的宅子，想在宅子的后院里种一些花草，结果发现无论种什么东西都活不下来，便去询问风水大师。

风水大师说这院子地下似乎有问题，于是地主找来长工开始挖掘院子，挖到一半就开始见血，也不知道是真的血还是红色的泥水。最后在院子的地底下，挖出了一具雕花大棺材，不知道是谁的。

他们把棺材放到了祠堂里，从此这个村子鸡犬不宁。不仅地里东西种不活，而且连地主家的人也快死绝了，四周的邻居家也发生了各种奇怪的事情，于是只好继续找风水大师。风水大师看了之后，让他们在院子里继续挖，挖下去十几米，又挖出一具小一点的棺材。

原来这是一个合葬的墓穴，夫妻两个非常恩爱，但是因为妻子的棺材沉降得比较厉害，两具棺材在地下离得越来越远，怨气就越来越重。

村长新找了一个风水宝地，在地下铺设了石板，放下了这两具棺材，再次将他们合葬，一切才平息下来。

我把这个故事展开了更多的联想，使用了里面的元素写成了《盗墓笔记》的第一章。

我记得故事的第一章有三千多字，我只写了不到半个小时，没有任何修改，我把它贴到了大家可以看到的地方，然后用衣领包着头，躲起来竖着耳朵，希望能听到一些喝彩的声音，满足自己的虚荣心。

这一听就是五年，五年之中，我经历的改变，是自己之前完全无法想象的。而如今，我再回头去看之前那个自己认为非常非常低下的追求的时候，却发现那已经变成了当前最高尚的口号。

史蒂芬在《黑暗塔》的序里曾经说过：我写这本书，赚了很多的钱，但是写作这本书最初的快乐，和钱一点关系也没有。五年之后我已经成了所谓的畅销书作家，但我很庆幸，我最开心的还是在网络上那个不起眼的地方，听到一些喝彩的声音的时候，而在写完的这一刻，我更加期待那个时候。

关于这本小说：

其实，我想说的是，当我写第二本的时候，我已经有一种强烈的感觉，这已经不是一本小说了。我总觉得有一个世界，已经在其他地方形成。因为我敲动键盘，那个世界慢慢地长大、发展，里面的人物也开始有了自己的灵魂。

在我十三岁的那年，我看了大仲马的传记，里面写到了"人物都活了"。当时大仲马写《三个火枪手》第三部的时候，里面的一个人物死亡，他边哭边写，把稿纸都哭湿了。我当时觉得特别奇怪，怎样一种状态，才能让作者可以以这种方式去写自己人物的死亡呢？

我尝试展开各种想象，都没有结果，一直到我自己开始写这本小说，并且，开始有意识地赋予小说人物不同的性格，赋予他们不同的人生经历。慢慢地，我就发现，故事的情节开始出现一些我自己都无法预测的变化。很快，这个人应该说什么话，应该做什么动作，我都无法控制了。我发现了一个非常有趣的现象，只要先建立一个场景，比如说大雨，把这些人物放到这个情景中去，他们会走到各自的位置上，做他们应该做的事情。

我无法把其中任意两个人的位置对调，因为那样会出现无法调和的违和感。就算我强行对调了其中两个人物的行为，我也会在日后的情节中不停地为他们解释。而他们的语言更是如此，比如我把他们放到了一个茶话会的现场，谁先说话，谁后说话，谁来活跃气氛，谁来一针见血，谁在神游天外，一切都已经有了定论。

我什么都不用思考，只需要看着他们，就能知道故事情节的走向。

他们真的活了。

在后来极长的写作过程中，我从一个写作者，变成了一个旁观者。我站在上帝的角度，观察每一个人的一举一动，慢慢地，我甚至能看到他们很多轻微情绪和行为的来历，是他们童年的某一次经历。比如我真的可以通过胖子抖烟灰时的动作，看到他以往的一切，他的痛苦，他的沧桑，他的一切。

一花一世界，一树一如来。我可以把一个场景不停地倒转、反复，在其中任何一个角度去观察，甚至能看到现场所有人的心理活动，几个人的情绪同时在我心中走过。

我想很少有人能领略这种快感。在写"大闹天宫"那一段的时候，我仿佛就在新月饭店的包厢里，我仿佛可以从楼上走到楼下，看着四周的人一片混乱。在飞溅的碎片中，在打斗的人群中，我随时让一切停顿，随时倒转时间，随时贴着人物的内心，体会他们心中的所有情绪变化。我可以把眼前的一切以一秒一帧的慢速度，慢慢地往前推进，然后蹲在地上，看里面人物的表情缓慢变化。

这本书中的整个世界，对于我来说，是真实存在的。它的每一个细节都是真实的，是无法改变的。我已经建成的部分，坚固得犹如现实。虽然说我是这本小说的创作者，但是当一切都走上了轨道，我对于这个小说中的世界，开始怀有极度的敬意。

关于小说里的故事：

最早发生的事情，是在长沙的镖子岭。

中华人民共和国成立初期，几个盗墓贼从战国古墓中盗出了本书中最主要的物件——战国帛书。这是吴邪爷爷一代也就是狗五爷年少时候的故事。当时还没有江湖上的排行，比较有名的一共是九个人——陈皮阿四、狗五、黑背老六，等等，其中最末的是解阿九，也就是解连环的老爸。后面也有所谓的十爷、十一爷，那被认可的范围就很小了，都是自己或者手下人封的，说到外面别人都不知道。

有人说陈皮阿四现在九十多了，五十年前他也四十多了，而当时狗五还不大，如果他当时十七岁，年少成名也得十年，那时候也就二十七。如何能排在年近五十的陈皮阿四后面，成为狗五？如此排下去，解小九当时岂不是还在穿开裆裤？

这有点无理取闹。有点常识的都知道，江湖上排的不是年龄，而是资历和辈分，而且这些都是人家给排的。吴邪爷爷狗五排得如此高，可见当时他的手腕和魄力是多么厉害，让人不得不服。

第二个故事，同样发生在镖子岭。

那是吴邪三叔夜盗血尸墓截了美国人和的那件事情，是发生在第一个故事后二十到三十年。这件事情可以说完全是巧合，而且吴邪三叔也由此知道了当年吴邪爷爷他们第一次盗血尸墓时发生的事情。这一次冒险，三叔上升了若干经验值，得到了一颗奇怪的丹药。虽然这只是一个插曲，但是这件事情可以说是之后西沙事件的起因。

第三个故事，发生在西沙的外海。

这也就是吴邪三叔怒海潜沙的故事了。张起灵的出现形成了这个故事中最大的谜团。故事有两个版本，一个是三叔的忽悠版本，另一个是三叔历尽劫波后坦诚的版本。最后的真相是，两个版本都是三叔骗吴邪的。因为在三叔心中，还有一个巨大的秘密，而这个秘密和吴邪有关。

第四个故事，发生在山东的七星鲁王宫。

这是本作品的第一个故事，也是吴邪第一次下地。经历过这一次后，吴邪从坚定的无神论者变成了神经病患者，参与到这种犯罪活动中实在是好奇心作怪。在这个故事中，靠闷油瓶力挽狂澜，吴邪等人最终逃出生天。由此，之前的三个故事通过这个故事，有机融合到了一起。战国帛书、西沙海底事件、莫名的丹药等几条线索聚合，整个故事开始变得极其扑朔迷离。

第五个故事，重新回到了西沙。

这一次是吴邪自己进入汪藏海的海底墓穴，寻找消失在墓穴中的三叔。此时的三叔，已经从海底得到了天宫的线索，开始了云顶天宫计划，而吴邪等人还像傻瓜一样，进入海底古墓。这是一次与汪藏海相隔千年的博弈，最后还是王胖子不拐弯的思维，让吴邪等人再次活了下来。在这个故事中，本作品中的三股力量终于汇聚到了一起，谜团开始发展。追求真相的吴邪等人，有着自己计划的三叔，以及前几个故事中阴魂不散的海外力量，在这里第一次面对面地开始了较量。在两条主线中，故事顺着汪藏海千年前写好的剧本发展下去，而另一条暂时中断了。

第六个故事，就是秦岭神树。

这是为人诟病最多的一个故事——编辑们认为最好、最有文学性，而读者认为不知所谓的一个故事。这个故事和主线关系不大，只是引出了山底下巨大的青铜古迹，同时也让主角的能力得到了提升。在这个故事中，吴邪独立带领着心怀不轨的童年好友，深入到秦岭深处。这个故事对于吴邪来说，有时候想想，好比是一个长长的梦，大有不真实的感觉。

第七个故事发生在长白山，永远的云顶天宫。

这是最艰难的探险，也是吴邪写得最痛苦的一篇。各路人马带着各自的谜团走上死亡之路，漫天的白雪，狭窄雪域中的痛苦跋涉。在那里，吴邪等人找到了一千年前汪藏海试图留给后人的终极秘密。然而，这个秘密在地底巨大的青铜门之前戛然而止。进入地底巨门中的张起灵似乎是一个最贴近这个秘密的人。汪藏海的主线到这里就停止了，铁面生的主线重新开始。

第八个故事，就是蛇沼鬼城。

由线索拼接成的两个故事，贯穿了整个蛇沼鬼城故事。

第一个是汪藏海的传奇。吴邪整理出来之后，发现是绝好的小说题材，用古龙的风格来写，必然是一本奇书，吴邪有生之年一定要把它写出来。

第二个是现在开始慢慢成型的铁面生的故事。

现在你可以清晰地看到故事的原点——山中的巨大青铜神迹和蛇沼鬼城背后的秘密。历史上，有两个超越时代的人窥得了这个秘密：一个是战国时代的铁面生，另一个就是明初的汪藏海。从现有的资料来看，吴邪等人并不知道他们之间有没有直接的联系，但可以看到的是，铁面生应该有更加丰富的资料，毕竟他的时代离神话时代十分近。从他们的墓穴中都有那种丹药来判断，两个人应该有共同的地方。最起码，两个人都将自己的经历以某种方式流传了下来——战国帛书和蛇眉铜鱼。而吴邪等人正是追寻着这两个线索，逐渐揭开了这扑朔迷离的面纱。

关于汪藏海、鲁土宫、格尔木和云顶天宫，是另外一套和张家古楼关系非常密切的体系，和张家的祖先有关系。而如陈皮阿四倒吊镜儿宫打苗族人的故事，那是凑字数的。

关于拖稿：

作为一个写作者，最大的外来痛苦，一定是出版周期的压力和自己写作质量之间的矛盾，特别是当你已经对赶稿这件事情无比熟悉之后。你知道，这是不可调和的。但是，只要你面临这种痛苦的时间够长，你就会发现，这并不是什么难以忍受的事情。真正难忍受的是，当你承受完这些痛苦之后，还要承受更多的不理解。

但是我还是在一如既往地拖稿。

我是一个慢手，特别是到了后期，写作速度会越来越慢。倒不是因为不写，而是因为，长篇故事越写到后面，前面的信息就越多，越需要顾虑，等你写到五本之后，前面基本的线索谜题就会变成大山压在你的身上，让你毫无办法，每走一步都无比艰难。

在这种情况下，很多时候，我只能选择稳妥的写作速度。然而，因为写作缓慢，我遭到了很多骂名。这些骂名一本书一本书地积累，慢慢地淹没掉了我以前能听到的喝彩声，慢慢地变成了主流。

我不可能违心地说，我的心在面对这些话语的时候，一直是淡定的。任何人，在初期面临那么多非议的时候，都会怀疑自己的价值。

"原来有这么多人不喜欢我。"我当时心中的沮丧可想而知，"江郎才尽""不负责任"，无数责言满天飞舞。

我只为喜欢我的人写，我当时很想撂下这么一句话，但是我做不到。慢慢地，对于这些信息的焦虑开始侵占我的一切。那一年，我不知道是用什么方法，慢慢地使自己的心平静下来。我要感谢我的朋友们，其中有一位早已成名，早就经历过这一切的朋友，她告诉我，写作就是一种修禅，写作就是一个凝视内心的过程。我担心失去的那一切，对于以前的我来说，是不存在的。

所以，我失去的东西，只是我不应该得到的。我并没有失去写作之前所拥有的一切，就好像一个孩子从一棵苹果树上摘了十个苹果下来，发现其中三个是腐烂的一样，他不应该为失去了三个苹果而沮丧，而应该看到另外七个的完好。

语言有一些力量，我是慢慢地懂得了这个道理：情绪是一种不可以定量的东西，伤心就是伤心，开心就是开心。我写作是为了寻找我最初的快乐，如果因为小小的失去，就拿出自己百分之百的伤心来，那是很不值当的。

不过，虽然我的心中对于拖稿有着自己的无奈和坚持，但我还是要在这里向我所有的读者道歉。五年的等待，几乎是人生中一个小小的轮回，我为你们在这等待中所有的痛苦道歉。同时，我也希望在这五年的等待中，这套小说能变成一段回忆。五年是人生中一段不长不短的日子，如果有一个胖子能让那么多人在自己宝贵的人生中纠结五年，这个胖子也算是功德圆满了。所以即使是痛苦的，我道歉的同时，也会暗自窃喜。

后记

我为什么喜欢故事呢？

先来说说我的人生吧。一九八二年二月二十日我生于浙江的一个小镇，子夜出生，出生的时候无论是天空大地还是海洋都没有任何反应。

有时想想，我多少有点埋怨老天爷，因为就算是出生的时候，天上打个雷，我也能有理由认为自己一定是和其他人不一样的。可惜，回不去了。我只能作为一个真真正正的普通人，在这个世界上混混日子。

我的家庭出身相当复杂。我奶奶是江苏泰兴人，和我的出版商还是老乡。我奶奶是一个船娘，也就是说，她没有产业，她所有的财产就是一艘小木船。我爷爷在我父亲五岁的时候就去世了。我父亲有一个哥哥，一个姐姐。我并不清楚我爷爷去世的原因，我父亲也不知道，只是隐约知道，我奶奶应该算是我爷爷的童养媳。

奶奶其实有很多孩子，当时都没有养活，我的父亲是最小的一个，所以格外疼爱。六十年代的时候，因为饥荒，我奶奶的船从泰兴出发，前往上海，在黄浦江上，她的船因为和大船相撞而沉了。

我奶奶带着三个子女，上岸的那一刻他们痛哭流涕。他们生活的家没有了，如今来到陆地上，看着茫茫的上海滩，她能感觉到的，只是无比的恐惧。

感谢党和人民，我的奶奶得到了安置。在我父亲的记忆中，有一段特别安宁美好的旧上海的记忆。我算过，如果当时我的父亲没有上岸，他也许就不会上学，也就不会有后面的事情。

不知道是什么原因，我父亲后来离开了上海，来到了浙江省靠近上海的这一带活动。之后"文化大革命"开始，我父亲跟着铁道兵进大兴安岭支边，在建设兵团度过了自己最宝贵的青春。我的母亲当时也是从南方去北方支边的青年之一。我的母亲非常漂亮，当时只有十六岁，和另外三个南方姑娘一起被称为大兴安岭的四朵金花，被担任事务长的父亲，用特供的白米饭追到了手。

当时他们这一对，应该是相当光彩耀眼的一对。在建设兵团，人们都以地域划分派系，宁波、温州、丽水都有自己的小团体，其间冲突不断。我父亲从小就能打架，有一手浑不吝的打架功夫。我母亲说，当时我父亲身上几乎没有一块地方是没有伤疤的。因为能打而且讲义气，我父亲在所有的团体中都有威信。只要有人打架，我父亲一出现，所有人都不敢再吭声。一直到回到南方以后，有一次我父亲押了一船西瓜，遇到乱民抢西瓜，父亲在船上用一根篙子把几十个乱民全部打落下水，虽然最后寡不敌众只能弃瓜而走，但是他当时的雄风，我想起来就觉得过瘾。加上我母亲惊人地清秀美丽，两个人在当时还是相当被人嫉妒的。

说到我母亲，她的家族更加有意思。

我外婆是我们老家一个叫作千窑之地的窑主。千窑有一千个窑口，是当时砖瓦的核心产地。当时我外婆在当地拥有一个大窑，属于非常有地位的阶层。我外公是从国民党的壮丁中逃出来的，一路在山中潜行来到了我老家这边。他在地主家做短工过活，一直等到中华人民共和国成立后，经人介绍两个人才成了一对。

我外婆和外公的故事一定也有千千万万。当时我外公天生神力，一米八六的大个子，在当时的社会简直犹如巨人一般。我外婆说之所以会嫁给我外公，是因为看到外公一个人抬起了三个人才能抬起的东西。当然，似乎这段婚姻之中也有很多插曲。我外公去世的时候，我隐约听到外婆在灵堂里伤感地和我母亲诉说我外公以前的风流韵事。

我看过我父母当年的照片，我的父亲英俊得让人无法直视，而我的母亲，在现在看来都是出水芙蓉一般。他们是那么美丽优秀，以至于我每次照镜子，都觉得世界是多么不公平。那么多优良的基因，到了我这里，竟然表达得那么猥琐。

我父母在大兴安岭确立了关系，之后调到了大庆油田，之后又回到了南方。我父亲当时是供销系统的副食品经理，可谓手握物资大权，所以我家算起来还算是不错的。之后，在一个啥特色也没有的夜晚，我就被生了下来。

写到这里，很多人会觉得有意思，也有一部分人会觉得无聊，觉得这都是什么跟什么，说这些有意义吗？

其实是很有意义的。我是想告诉各位，我的奶奶、我的外婆外公、我的父亲母亲，都是极会讲故事的人。当我作为两个家族的第一个孩子诞生下来，在那个没有电视、没有电影、没有网络、没有小说的年代，我是如何度过我的童年的呢？

讲故事。

我从小就是在一圈故事达人的看护下长大的。民间故事、战争故事、童话，我的童年充满着这些。有些故事，现在听来都非常有感染力，好多我都直接用在了《盗墓笔记》中。

我在那个时候就已经确定，所有最初的乐趣，只能来源于故事。这也是后来我对故事着迷的最基础的原因，因为我能百分之百地享受到故事所能传达的乐趣。

之后我的人生，穷极形容就是"无聊"二字，在各方面都失败，用现在的话说，可以被称呼为废材。有人说，一个人生下来，上天总会给予一些特长，让他可以帮助他人。然而，在很长一段时间里，我真的就觉得自己任何特长都没有。

在我的朋友圈里，总有这样的现象：成绩好的学生，体育一般都不会太好；如果体育好的学生，成绩一般都不怎么样；成绩和体育都好的学生，一般长得都丑；成绩和体育都好，又长得不丑的同学，一般都会早恋然后被开除；成绩和体育都好，又长得不丑，而且特别规矩不早恋的同学，后来都变成gay了。

我想说的是什么呢？

我想说的是，我和上面一点关系都没有，这就是这个社会的悲哀。从来没有人关心一个体育和成绩都不好，长得丑且到处逃课不守纪律的孩子。

　　很多时候午夜梦回，我都觉得上帝是那么不公平，我身边所有的人都有传奇一般的人生，为何我的人生是这个样子的？

　　当时我身体不太好，自从小学时有一次考试晕倒在考场上之后，每次考试老师都对我重点盯防，会把我安排在通风且温度适宜的地方。这个地方一定是全考场的风水宝地，老师监考的时候，除了巡视，都一定会到那个地方休息，且经常顺便来问我的身体状况，生怕我死在考场上，所以作弊这一套也行不通了。而旅游啊、运动啊就更和我没有缘分了。我天生长了一对渔民脚——脚趾很长而且大脚趾最长，懒洋洋游泳的时候特别有用，可是一旦需要爆发力的时候就完全没用了。加上只要太阳稍微大一点，就很容易忽然倒地口吐白沫，体育老师看到我就好像看到了校长儿子，呵护备至。所以我的大部分体育课，都是在树荫下，穿着白衬衫手捧小说度过的。

　　对于我来说，早期这样的生活还是相当惬意的，除了被球场上的帅哥踢出的香蕉球击中脑袋从楼梯上滚下来，我还是特别喜欢那些安静的、不出汗看书的日子。

　　我想很多人有我这样的经历，但是未必有我这样绝对。那个时候，我几乎所有的时间都在看小说。我把图书馆掏空之后，转向民营的小书店，从书架上的第一本开始看起。本本都花钱借，很快钱就不够用了。对于毫无特长的我来说，赚取生活费这种事情简直是天方夜谭，我便开始赖在书店看书，但通常是看三本借一本，因此老板也不好意思赶我走，因为我初期到底是个大客户，之后虽然借得少了，但频率高啊，总量还是不错的。我觉得我的情商就是在这个时候培养起来的。

　　到初中结束，我已经再没有书可以看了，便开始自己写一些东西。虽然质量都不高，但是在完成一轮正规的小说阅读之后，我忽然有一种很强的欲望——我想自己写一篇小说。当时的这个想法和任何的梦想都没有关系，我压根不想成为一个作家。当时我只是觉得写出一个好看的故事，能让所有人在我背后抢着看，是一件多么拉风的事情啊。

那一年，我开始真正动笔。从最开始的涂鸦写作，到自己去解析那些名家作品、缩写、重列提纲、寻找悬念的设置技巧、寻找小说的基本节奏，仅仅两个月时间，我便慢慢地发现，我写出来的小说，越来越有样子了。

可是，我还是不敢投稿，废材的人生让我很难鼓动自己走出这一步。当时还没有电脑，我使用纸和笔，在稿纸上写作。慢慢地，我就开始沉迷进去了。我荒废了学业（反正也没什么成就了），到大学毕业，我写作的总字数超过了两千万字，大部分字都是写在各种废弃的作业本上。我是一个换作业本特别勤的人，因为我的作业本前头是作业，后头往往就是我写的小说。这能方便我在上课的时候写作，往往两三节课，我就能把一个本子全部写完，那第二天写作业，只好换一个新的本子了。

说真的，现在回头去看我写的东西，有一部分的水平还是能让我自己咋舌的，不仅仅是能和现在相媲美，很多作品甚至写得比现在的还要好。因为当时我注重文笔和语句，而现在的我已经是个老油条了，知道把意思表述清楚就很足够了，往往懒得在文字上多琢磨。

在整个写作过程中，我有一个特别明显的特征，就是只写故事。

那时候的故事种类非常多，我写武侠、写悬疑、写爱情，甚至很早我就开始写一些现在比较流行的类型，比如穿越类型的小说。但是和其他的文学爱好者不同，我只想写故事，我最希望听到的一句话是："后面呢？后面写了吗？"因为，这是对于我写的故事的最好评价。

在出版《盗墓笔记》之后，有很多人问过我一个问题：你是否觉得你的成功有运气的成分？

我想说，没有任何一次成功是没有运气成分的。有一些好运气总是好的，虽然人最需要的并不是运气。很多时候我们也知道，运气其实并不能帮你太多，即使你中了彩票，如果你没有能力处理巨资，手上的钱也会很快变成大麻烦。

人需要的，其实是抓住机会的能力。决定写《盗墓笔记》的那一刻，我带着一种并不在意的心态，这种不在意能够吸引很多人来看，其中，应该是有那两千万字的功劳。

所以，如果真的要说我的运气在哪里，我觉得我的运气是来自我不聪明、成绩不够好，不运动、体育不够好，但是老天爷偏爱长得丑的。

如今的一切，我接受得很坦然，和运气、和天赋都没有关系，我只是一直被故事牵着鼻子走而已。我想说的是，如果这个人很喜欢吃东西，他从童年开始就深陷在吃东西之中，吃到三十岁，那他也是可以成功的；如果这个人很喜欢打架，他从童年开始就喜欢打架，打到三十岁，那他也是可以成功的。

喜欢一件事情，坚持做下去，总是可以成功的。

说了一些客套话，大概是后记该写的东西，现在来说一些我真正想说的。翻开这一页，要做一点心理准备。

吴邪：

吴邪，是一个很难形容的人。如果一定要说，我想说：他其实，就是一个普通人。

但这并不代表他不伟大，正因为是普通人，他所经历的这一切，才让人那么佩服。

我想，很多朋友在刚刚看到他的时候，一定会厌恶他的软弱，他的犹豫不决。然而，随着故事一步一步推进，喜欢他的人越来越多，他是一个柔弱得像水一样的男孩子，但是请不要忘记，在严酷的寒冬，最没有形状的水，也会变成坚固的冰。

吴邪就是这么一个人。他单纯，有一些小小的聪明；他懦弱，珍惜自己的生命；他敏感，害怕伤害身边的人，他是在所有的队伍中，最不适合经历危险的人。

然而，我却让他成为这个故事的主角，去经历一段最可怕的旅途，这可能也是这个故事最最特别的地方。在所有人可以退缩的时候，他恰恰不能退缩；在所有人可以逃避的时候，他却不能逃避。

我很想和他说声对不起，把这个普通人推进了如此复杂的迷局之中。我在其中看着他的纠结与烦恼，似乎就是看到了我的纠结与烦恼。有一段时间，我能深深地感觉出他心中对于一切的绝望，当时我很想知道，他这样一个普通人，在面对如此庞杂的绝望时，他会如何做。

我没有想到他能撑下来，在故事的发展中，大家都看到了一个普通人如何在挣扎中成为一个他不希望成为的人。而让所有人喜欢的是，在所有可以成为他人生拐点的地方，他都保持了自己的良知，即使他最后戴着一张穷凶极恶的面具，他的内心还是吴邪。他可以有很多的小奸小恶，可以有很多的小道德问题，但在他面临最大的抉择的时候，他永远还是那个希望所有人都好的吴邪。

"我希望这一路走来，所有人都能好好地活着，所有人都可以看到各自的结局。我们也许不能长久地活下去，请让我们活完我们应该享有的一生。"

吴邪在潘子的弥留之际向天际祈祷，虽然他身处漆黑一片的山洞中。他把所有的责任都归咎于自己，他无法面对自己一路走来的意义。

这就是吴邪，在队伍中永远的"白搭"，铁三角中最废材的领袖，他需要别人的保护，需要别人的帮助，他有无穷的好奇心和欲望，但是只要有一个人受到伤害，他自己的一切就都不重要了。他是一个无论多么恨你，都希望你可以活下去的普通人。因为他不懂杀戮，不懂那超越生命的财富，他只懂得"活着"二字的价值。

闷油瓶：

这是一个强大得犹如神佛一般的男人。有他在的篇幅中，我总是能写得格外轻松，因为只要他在身边，就能为你挡下一切的灾难和痛苦。

他没有言语，不会开心，不会悲痛，他总是像一个瓷娃娃一样，默默地站在那里，淡淡地看着一切。然而，你知道，他是关心着你的。永远没有任何一个人可以像他那样，给你带来那么多的安全感。

然而，不知道为什么，我在书写这个男人的各种举动时，心中总是泛着一股深深的伤感。

正如他自己所说的，他是一个没有过去和未来的人，他和世界的唯一联系，似乎并没有多少价值。他不知道自己来自何方，不知道自己将要去往哪里。他只知道，在这个世界上，有一件他必须要做的事情。

"你能想象吗？有一天，当你从一个山洞中醒来，在你什么都不知道，疑惑地望着四周的时候，你的身上已经有了一个你必须肩负的责任，你没有权利去看沿途的风景，不能去享受朋友和爱人，你人生中所有美好的东西，在你有意识的那一刻，已经对你没有了意义。"

张起灵就是这样默默地背负着自己的命运。最让我心痛的是，他只是淡淡地背负着，好像这一切都是理所当然，好像这只是一件无关紧要的小事。如果你问他，他只会默默地摇头，和你说："没关系。"

这就是我写出来的这个男人。他背负着世界上最痛苦的命运，甚至比死亡还要痛苦一千倍，然而他不怒不哀，既不逃避也不痛苦。他就在那里，告诉他所保护的所有人，没关系。

在《盗墓笔记》的结尾，我让他再次沉睡，十年之后，才有再次唤醒他的机会。

这也许不是一个很好的结局，对于所有人来说都不是。但是，对于他来说，我真的想不出更好的结局了。

胖子：

胖子是一个粗中有细的人，整体来说，我认为他是一个细的人，甚至在很多层面上，他比吴邪更细一些。胖子给人的印象一直是嘻嘻哈哈的，并且总是闯祸。他有自己的臭毛病，但是我还是觉得，他是三个人当中最正常的一个人。

也就是说，要是选人做老公的话，这三个人当中，只有胖子可以胜任。

如果说吴邪是那种逃避痛苦的人，小哥是那种无视痛苦的人，那胖子是唯一可以化解痛苦的那种人。

在这些人当中，无疑胖子是承受过最多痛苦的。所谓的承受，是指胖子他能够体会到痛苦对自己的伤害，而不是像小哥那样，无尽的痛苦穿身而过，他只是点头致意。

一个能够理解痛苦而又承受了那么多痛苦的人，并且将其一一化解，真正地发自内心开心快乐的人，我们几乎可以称之为佛了。

是的，胖子就是那个看穿一切的佛。在某种程度上，在他的谈笑中所蕴含的东西更多。他拍着天真的肩膀，说出那一句"天真吴邪"，已经是将吴邪看得通透无比，他能够默契地和小哥点头包抄任何危险，说明他也完全理解小哥内心的那一片空白。

然而，在最后，胖子终于承担不了了。云彩死了之后，他强大的内心还可以化解那强烈的悲痛吗？他发现，他的心中不愿意化解了，他不想这段痛苦和他以前的那些痛苦一样，最后变成了那一片空灵。

胖子选择了让这段痛苦和自己永远在一起。我写胖子抱着云彩的尸体痛哭流涕，对吴邪说道："我是真的喜欢，我从来没有开过玩笑。"我的眼泪也无法止住地流了下来。我很后悔，没有在前面，为他和云彩多写一些篇幅，让他和云彩可以有更多回忆的东西。

对于胖子来说，他的爱是简单的，喜欢了就是喜欢了，没有那么多理由，不需要那么多相处。

铁三角：

我不知道他们之间的感情是什么，是朋友吗？我觉得，他们已经超越了朋友的关系。他们有着各自的目的，到了最后，却都放弃了各自的目的；是亲人吗？我觉得也不是，他们疏离着，互相猜测着，然而这种疏离，又都是一种默默的保护。所有的一切，好像都是出于最基本的感情：我希望你能平安，不管是吴邪千里追踪规劝闷油瓶，还是胖子不图金钱帮吴邪涉险，还是闷油瓶屡次解救他们两人而让自己身陷险境。

"这是我的朋友，请你们走开，告诉你们老板，如果我的朋友受到任何一点伤害，我一定会杀死他，即使他跑到天涯海角，我也能找到他，反正我有的是时间。"闷油瓶淡淡地说出了这句话，身后是不知所措的胖子和吴邪。

"我告诉你们，就是他以后把我所有的产业全部毁掉，我也不会皱一下眉头。这是我吴家的产业，我想让它败在谁的手上，就败在谁的手上。我今天到这里来，不是来求你们同意这件事情，而是来知会你们一声。谁要是再敢对张爷说一句废话，犹如此案！"吴邪用他不完全结实的拳头，砸穿了书桌。那一刻，他的愤怒没有让他感觉到指骨碎裂时的剧烈痛苦。

"胖爷我就待在这里，只有两个人可以让我从这里出去，一个是你天真，一个就是小哥。你们一定要好好地活着，不要再发生任何要劳烦胖爷我的事情了，你知道胖爷年纪大了。当然，咱们一起死在斗里，也算是一件美事。如果你们真的有一天，觉得有一个地方非去不可并且凶多吉少，一定要叫上我，别让胖爷这辈子再有什么遗憾。"

这就是铁三角。

盗墓笔记大事年表

解九爷的队伍走投无路，投靠杭州的吴邪爷爷，最后吴邪爷爷以金蝉脱壳之计将那具尸体藏于南宋皇陵之内。

张大佛爷领衔，老九门悉数参与史上最大盗墓活动。

陈皮阿四倒斗镜儿宫，裘德考解开战国帛书，并组织了对龙脉的首次探索。

吴邪出生。

裘德考回美，老九门衰落。

1952年

1963—1965年

1974年

1977年

1979年后

20世纪50年代初

1956年

1970年

1976年

1978年左右

1982年左右

吴家盗血尸墓。

考古队广西上思张家铺遗址考古。

得力于大金牙的翻译，"它"组织完成了对张家古楼的研究。

原考古队巴乃考古，实为送葬。

原考古队被调包。

吴三省抢在裘德考队伍之前，单枪匹马再探血尸墓。

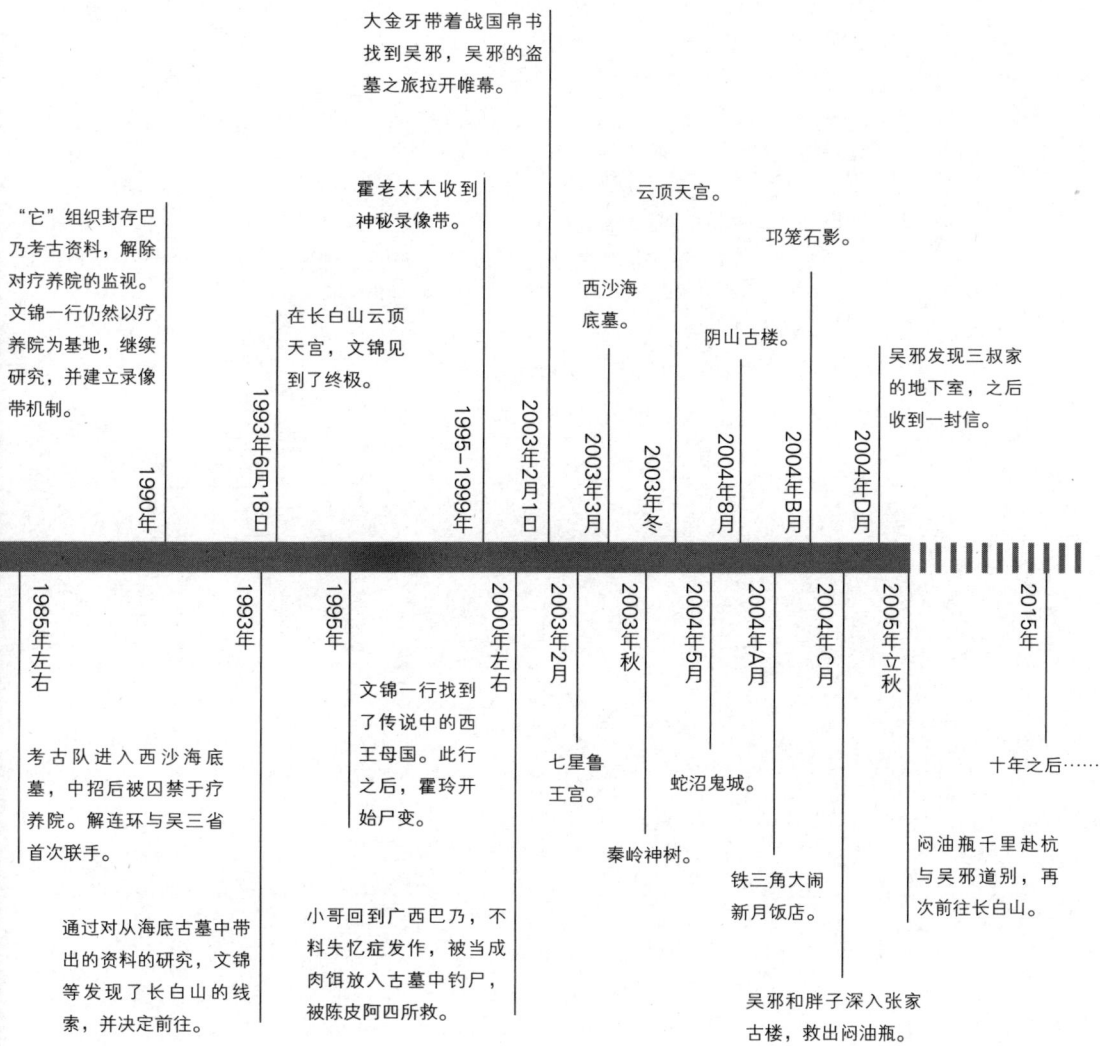

时间轴

上方（时间点）：

- 1990年 — "它"组织封存巴乃考古资料，解除对疗养院的监视。文锦一行仍然以疗养院为基地，继续研究，并建立录像带机制。
- 1993年6月18日
- 1995–1999年 — 在长白山云顶天宫，文锦见到了终极。
- 2003年2月1日 — 大金牙带着战国帛书找到吴邪，吴邪的盗墓之旅拉开帷幕。
- 2003年3月 — 霍老太太收到神秘录像带。
- 2003年冬 — 西沙海底墓。
- 2004年8月 — 云顶天宫。
- 2004年B月 — 阴山古楼。
- 2004年D月 — 邛笼石影。吴邪发现三叔家的地下室，之后收到一封信。

下方（时间点）：

- 1985年左右 — 考古队进入西沙海底墓，中招后被囚禁于疗养院。解连环与吴三省首次联手。
- 1993年 — 通过对从海底古墓中带出的资料的研究，文锦等发现了长白山的线索，并决定前往。
- 1995年
- 2000年左右 — 文锦一行找到了传说中的西王母国。此行之后，霍玲开始尸变。小哥回到广西巴乃，不料失忆症发作，被当成肉饵放入古墓中钓尸，被陈皮阿四所救。
- 2003年2月 — 七星鲁王宫。
- 2003年秋 — 秦岭神树。
- 2004年5月 — 蛇沼鬼城。
- 2004年A月 — 铁三角大闹新月饭店。
- 2004年C月 — 吴邪和胖子深入张家古楼，救出闷油瓶。
- 2005年立秋 — 闷油瓶千里赴杭与吴邪道别，再次前往长白山。
- 2015年 — 十年之后……